Confesiones de una chica invisible, incomprendida y (un poco) dramática

Thalita Rebouças

Confesiones de una chica invisible,
incomprendida y (un poco) dramática

Traducción de Rosa Martínez-Alfaro

Obra editada en colaboración con Editorial Planeta – España

Título original: *Confissões de uma garota excluída, mal-amada e (um poco) dramática*

Bajo el sello editorial PLANETA M.R.
Avenida Presidente Masarik núm. 111,
Piso 2, Polanco V Sección, Miguel Hidalgo
C.P. 11560, Ciudad de México
www.planetadelibros.com.mx

Primera edición impresa en España: noviembre de 2021
ISBN: 978-84-08-24981-8

Primera edición impresa en México: febrero de 2022
ISBN: 978-607-07-8331-9

Impreso en los talleres de Impresora Tauro, S.A. de C.V.
Av. Año de Juárez 343, Col. Granjas San Antonio,
Iztapalapa, C.P. 09070, Ciudad de México
Impreso y hecho en México / *Printed in Mexico*

Para José, alias Nininho, el mejor abuelo
del mundo, que me quiso muchísimo.
Hizo que me gustara la lectura y es,
sin duda, el ángel más agradable
que hay allá arriba

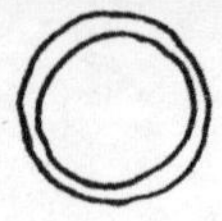

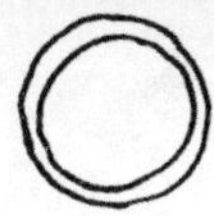

UNA BONITA MAÑANA SOLEADA me desperté alocada. Lunática. Chiflada. Loca de remate. Tarada. No es que lo pensara yo. No es que yo misma lo creyera. Quien hizo esa enfática y pausada afirmación fue mi madre, mientras desayunábamos, avisándome que había pedido cita en el psiquiatra para mí aquella misma tarde.

En mi opinión, quien necesita en realidad un psiquiatra es el resto de mi familia y no yo. Dudo de que algún médico les firmara un certificado de salud mental.

—¿Por qué crees que tengo que ir al psiquiatra, mamá? —le pregunté armándome de paciencia, intentando tomármelo en serio.

—¡Porque no eres normal, Tetê! —me aclaró mi madre suuuuperadorable.

—Pero ¿qué dices? ¿Cómo que no soy normal? ¿Piensas que estoy loca, en serio? —¡Dios mío, dame fuerzas...!

—¡No estás loca, eres una loca, Tetê! ¡Desde que naciste! —Mi abuela Djanira entró en la conversación, supermegaultraadorable, realmente cariñosa, y riendo a carcajadas. (¡Eh, carcajeándose! ¡Muriéndose de risa!)

—¿Puedo saber por qué piensas que estoy loca? ¿Cuáles son los motivos concretos que te hicieron llegar a esa brillante conclusión?

—Mira, Tetê, no te ríes, siempre estás de mal humor, enojada con el mundo, no hablas, no tienes amigos, no tienes novio, te escondes por los rincones, solo escuchas música triste, ves películas tristes y lees libros tristes —enumeró mi madre. Hizo una pausa para respirar y siguió—: No haces deporte, no sales, no bailas, no te da el sol, no comes dulces, no te gusta la Nutella, no te pintas las uñas, no te depilas el bigote. Solo te ves feliz en la cocina. ¿Dónde se ha visto eso? ¿Te parece normal?

Está bien. O sea, ahora era anormal. Oficialmente una loca.

Y tenía bigote.

Al menos, para mi familia. Ese era su diagnóstico y también querían que lo confirmara un certificado médico.

Lo de la cocina tiene una explicación: me ENCANTA cocinar. Solo pienso en comida y, modestia aparte, en las hornillas soy muy pro. Soy prácticamente una Jordi Cruz con falda. (Aunque no me ponga una ni bajo tortura, me da mucha vergüenza enseñar las piernas.) Cocinar es algo que puedo hacer sola, sin que nadie me juzgue y, encima, tiene la ventaja de que, después, puedo comerme el resultado. Así que es como mi hobby, mi pasatiempo.

Nada más se sentó a desayunar, le pedí la opinión a mi padre.

—Papá, ¿por casualidad tú también eres del bando de los que piensan que estoy loca?

—¿Cómo? ¿Loca? ¿Tú? ¡Pues claro que no, Tetê! —respondió con la mayor naturalidad.

—¡Oh, gracias! —exclamé aliviada. Alguien con dos dedos de frente en la casa.

Al menos una persona se daba cuenta de que de anormal yo no tenía ni un poco. ¡Soy una adolescente, carajo!; respiré más tranquila. Pero mi padre siguió hablando, haciendo que mi tranquilidad se esfumara.

—Estás triste porque no sales con nadie, hija...

¡Demonios! No puedo creer lo que estoy oyendo...

—¡Justo lo que le dije yo! —Mi madre entró en la conversación—. A su edad, las chicas se citan con algún chico, salen, se divierten...

—Eso no es ningún problema, Tetê. ¡Da igual que las chicas de tu edad ya tengan novio! ¡Tú no necesitas besar a nadie para ser feliz!

¡Qué fuerte! ¡Cuánto sentido común! Si bien era cierto que me gustaría besar a alguien, algo que no había hecho en la vida, esa no era la cuestión. O sea, no era solo esa la cuestión.

—Sé que no salir con un chico hace que estés un poco triste, pero, créeme, algún día le gustarás a alguno. ¡No te van a ignorar toda la vida! Quiero decir que no te vas a sentir rechazada toda la vida.

¿Ahora resultaba que también me rechazaban? Carajo, papá... Cómo me gusta lo que acabas de decir... ¡Ni hablar!

—Papá, no salgo con nadie porque, por ahora, no he conocido a nadie interesante. —Intenté entablar una conversación «normal», pero ya estaba muy enojada...

—¿Y Joaquim, el de aquí, el del edificio, el que vive ahí detrás? —preguntó mi madre.

—¡Estás demente! ¡Tiene doce años! Y yo quince, ¿o no te acuerdas? —contesté, al borde de un ataque de nervios.

—¡Dios mío, juraría que tenía más! —replicó mi madre, fingiendo sorpresa.

—¡Oh, Helena! ¿Joaquim no es el hijo alto y flacucho de Jurema? —preguntó mi abuela.

—¡El mismo que viste y calza! —respondió mi madre.

—¡Ay! Pues ese chico es un buen partido, Tetê. ¿Cuál es el problema con la edad? ¡Es alto, boba! Puede pasar por quince fácilmente. Y tú le gustas, ¿o no te has dado cuenta? —puntualizó mi abuela.

—¡Dejen a la chiquilla en paz! —Mi abuelo José intervino en mi defensa, como de costumbre.

Mi abuela ignoró a mi abuelo:

—¿Cómo que «dejemos a la chiquilla en paz»? ¡Esto es amor! Cariño, los padres de Joaquim tienen una buena situación económica. Vale la pena atacar, ¿no? ¡Vayamos todos a su próxima fiesta de cumpleaños!

Me levanté de la mesa sin decir palabra y me encerré en mi habitación, alucinada con el diálogo de aquella familia que había perdido la cabeza. Solo salí para ir a la consulta del psiquiatra, que también era psicólogo, según me contó mi madre después. A lo mejor podría ayudarme, como mínimo a tranquilizarme, y me enseñaría a lidiar con tanto chiflado como había a mi alrededor. ¡Tratándose de un médico de locos, al menos tendría experiencia!

MI MADRE ME LLEVÓ a la consulta, claro. Obviamente, enseguida comprendí que un psicólogo no es un profesional que se ocupa de los locos o de la gente anormal, sino que es una persona que hace que la gente piense, que se evalúe y se conozca mejor.

Cuando la puerta del consultorio del doctor Romildo se abrió y me llamó para entrar, vi que era un simpático señor canoso con unos lentes divertidos.

—Eres la siguiente, puedes pasar —dijo, mirándome y gesticulando para que entrara.

—¿Voy con ella? —preguntó mi madre, ya de pie.

—No, puede esperarla aquí fuera. O, si lo desea, puede ir a dar un paseo y volver dentro de cincuenta minutos, ¿de acuerdo? —contestó él con toda la calma del mundo.

—No, gracias, me quedaré aquí mismo. ¡Ay, Dios mío! A ver si se lo cuentas todo, ¿eh, Tetê? Abre tu corazón, bebé. Si necesitas cualquier cosa, mamá estará aquí fuera.

Nadie se merece que la llamen «bebé»...

—Está bien... —contesté resignada.

—¡Mamá te quiere! ¡Mamá te quiere, bebé! —gritó antes de que se cerrara la puerta del consultorio.

El doctor Romildo se rio.

—¿Siempre es así?

—Casi siempre —respondí sincera, pero mirando a mi alrededor y dudando de cómo actuar. Me decidí a preguntar—. Nunca he ido a un psicólogo. ¿Qué tengo que hacer? ¿Me siento, me pongo de pie, me acuesto, me quito los zapatos?

El doctor Romildo se rio de nuevo.

—Como quieras, como te sientas más cómoda. Puedes sentarte allí. Respira, relájate. Y después solo tienes que decir lo que te pase por la cabeza, Teanira.

¡Un momento! ¡Un momento!

¡Sí! ¡Lo has leído bien! ¡Qué pena tan grande! ¡El horror de los horrores! Mi nombre es realmente Teanira. TE-A-NI-RA. ¿Acaso alguien que se llame así puede ser feliz al cien por ciento?

No, no puede, de ningún modo.

—Bueno, pues ya que usted mismo ha tocado el tema, empecemos por mi nombre. Creo que parte de mi tristeza viene de ahí —empecé diciendo—. Es la unión de Tércio y Djanira, los nombres de mi abuelo paterno y de mi abuela materna. Me lo pusieron mis padres para rendirles un homenaje y así... Pero es una aberración tremenda, ¿no le parece, doctor Romildo?

—Puedes llamarme solo Romildo, querida, pero, eso sí, de usted.

—Ah, está bien, Romildo. Entonces, sigo... Por suerte, desde pequeña me llaman Tetê, porque Teanira no me gusta. ¡No me gusta nada! —exclamé desahogándome, percatándome de que la situación no me estaba resultando tan rara como me había imaginado—. Pero no es solo el nombre tan raro que tengo lo que me angustia. Sé que estoy lejos del patrón de belleza actual, que uso lentes para corregir las cinco dioptrías y media que tengo, que uso *brackets* para que los dientes estén en su lugar, que me salen unos granos asquerosos en la frente y que no me invitan a ninguna fiesta ni evento. Y hay una cosa en la que sí coincido con mi madre: que no sonrío mucho.

—¿Y por qué no sonríes, Tetê?

—¡Y yo qué sé, no veo por qué hay que sonreír sin ton ni son!

Romildo no respondió ni que sí ni que no. Ni siquiera arqueó las cejas ni asintió con la cabeza. Me quedé sin saber si estaba o no de acuerdo conmigo. Con las manos me hizo una señal para que siguiera hablando.

—Ah, que le hable más de mí, ¿no? Pues está bien... Soy sensible hasta el punto de llorar en el último capítulo de una serie que nunca he visto, no me gusta depilarme las axilas, me parece que es una cosa machista, y no siento la menor necesidad de ponerme cera caliente en el bigote. Siempre he tenido una pelusilla dispersa, se lo juro, pero después del ataque de esta mañana de mi madre lo estoy repensando.

—Ajá...

¿Ajá? ¿Solo eso? ¿Le estoy hablando de algo tan serio como depilarse el bigote y me responde así? ¡Ay, ya sabía yo que no iba a haber química entre el psiquiatra y yo...!

—¿Ajá? —pregunté, para que viera que «ajá» no es algo que se le diga a una adolescente que está confesando sus intimidades, contando lo de los pelos de su cuerpo.

—¿Y tus amigos?

Ah, está bien, ya está. Lo entiendo. Quería que le hablara de cosas más, en plan... ¿Cómo diría? Profundas. E importantes. Los amigos son más importantes que los pelos del bigote y de la axila, eso es un hecho.

Pero...

—No tengo amigos.

—¿Cómo que no?

«Pues no. Si le dije que no tengo amigos es porque no tengo», me dieron ganas de contestar. Ya estaba deseando largarme de allí. Me sudaba muchísimo el trasero (sí, me suda el trasero). No sé si de aburrimiento o de nerviosismo.

Nerviosismo. Otro hecho.

Enseguida caí en la cuenta de que lo que Romildo quería era que desarrollara el tema de los amigos, pero a mí no me daban ganas de hablar del asunto...

—No —repetí seca.

—¿Por qué no tienes amigos?

¡Dios mío! No sabía ni por dónde empezar a hablar de amistad.

—Y yo qué sé. La única amiga que he tenido fue Jade, una niña a la que creo que le caía bien, que me defendía como una fiera, una chica estupenda. Pero al cabo de tres años se mudó y, de nuevo, me sentí solitaria y desprotegida.

—¿Solitaria y desprotegida? Hum... Interesante elección de palabras...

—¿Sí? —pregunté curiosa. ¿Qué querría decir una «interesante elección de palabras»? Me pareció mejor darle una explicación—: Me siento solitaria porque no soy de hablar mucho, porque mi nombre me produce timidez, porque no tengo amigos, y me siento desprotegida porque lloro por los rincones de vez en cuando. Y me gusta la música triste. A veces, escucho a Adele en repetición, *I'm with You*, de Avril Lavigne, o cualquier canción con la que me entren ganas de llorar.

—¿Lloras mucho?

—Antes lloraba más. Siempre pienso que soy la persona más triste del mundo. Y ni siquiera sé si tengo un motivo, varios o ninguno para hacerlo, ¿lo entiende o no? A veces es por algo en concreto, por algo que me parece una tontería, por el tipo de sabor de un chicle, por ejemplo.

—¿Por el sabor de un chicle?

—¡Sí! Todo el mundo en mi familia sabe que odio la canela, pero solo compran chicles ¿de qué? ¡De canela! Entonces, se los reparten y yo me quedo sin nada. Después van y me dicen que no quieren que me sienta excluida...

—Hum...

¿Hum? ¿Solo «hum» otra vez? A continuación le dije una frase con efecto para que dejara de reaccionar de manera tan simple ante mis sentimientos:

—Creo que la vida es una enorme injusticia.

Y él me lanzó una frase increíble:

—¿Por culpa del chicle de canela?

—¡No! ¡Claro que no!

—Era una broma.

«Carajo, usted no tiene ni idea de como hacer bromas...», quise replicar.

—Continúa —me pidió.

—Alguna vez pensé en suicidarme, pero nadie lo sabe. Hasta me da vergüenza contarlo.

—Que no te dé vergüenza contar nada, Tetê. Nada de lo que se diga aquí saldrá de aquí.

Buf... Menos mal...

—Me da vergüenza porque... Se me pasó enseguida, fue un impulso desconocido que me dio cuando descubrí la verdad sobre Gustavo Sampaio.

Con solo escucharme a mí misma al pronunciar ese nombre, todas las vísceras del cuerpo se me revolvían como locas.

—A mí me gustaba Gustavo Sampaio y creía que a Gustavo Sampaio le gustaba yo. Pero comprendí que no tenía ningún sentido dejar de vivir por culpa de un chico. Así que preferí tomar una decisión más inteligente: no enamorarme de nadie nunca más.

¡Y es verdad! No exageré, ¡en serio! Estaba decidido, superdecidido, mucho más que decidido. Si amar era sufrir, prefería sufrir por otras cosas. Y no son pocas las cosas que me hacen sufrir. La gran decepción de mi vida fue Gustavo Sampaio. En mi antiguao escuela, en Barra da Tijuca, donde vivíamos hasta finales del año pasado, fue el único chico que habló conmigo una vez.

—A nadie le caía bien, ¿sabe, Romildo? Y nunca supe por qué. Entonces un día, a la hora del recreo, Gustavo Sampaio se acercó a mí y me desahogué con él. Le dije que me sentía una piltrafa humana. Algunas veces tiendo a ser un poco *drama queen*, pero le juro que las palabras salieron directas de mi corazón al oído de Gustavo Sampaio. Y todavía hoy me acuerdo de su reacción. Fue así, mire:

—Claro que no. La gente te tiene envidia, Tetê. Eres la preferida de los profesores, sacas muy buenas calificaciones.

—¿Y ese es un motivo para que me tengan envidia?

—Claro. Eres inteligente, pero no dejas que te copien, no compartes tu conocimiento. Y, encima, eres guapa. Nadie soporta a una chica inteligente y linda.

—Guapa. GUAPA. Gustavo Sampaio me llamó «guapa». Casi me muero. ¡Romildo, no tiene ni idea de lo que significaba que un compañero como Gustavo Sampaio te diera un piropo! ¡Era perfecto! ¿Sabe lo que es un chico perfecto? ¿Muy perfecto?

El psicólogo me dejó con la palabra en la boca. Intenté explicarle lo que significaba ser una chica desaliñada, regordeta, que se siente rechazada, y que alguien como Gustavo Sampaio le diera un piropo:

—Carajo, nunca nadie, nadie, de sexo masculino que no fuera de mi familia me había llamado «guapa». Aunque... Pensándolo bien, los elogios a mi apariencia nunca han formado parte de mi realidad. Ni mi padre, ni mi abuelo, ni mis primos, ni mis tíos... ¡Nadie abría la boca para mencionar mi belleza o su ausencia! Y, entonces, va y aparece Gustavo Sampaio, que estaba bueno a rabiar, y ¡toma!

—¿Toma?

—¡Toma! ¡Me suelta un piropo y toma!

¿Cree que Romildo se manifestó de alguna forma? ¡No dijo ni *mu*! Ni siquiera ante la cantidad de información relevante que le acababa de revelar. ¿Tanto le costaba poner cara de buena persona y decirme que sí, que era guapa? Bueno, está bien, puede que «guapa» fuera una exageración. Pero linda, al menos, ¿no? Sé que no lo soy, pero ¿acaso los psiquiatras y los psicólogos no existen para subir el ánimo de la gente? Pues parece ser que no... Okey, se acabó el inciso. Vuelvo a mi sesión de terapia...

—Sonreí de oreja a oreja cuando oí aquel piropo de Gustavo Sampaio. ¿Sabe lo que es una sonrisa pronunciada? ¿Una sonrisa con toda la boca? ¿Una boca desencajada, una boca descontrolada? Hum... Por la cara que pone, veo que no tiene ni idea. La verdad es que no podía parar de sonreír. ¡Simplemente no podía! Bueno, pues desde aquel día en adelante Gustavo Sampaio y yo pasamos a tener bastante relación. Nos volvimos inseparables. Él venía a mi casa y yo le preparaba mi sensacional *cupcake*, estudiaba con él, veía la tele con él, veía videos de YouTube con él... Cuando me contó que me odiaban por el simple hecho de ser una buena alumna, llegué a pensar en sacar malas calificaciones a propósito para que me aceptaran, pero él, que siempre quería motivarme, me quitó la idea de la cabeza.

Sensacional cupcake a la taza

DIFICULTAD: REQUIERE DOS NEURONAS

#loquelleva

½ taza de harina de trigo • ½ taza de azúcar • 1 cucharada de levadura en polvo • ½ taza de leche • ⅓ taza de aceite • 1 huevo • 1 barra de chocolate al gusto

#cómosehace

1. Cuela la harina, el azúcar y la levadura en un recipiente, y, luego, añade el huevo, la leche y el aceite. **2**. Corta la barra de chocolate en trocitos y añádelos a la masa anterior. **3**. Mézclalo todo bien y vierte la masa en moldes de papel para *cupcake* o en una taza (yo prefiero la taza, ooobvio). TIENES QUE LLENAR LA TAZA SOLO HASTA LA MITAD, ¡la masa crece! **4**. Métela en el microondas dos o tres minutos. **5**. Después solo tienes que esperar a que se enfríe, decorarla como quieras y a llenar la panza.

—¿Y qué pasó?

—¡Ay...! En vez de convertirme en una alumna pésima, hice que sus calificaciones mejoraran. Al cabo de poco tiempo Gustavo Sampaio se volvió un *crack* en Portugués, Historia, Geografía, Matemáticas... Entonces yo me convertí en la alegría personificada junto a aquel chico tan guapo. Pasábamos el recreo juntos, nos reíamos de las mismas bromas... Yo estaba perdidamente enamorada de él. Gustavo Sampaio era mi sueño, mi amigo, mi *crush*. No se fijaba en mis granos, ni en mis kilos de más, ni en mis millones de defectos, ni en mi pelo voluminoso y sin estilo, ni en mi falta de vanidad, en mi piel más blanca que la leche. Me respetaba, le gustaba tal como era.

—Mira qué bien...

¿Cómo que «mira qué bien»? ¿Mi madre le paga a este bobo para que haga ese tipo de comentarios? Resoplé, pero seguí contando:

—Hasta que un buen día, después de meses de relación, me extrañó el hecho de que nunca me hubiera besado. ¡Soy boque total! ¡Ni siquiera me he besado con alguien ni en el juego de la botella! Y es que nunca nadie me ha invitado a participar en ese tipo de entretenimientos.

—¿Cómo que «boque»?

—¡No me diga que no sabe lo que es «ser boque», Romildo!

—¿Boquete? ¿Boquera? ¿Boqueronense?

¡Qué chistoso! Quiso hacerme una broma (sin gracia, pero una broma). Aquella reacción de Romildo me gustó (¡él mismo se reía de su propia broma sin gracia!).

—«Ser boquerón» es lo mismo que decir que no me he besado aún con nadie. Que ni siquiera le he dado besos al espejo para entrenarme, mi baba me da repulsión. Nadie ha acercado jamás su boca a la mía. ¿Lo entiende?

—¡Sé muy bien lo que es ser boque, Tetê! Doy consulta a unos cuantos adolescentes. ¡Estaba bromeando!

—¡Ah, está bien! ¡Qué alivio! Entonces, sigo: me decidí a hablar con Gustavo Sampaio y lanzarle una indirecta. ¡Mentira! Me abalancé directamente sobre él en un impulso, con la boca en forma de pico para que entendiera el mensaje de inmediato.

—Una actitud muy valiente. ¿Y qué pasó?

—Gritó.

—¿Gritó? ¿Por qué?

—De miedo. Puso una cara de miedo que nunca se la había visto a nadie, en serio. Sé que soy una exagerada, pero esta vez no estoy exagerando. Se lo juro.

—No tienes que jurarme nada, te creo.

Seguí contándole a Romildo que, una vez repuesto del susto, Gustavo Sampaio me dijo que yo solo le gustaba como amiga y añadió que se había acercado a mí por interés, ya que sus padres solo lo llevarían a Disney si sus calificaciones mejoraban. De entrada quise matar a Gustavo Sampaio, pero decidí no hacerlo. El pobre quería ir a Disney y había sido sincero conmigo. Así que nos dimos un abrazo y yo me contenté con el hecho de que, aunque no había tenido una relación con nadie, al menos tendría un amigo para siempre, como me prometió que sería.

—Así que todo terminó bien, ¿no?

—No exactamente. Luego fue diciendo a sus amigos, a los que no eran sus amigos y a sus examigos de la escuela que yo estaba desesperada por acostarme con alguien, desesperada por besarme con cualquier cosa que respirara, irremediablemente necesitada y, lo más chistoso de todo, que las axilas me apestaban a jitomate podrido. ¡Nunca me han olido las axilas! ¡Jamás! ¡Soy muy limpia! En aquella época me bañaba todos los días y siempre me ponía desodorante. Está bien, ya sé que la frase me quedó un poco asquerosa, pero le juro que soy muy limpia y que huelo bien.

—No tienes que jurarme nada, Tetê...

—Perdone, es una manía que tengo. Bueno, sigo, después del engaño de Gustavo Sampaio, mi vida se convirtió en un infierno. De pronto fui un motivo de burla diaria en la escuela. En un gran motivo de carcajadas. Hasta el punto de querer retroceder en el tiempo, a los meses en que la gente se limitaba a hacerme *nextazos*. ¡Fue horrible! ¡Todo el mundo empezó a llamarme «la solterona loca»! ¡Peor aún! Me convertí en el blanco de todos los graciosillos, que no perdían la oportunidad de burlarse de mi actitud, de mi manera de ser, de mi nombre... Me pusieron apodos extraños: Tetê la Depresivé, Tetê la Solteroné, Tetê la Boqueroné, y otro que se convirtió en el que tuvo más éxito: Tetê de la Pesté. ¡Tetê de la Pesté! ¡Nadie se merece que la llamen así, Romildo!

Me sentí bien porque Romildo no se rio. Ni puso cara de pena. Siguió con el semblante impasible. Con cara de nada.

—Fue muy difícil soportarlo. Engordé ocho kilos. Todos los días tomaba leche condensada con cereales para desayunar. Y empecé a preparar unos postres increíbles, ¿sabe? Pasteles, natillas, flanes... Y me volví más callada de lo que ya era, mis calificaciones cayeron en picada y solo quería estar en la cama, comiendo y llorando. Fue devastador.

Justo en ese momento empecé a llorar en el consultorio, delante de Romildo. ¡Me dio una vergüenza...! Pero no pude contener las lágrimas. Lo bueno es que tenía una caja de pañuelos de papel al lado y me ofreció unos cuantos para que me secara la cara. Y solo entonces me percaté de que otros pacientes también debían de lloriquear allí, lo que me proporcionó un cierto alivio. Respiré hondo y seguí.

—Incluso habiéndome prometido a mí misma no volver a enamorarme jamás, enseguida le eché el ojo a Alexandre

Bueno, un alumno de otra clase. Era bajito, pero tenía los hombros anchos, cosa que a mí me encantaba. Aunque, analizándolo en conjunto, Alexandre era un poco feo. Romildo, ¿sabe cómo es una cría prematura de roedor? ¿No lo sabe? Pues mire, lo que quiero decir es que era el chico perfecto para mí. Así que tomé la decisión de que, en mi papel de fea, me tenía que gustar un feo. El aliento de Alexandre Bueno no olía a flores precisamente, de ahí que su apodo fuera «Boca de Porquería». Con todo, era una persona graciosa. —Así se lo describí a Romildo, y, es que, cada vez me sentía más cómoda compartiendo mis secretos con él.

En mi cabeza Romildo y yo ya éramos íntimos.

—Siempre es bueno estar cerca de gente divertida, ¿verdad?

—¡Ya lo creo! —exclamé entusiasmada—. Entonces, de nuevo, empezaron a burlarse de nosotros diciendo que Tetê de la Pesté, o sea, yo, y el bueno de Boca de Porquería tenían que salir juntos. Pero él va y dice un día: «¡Largo de aquí! ¡Esta chica, además de una apestosa, es desagradable!». Y así fue como se me partió el corazón dos veces en el mismo año. Y hasta ahora he mantenido la promesa de no enamorarme de nadie jamás. ¡De nadie! ¡De nadie!

—¿Y es por estas historias que me acabas de contar por las que tu madre quiere que hagas terapia?

—Sí, creo que sí. Mi madre dice que no estoy bien. Hasta yo misma creo que no puedo estar totalmente normal, ¿sabe? Porque mientras todo eso pasaba en mi vida, la situación en mi casa era mucho peor, porque escuchaba las peleas de mis padres. Ellos intentaban disimular, pero discutían todos los días delante de mí, sin excepción. Al cabo de un tiempo decidieron separarse y yo respiré tranquila. Sabía que sería lo mejor para los dos. Hasta me siento medio culpable por estar aliviada con su separación, pero...

—No tienes que sentirte culpable, Tetê. Las discusiones de tus padres no son culpa tuya y, en realidad, a nadie le gusta vivir en un ambiente así.

Con aquellas palabras, Romildo me quitó un peso de encima. Proseguí.

—Cuando mi madre empezó a buscar departamento para mudarse, mi padre perdió el trabajo en la multinacional donde trabajaba desde hacía siglos. Era una persona respetada, creo, y ganaba bastante dinero... No era rico, pero nuestra vida era buena, en casa nunca nos faltó nada. Pero llegó la crisis, ya sabe, y la empresa cortó muchas cabezas, hasta la de mi padre —le conté.

Dos lagos gigantes se formaron en mis ojos en cuanto hice una pausa en mi relato. Bajé la cabeza.

—Puedes llorar tranquila, Tetê —dijo el bueno de Romildo, tendiéndome de nuevo la caja de pañuelos de papel.

Y lloré, pero solo un poco. Todavía tenía muchas más cosas que compartir con el psicólogo.

—Lo peor de todo fue descubrir que mi padre se gastaba todo el dinero que sobraba apostando en las carreras de caballos y, encima, les debía a unos y a otros, también le debía al banco y no había ahorrado prácticamente nada durante todo el tiempo que trabajó en la empresa. Resultado: se quedó sin dinero.

—¿Y cómo ha repercutido eso en ti?

—Pues mal. Muy mal. Creemos que nuestros padres son perfectos y así y, un día, vas y descubres que no. ¡El mío era incapaz de ahorrar! Me sentí muy dolida por su desconsideración con mi madre y conmigo. Entonces, van y deciden darle una segunda oportunidad a su matrimonio. Aunque creo que esa decisión no tuvo nada que ver con el amor, sino con el dinero. Era más fácil para mi padre seguir estando casado que mantener a dos personas lejos, dos casas y esas cosas...

Me resultaba difícil recordar todo aquello... Pero hablar y, sobre todo, escucharme mientras hablaba tenía un poder curativo enorme. Mi alma parecía más ligera.

—¿Y cómo encaraste el cambio?

—¡Me pareció una porquería! ¡Una porquería! Tuvimos que mudarnos definitivamente con todas nuestras pertenencias a casa de mis abuelos, a la calle Siqueira Campos, porque mis padres tuvieron que vender el departamento donde vivíamos en el Jardim Oceânico, para pagar las deudas y tener algún dinero con que vivir, porque mi padre todavía estaba desempleado. Y a mí, que siempre me ha gustado estar sola, me tocó compartir techo con mi padre, mi madre, mi abuelo, mi abuela y mi bisabuelo, el padre de mi abuela.

—Ya...

—Y la semana que viene iré a una escuela nueva y, lo que es peor, empezaré cuarto, el final de la secundaria. Me estoy muriendo de miedo. ¿Y si el acoso y el *bullying* se ensañan conmigo otra vez? ¿Y si no consigo integrarme? Seguro que todo el mundo ya se conoce porque va a la misma escuela desde primaria. Seré la nueva, el pez fuera del agua... ¡Todo me produce inseguridad!

Me dieron ganas de preguntar a Romildo: «¿Hay alguna manera de que la adolescente que soy pueda sentirse feliz y viva? ¿La hay? Eh, ¿la hay?». Yo me respondería a mí misma: «¡No! ¡No la hay!».

—Lo entiendo, escuela nueva, empezar cuarto de secundaria. La inseguridad que tienes es comprensible, pero tienes que mirar el lado positivo, Tetê. ¿Y si esta escuela es una experiencia mucho mejor que la de tu escuela anterior? También es una oportunidad para hacer nuevos amigos.

—Sí... Mirándolo así, al menos ya no voy a tener que enfrentarme más a aquel horror de escuela de Barra da Tijuca, ni a los apodos ni a Gustavo Sampaio.

—Exacto, eso es. Ahora volvamos al tema de tu familia; tu madre trabaja, ¿no?

—Sí, es contadora en un importante bufete de abogados, pero odia lo que hace. Y lo que gana no es suficiente para llevar la vida que llevábamos antes. Ahora dice que mi padre es un cómodo y siempre usa esa palabra para hablar de él. Además, los dos siguen discutiendo. Mi padre se niega terminantemente a buscar trabajo. Así que es mi madre la que lee el periódico en busca de ofertas laborales. Marca con un círculo unas cuantas, las que tienen que ver con su perfil, pero él las ningunea todas, dice que son oportunidades insignificantes, que no piensa doblegarse a un trabajo que esté por debajo de su «inmensa capacidad intelectual». Nunca noté en mi padre toda esa capacidad intelectual que dice tener. La autoestima sobrevalorada debe de ser eso,

¿no? Un día mantuvieron un diálogo muy raro. —Y se lo reproduje al psiquiatra imitando a mis padres:

—¡Al demonio con la intelectualidad, Reynaldo Afonso! ¡Un trabajo es un trabajo! Tienes que trabajar para traer dinero a casa. ¡Con lo que yo gano no es suficiente!

—¡Ya lo encontraré, Helena Mara! Si me presionas, no ayudas.

—¡Ah, sí! Mi padre se llama Reynaldo Afonso y mi madre Helena Mara. Y siempre que discuten utilizan los dos nombres, así la agresión suena más fuerte todavía.

—Además, Reynaldo Afonso, tampoco es justo que seas un parásito para mis padres y que vivas a costa de ellos.

—Ya... Y, dado que has mencionado a tus abuelos, ¿cómo está siendo la experiencia de vivir con ellos? —me preguntó Romildo.

—Ni fu ni fa. Estamos con ellos desde hace ya dos meses y veintidós días. El pasatiempo preferido de mi abuela Djanira es hablar de los demás, hasta de mí, se mete en mi vida, y le encanta leer las esquelas del periódico. No sé por qué le interesa tanto saber quién ha muerto. Tiene cierta fijación con el tema de la muerte y, por lo que parece, para ella los entierros son muy importantes. Un día me pidió que la acompañara a pasear por el cementerio para «apreciar la belleza del silencio». Yo estaba acostada leyendo *Bajo la misma estrella* por milésima vez cuando vino a llamarme para «dar una vuelta por el paraíso». Después dicen que la que está loca soy yo.

Romildo esbozó una ligera sonrisa.

—Mi familia se comunica a gritos, a mil decibeles por encima de lo normal.

—Vaya, y tú hablas bajito, muy para dentro...

—Exacto. Me encantaría saber cómo es vivir en una casa sin gritos —dije—. Ahora me estoy adaptando al hecho de compartir habitación con mi bisabuelo. Se está quedando sordo y, cuando ronca, parece que tiene una orquesta sinfónica en el pecho, ¿sabe? No, claro, no tiene ni idea...

—Sí, querida, sí que lo sé —replicó Romildo con una discreta sonrisa—. Bueno, ahora, por desgracia, nuestro tiempo ha terminado.

Yo pensé: ¡¡¿Ya?!! Pero no lo verbalicé. Por dentro no sabía si quería hablar más, si quería repetir la sesión otro día, si quería verlo de nuevo...

—¿Cuál es mi diagnóstico? ¿Soy normal? ¿Estoy loca? —le pregunté, muerta de miedo por la respuesta.

—Nunca utilizo esas palabras, Tetê. Como psiquiatra y psicólogo, diría que eres una adolescente típica, con las preocupaciones propias de tu edad. Estás pasando por una fase familiar delicada y la terapia puede ayudarte a superar tus problemas y a colaborar para que socialices más, pero tienes que quererlo tú. Venir una vez a la semana a consulta tiene que salir de ti y no de tu madre. Eres tú la que debe querer, ¿de acuerdo? Esa decisión tiene que ser exclusivamente tuya.

Romildo me caía genial.

Nos levantamos y fuimos a la sala de espera. Mi madre estaba superinquieta esperándome y enseguida quiso conversar con Romildo para saber qué «problemas serios» tenía.

—¿Cuántas pastillas se tiene que tomar la niña, doctor? —le preguntó.

—Ninguna.

—¿Cómo que ninguna?

—Calma, doña Helena Mara, no se trata de nada preocupante, son cosas de la edad. La decisión de hacer terapia es exclusivamente de Tetê. La semana que viene la llamaré para ver lo que ha decidido. En caso de que quiera continuar, ya hablaremos de horarios y tarifas. Pero le voy a hacer una sugerencia: su hija debería practicar alguna actividad física al aire libre, porque eso ayuda mucho. ¡Genera endorfinas! También le recomiendo que se inscriba en algún curso de teatro, para vencer la timidez y hacer amigos.

Asentí con la cabeza, sabiendo que jamás practicaría ninguna actividad al aire libre. Detesto la naturaleza. Y hacer teatro, ¡ni en sueeeeeños! Soy muy vergonzosa.

Salí de allí aliviada.

—¿Lo ves, mamá? ¡No soy anormal ni estoy loca! —exclamé triunfante.

—¡Eso es lo que tú te crees! Ese médico es muy malo. ¡Es pésimo! Voy a preguntar en el trabajo si alguien conoce a un buen profesional. Quiero una segunda opinión. Nunca más voy a confiar en las indicaciones de Moacyr, el amigo de tu padre. No sé ni cómo se me ocurrió pedirle ayuda...

UNA SEMANA DESPUÉS de la consulta con el psicólogo llegó el fatídico domingo antes del primer día de clase. Me pasé el día preparando el material y sufriendo por adelantado. Porque, para una persona tímida, que ha sido ignorada y que ha sufrido acoso con apodos hilarantes y burlas increíbles en la escuela anterior, cambiar de escuela puede ser una pesadilla. Para una persona que, además, tiene la autoestima por los suelos, se ve fea y desaliñada, y suda más que la mayoría de la gente, los cambios como ese son más que una pesadilla, son una tragedia.

En vez de alegrarme ante la posibilidad de hacer nuevos amigos, solo podía pensar en cómo enfrentarme a mis futuros *haters*. Así que, durante la cena, me sinceré para intentar recibir el apoyo de quien más me quiere: mi familia.

—¡Tranquila, nadie va a meterse contigo, cariño! —exclamó mi bisabuelo, que es un amor.

—Y desde que te cortaste un poco el pelo, estás mucho más linda. Es que lo tenías ya muy feo, como sin vida, tenías las puntas abiertas... —comentó mi madre.

—Estás mucho mejor así, incluso parece que adelgazaste un poco desde que te mudaste aquí —completó mi abuela—. Solo un poco, pero ya es un buen comienzo.

—No has adelgazado solo un poco, sino bastante, cariño —afirmó en mi defensa mi abuelo José.

—Estarás genial en la escuela nueva —añadió mi padre para animarme.

—Si te depilaras el bigote, entonces ¡sí que arrasarías! ¡Tendrías mucho pegue! —Mi madre retomaba el viejo tema.

—El bigote ni pensarlo, mamá. ¿Y qué me quieres decir con «tendrías mucho pegue»?

—¡Uy! ¿Acaso no es así como hablan los aburrescentes? —preguntó, creyéndose la más moderna de la ciudad.

—¡Pues no, claro que no!

—Pues yo creía que sí. ¡Quiero decir que entonces sí que gustarías, que tendrías éxito, que serías feliz sin miedo, que serías alegría en estado puro!

—Mamá, ¿con qué adolescentes hablas? Tienes que cambiar urgentemente de referentes.

¿Alguien tiene una familia más *boomer* que la mía? Han sido muchas las veces que, a lo largo de estos quince años, me he preguntado si existe el *bullying* familiar. Aunque puede que mi familia tenga buenas intenciones y que solo se trate de eso, de que son unos *boomers*.

—¡Ah! Y ya que ahora te pones desodorante todos los días, Tetê de la Pesté ha muerto, ¿de acuerdo? ¡Ha muerto! —exclamó entusiasmada mi abuela.

—¡Mamá! ¡No me puedo creer que se lo hayas contado! —gruñí.

—¡A mí y a todo el mundo durante la reunión de vecinos! —confesó mi abuela.

—¿Que contaste en la reunión de vecinos lo del apodo tan horrible que me pusieron? ¿Por qué? —quise saber, absolutamente indignada.

—¡Tranquila, hija, el objetivo no era el apodo! Lo que quise enfatizar fue el hecho de que tú eres una chica aseada que se pone desodorante todos los días y de que ya no eres Tetê de la Pesté. Porque quiero que los adolescentes de este edificio te acojan bien, hija mía. Que te reciban como la princesa que eres. Te tienen que aceptar cuando bajes al parque o al gimnasio del edificio. Ya hace más o menos tres meses que estamos aquí y casi no te relacionas con nadie. No te enojes conmigo. Lo hice por tu bien...

—¡Ay, mamá! ¿Cómo que por mi bien? ¿Estás segura? ¿Pretendes que la gente se acerque a mí por pena y crees que lo haces por mi bien? —Estaba cada vez más encolerizada.

—¡Pues claro! Es un buen comienzo —respondió mi abuela por mi madre.

En ese momento ya estábamos todos gritando. Tanto que hasta mi bisabuelo, que está sordo, nos oyó y se unió a la conversación.

—¡Exactamente! Por pena todo el mundo es agradable, la gente sonríe, es solícita, se ofrece para ayudar, para jugar contigo... —completó.

—¡¿Jugar?! Yo ya no juego. ¡¡¡Tengo quince años!!!

—¿Ya? Qué rápido pasa el tiempo, ¿verdad? Aunque para nosotros siempre serás una niña —dijo sonriente.

¡Mi familia es alucinante!

—No te vas a sentir excluida en la nueva escuela, cariño... —dijo mi abuelo, que es un amor y que condujo de nuevo la conversación a la normalidad—. Es una de las mejores de aquí, de la Zona Sur, tiene unos profesores excelentes y está muy bien atendida. Tu abuelo y tu abuela no queremos escatimar contigo. Tu educación merece nuestra inversión. Eres una chica inteligente, Tetê.

Me parecía genial que mis dos abuelos ayudaran a mis padres en esta época de vacas flacas. Se estaban comportando de maravilla (a pesar de que mi abuela fuera una imprudente). Además del techo, la comida y la lavandería, también pagarían la mensualidad de la escuela, que seguro que no sería barata. ¡Ay, los abuelos...!

La verdad es que nunca entendí por qué me evitaban tanto en la antigua escuela. Puede que a la gente simplemente no le cayera bien o que fingiera que era invisible. Antes de ser Tetê de la Pesté, había tenido otros apodos a lo largo de mi vida escolar, como Sandía, Cuatro Ojos, Culona, Trasero Grande, Peluda. ¡Qué vida tan agradable!

Durante una época incluso me planteé la posibilidad de cambiar de escuela, pero llegué a la conclusión de que no funcionaría. Adolescentes crueles hay en todas partes. Llegué a pensar en proponérselo a mis padres, pero no lo hubieran entendido y seguro que habrían creído que de una tontería estaba haciendo un drama. Puede que no fuera solo eso. Tampoco quería ocupar sus vidas con mis problemas (ya tenían muchos).

—Por cierto, Tetê, hablando de «hacer las cosas por tu bien», tienes que decidir si vas a ir o no a terapia.

—Está bien, mamá. Te prometo, de buena manera, que voy a pensar en la posibilidad de hacerla.

Mi madre se mostró entusiasmada.

—¿Me lo prometes? ¿Lo ves? Mi hija está loca, pero es muy sensata —dijo mi progenitora, siempre dulce y cariñosa.

Se sabe que, con la familia que tengo, hay que reír para no llorar.

—Pero tiene que ser con el doctor Romildo —exigí, imponiéndolo como condición.

—¿Ese doctor que dijo que no necesitabas tomar pastillas? —preguntó mi madre.

—No, ese sujeto tan sensato que además de terapeuta es psiquiatra y que dijo que no tenía que ir a terapia a la fuerza, sino por voluntad propia —respondí.

—A mí no me pareció nada del otro mundo, pero estoy contenta de que quieras ir a terapia —completó mi madre, antes de irse a su habitación para ver su serie favorita, como hacía todos los domingos por la noche—. Y nada de quedarte hasta tarde, Tetê. ¡Tienes que acostarte pronto para despertarte temprano para las clases de mañana!

—Ok, doña Helena Mara. ¡Buenas noches a todos! Pero

¿nadie va a felicitarme por el delicioso postre de crema de queso con guayaba que preparé?

—Claro, Tetê, está buenísimo, como siempre —dijo mi abuelo.

—¡Yo quiero un poco más! —pidió mi abuela.

—¡Riquísimo! —exclamó mi padre guiñándome un ojo.

Si había un momento en que mi familia por completo se ponía de acuerdo, era a la hora de aprobar mis platos. ¡Y ese postre siempre causaba sensación!

Crema Romeo y Julieta con final feliz

DIFICULTAD: RIDÍCULA. MUUUY RIDÍCULA

#loquelleva

1 brik de nata líquida para cocinar • 1 lata de leche condensada • 6 quesitos • 200 g de guayaba

#cómosehace

1. Bate en una licuadora los quesitos (sin el papel, ¡eh!) con la nata. **2**. Coloca la mezcla en un bol de cristal bonito. **3**. Después, limpia la licuadora y bate la guayaba con la leche condensada. Vierte la mezcla en el recipiente de cristal por encima del queso batido (con cuidado de que no se mezcle). **4**. Déjalo reposar dos horas en el refrigerador antes de servir la crema. ¡¡¡Es simplemente sensacionaaaaaaaal!!!

POR FIN llegó el lunes.

El despertador del celular sonó, pero yo ya me había despertado antes por culpa de los increíbles ronquidos de mi bisabuelo. Dentro de su cuerpo debía de haber doce tenores desafinados. En serio.

Respiré hondo mientras miraba el techo de la habitación, intentando no sufrir por adelantado con mi tercera vez en una escuela nueva. En la primera estuve hasta los seis años y de ella no conservo muchos recuerdos. Después me cambié a la escuela São Lucas, donde sufrí bastante, desde la infancia hasta tercero de secundaria. Ahora iba a ir a la Escuela Educacional Copacabana.

Me arreglé lo más rápido que pude, me tomé un café solo, tomé la mochila y salí por la puerta en dirección a mi nuevo destino de todos los días. Nada más atravesé el enorme portón de hierro de la escuela nueva, un escalofrío me recorrió la columna, me puse a sudar y enseguida empecé a sentir la «plasta» que se me formaba en la axila.

(He aquí una palabra que me encanta: *axila*. *Axila* e *indolencia*. No sé por qué, pero son mis dos palabras preferidas del mundo. La tercera es una expresión de dos palabras: *Brisa marina*. Bueno, en realidad de la brisa marina solo me gusta el olor.)

Consulté dónde era mi clase en el pizarrón de anuncios del centro del patio y busqué el número del aula por el pasillo. Cuando la localicé, respiré profundamente y entré.

¡Demonios!

Todo el mundo se conocía y hablaba hasta por los codos. Todos parecían felices y contentos, y podía oír a los diferentes grupos de alumnos contando cómo habían pasado sus maravillosas vacaciones, cómo habían sido sus viajes, su fantástica convivencia con sus familias perfectas, sus salidas a la playa con sus novios y novias sensacionales...

El único que no hablaba con nadie era un chico casi tan blanco como yo, con lentes gruesos, con mucho vello en los brazos (muchísimo) y de pelo castaño. Tenía la cara pegada a un ejemplar de *2001: Una odisea en el espacio*, de Arthur C. Clarke, y parecía no molestarle el alboroto a su alrededor. Me senté a su lado.

—¡Hola! —le susurré.

No sé si me respondió o no, porque todo lo que oía eran las carcajadas y las alegres conversaciones en torno a nosotros. ¡Cómo odiaba a la gente feliz el primer día de clase!

—¡Hola! —Volví a intentarlo.

¡Oh, no! ¿Hasta el friki de la clase me ignoraba? ¡Eso sí que no!

—¿Eeeh? ¿Dijiste algo? —replicó, levantando la vista del libro y mirándome asombrado.

—Sí. Te dije «hola».

—¡Hoooola! ¡Hola! ¡Hola! ¡Hola! —exclamó, sonriendo con toda la extensión de la boca, con una alegría inmensa imposible de disimular.

Era como si le hubiera dicho que le daba un millón de dólares y entradas gratis a todos los partidos de su equipo de futbol en el estadio de Maracanã hasta que se muriera de viejo.

Ahora me tocaba a mí hacerme la sorprendida.

—Hola... Eso ha sido exactamente lo que te dije... —Intenté hacerle una broma.

¡Estaba tan contenta por haberme atrevido a entablar contacto con un extraño! Por dentro daba saltos de alegría: VOY A TENER UN AMIGOOOO. ¡Un amigo que lee *Una odisea en el espacio*! ¡Dios mío!

—¡Un placer! Me llamo Davi. Encantado —dijo, y me extendió la mano como hacen los adultos.

Me pareció un poco raro. Nunca nadie me había extendido la mano para saludarme. Ni nunca nadie me había dicho «encantado». Y creo que, tampoco, nunca nadie había demostrado mucho interés en querer conocerme.

—¿Encantado? ¿Conmigo? —No pude resistirme—. En quince años nunca oí a nadie usar esa palabra.

Davi se puso rojo. Para no dejar su mano tendida en el

aire, extendí la mía y lo saludé, sintiéndome muy adulta, madura y emancipada.

—Un placer. Me llamo Tetê —me presenté, sonriendo y enseñando todos mis dientes.

Estuvimos saludándonos con un apretón de manos. Más de lo necesario. Mucho más tiempo del indispensable. Su mano sudaba. La mía también. Ya me dolía el brazo de tanto sacudirlo cuando me preguntó:

—¿Es tu primer día?

—¡Sí! Y por lo visto, tú también debes de ser nuevo —respondí, todavía estrechándole la mano y moviendo el brazo.

—¡No, cómo crees! Estudio aquí hace años, lo que ocurre es que la gente me ignora.

—¡Ya lo sé! —contesté, extremadamente feliz, soltándome por fin de su mano.

Sí. Extremadamente feliz. Sí, soy una verdadera estúpida. Y asusté al pobre Davi.

—¡Dios mío! ¿Hasta tú que eres nueva ya te percataste de que soy invisible para los demás?

—¡No! ¡Nada de eso! Cuando dije «ya lo sé» tan animada, fue para decirte que comprendo muy bien cómo te sientes. Porque yo también he sido invisible durante años en mi antigua escuela.

—¿Tú? ¿En serio?

—¡Te lo juro! ¿No te parece increíble? En plan... ¿No te parece una coincidencia increíble? En plan...

¡Maldita sea! Qué poco habilidosa soy con las palabras. Se me da mejor escribir...

—No te preocupes, entendí lo que me quisiste decir. Por un momento había pensado que estabas celebrando el hecho de que me consideraran un cero a la izquierda, pero comprendí tu explicación a la perfección.

—¡No eres un cero a la izquierda! ¡Lo eres todo!

—¿Cómo que lo soy todo? —respondió sorprendido.

—¡Bueno! ¡Todo tampoco! —Intenté arreglarlo.

Davi se desanimó al instante. ¡Maldita sea!

—¡Ay, lo siento! Solo un poquito... —dije amablemente.

—¡Ah...! —Bajó la mirada avergonzado.

No podía perder a mi primer amigo así, por culpa de una palabra tan estúpida como *todo*. Entonces, le dije:

—¡Nada de eso! ¡Quiero decir «todo», sí, señor! ¡Todo! ¡Todo, todito! Lo apuesto «todo». Todo, todito, todo. ¡Muy «todo»! ¡Megatodo! ¡Ultratodo! —Lo dije sin respirar—. ¡Todo! —completé mi razonamiento, por si no le había quedado claro.

Se rio y añadió:

—¿Hasta el tope?

—Tú no tienes tope, tú solo puedes ser... Cómo lo diría... Supertodo, Atopedetodo... A ver, estoy bromeando, ¡eh! —le aclaré.

—He intentado... —dijo, medio desconcertado.

¡Pobre! ¡Era tan torpe con las palabras como yo!

¡Era lo máximo!

—¡Qué suerte tienes! —corregí.

¡Ay, Dios mío! Decirle eso fue un error...

—Pues yo creo que lo que de verdad tengo es mala suerte... Pero vamos a dejarlo ahí y pasemos al siguiente tópico.

—¿Cómo que tópico? ¡Esa palabra solo se utiliza en los exámenes de inglés! Creo que jamás había oído a nadie decir «tópico» en vez de «tema». Mira que hablas difícil, ¡eh! —le señalé.

Hubo un silencio.

—Apuesto a que dentro de poco harás muchos amigos y también me considerarás una planta —dijo desanimado.

—¡No lo creo! ¡Yo soy buena gente! Nadie se ha percatado todavía, pero lo soy. Mi madre dice que soy una princesa y que todavía no me he dado cuenta. En verdad, preferiría ser reina, pero con ser princesa me conformo... —rebatí.

Davi se rio. ¡Hice que un ser humano se riera! Mejor aún: ¡un ser humano del sexo opuesto! ¡Dios mío! ¡Por primera vez me sentía realmente feliz en años! Si tuviera amigas, les mandaría un WhatsApp en plan colegas por nuestro grupo (el sueño de mi vida):

Estoy encantada con la nueva escuela! Solo gente genial con la que me llevo bien! Gente súper atractiva! Gente dinámica y cool! Besos, TT.

Como no tenía amigas y nunca he formado parte de ningún grupo, seguí con la conversación:

—Te juro que nunca voy a hacer que nadie se sienta invisible. Sé el daño que hace eso.

Davi sonrió, entre tímido y aliviado.

¡Yupi! Por fin había encontrado a uno de los míos. ¡Un

chico que sonreía bajando la cabeza sin enseñar los dientes! Que no hablaba con nadie (en realidad, porque nadie hablaba con él), que se sentía solo en clase. Prácticamente mi hermano siamés. ¡Mil veces yupi! ¡Yupi, sí! (Digo «yupi» desde siempre, ¿y qué?)

Estaba celebrando en mi interior la llegada de un amigo a mi vida cuando, de repente, el tiempo se paró y entró en clase la belleza en forma de adolescente, todo el encanto del mundo hecho persona, la personificación del carisma, el chico al que todas las chicas querrían meter en un bote y llevárselo a casa, el príncipe de la vida real que todas buscan: cara angulosa, orejas perfectas, nariz con personalidad, también llamada «nariz grande» (siempre me han gustado las narizotas, ¡que alguien me pellizque!), cuello largo y pelo rubio casi castaño, tan impecablemente liso que volaba al viento de un ventilador imaginario mientras caminaba, hombros anchos, bíceps trabajados pero nada exagerados, muñecas con las venas marcadas, manos de persona delicada y madura, ojos almendrados del color del mar («¡ah, quiero ahogarme ahí!», me dieron ganas de gritar), cejas gruesas y expresivas y una boca carnosa (¡Dios mío!) capaz de llevar a la máxima locura a cualquier representante del sexo femenino.

Para mi sorpresa, venía en mi dirección. ¡Dios mío! ¡El divo me estaba confundiendo con alguien! ¡Solo podía ser eso! Un aluvión de frases invadió mi mente mientras se dirigía con un dulce balanceo hacia mi mesa. ¿Qué hago ahora? ¿Qué hago? ¡Ay, qué vergüenza! ¡Gran vergüenza! ¡Seguro que me dice algo y no voy a saber qué responder!

¡Nadie habla conmigo nunca! ¡No me digas nada, chico! ¡No me hables! ¡No me hables! ¡Dime algo! ¡Háblame! ¡Sí, habla conmigo, dioso! (Ya sé que «dioso» es incorrecto, pero a mí me gusta decirlo.) ¡No, no me dirijas la palabra! ¡Sí, por favor, chico bueno, dime algo! ¡Háblame, ojos color de mar! ¡Ven a hablar conmigo! ¡Ven! ¡Ven! ¡Acércate! ¡«Como una ola, tu amor llegó a mi vida»! (¡Noooo! ¿Cómo era posible que la letra de semejante canción me viniera a la mente? ¡Lárgate, canción! ¡Largo de aquí!)

El chico parecía andar en cámara lenta. Si fuera una escena de cine, solo él estaría enfocado, el resto seríamos figuras sin importancia. Tenía un no-sé-qué, una luz y un ventilador incorporados, era un pack completo, mi media naranja, mi alma gemela, la medicina adecuada para mi garganta inflamada. (¡Demonios! ¡Está llegando! ¡Llegando!) Yo temblaba. En un súbito ataque de timidez aguda, bajé la cabeza con brusquedad, como una loca, casi a punto de darme un ruidoso golpe en la mesa. ¡Siempre soy maravillosamente ridícula!

—*Ola k ase?*

Ola k ase?, repetí para mis adentros, envuelta en mis brazos y cubierta por mi larga melena.

OLA K ASE?

No pasa nada, nadie es perfecto.

—*Ola... k... ase...* —saludé en voz baja, sin levantar la vista, muerta de vergüenza.

—Buenos días, Erick. ¿Cómo estás? —dijo Davi.

Aaaah... Había ido a saludar a Davi... Claro. Soy una verdadera idiota...

—¡Muy bien! ¿Y tú, chico? ¿Qué tal las vacaciones? —le preguntó a mi amigo.

¡Un momento! Se llamaba Erick. ¡Y Erick estaba buenísimo! A partir de aquel minuto, Erick obviamente pasó a tener el nombre más bonito de toda la Vía Láctea. ¡Llévame a la Luna, divo maravilloso! Mis sueños eran de altos vuelos. ¡Preséntamelo, Davi! ¡Preséntamelo! ¡Preséntamelo, Davi!, imploré en mis pensamientos.

—¡Ah, nada especial! Como mi abuelo está enfermo, mi abuela y yo hemos pasado la mayor parte del tiempo con él en casa viendo películas. ¿Y tú?

¿Y vas y le respondes antes de presentarme al amor de mi vida? ¡Carajo, Davi! ¿Y nuestra bonita amistad? ¡Qué decepción!

—Nada especial tampoco. Me quedé por aquí, solo fui unos días a Araras, a casa de mi padre, y el resto del tiempo estuve haciendo surf.

¿Surfista? ¡Es surfista!

¡Vaya!

Y empecé a imaginarme a Erick, el guapo, enseñándome a surfear con toda la paciencia del mundo (tenía cara de ser paciente). Pero sería imposible. El mar me da miedo. Y el sol. Soy muy blanca. Además, siempre que me pasa una ola por encima de la cabeza pienso que voy a morirme y me paso unos cuantos días sacándome arena de los oídos y de los demás orificios del cuerpo. Por eso, solo por eso, Erick no me enseñaría a tomar las olas. ¡Qué pena, Erick!

¡Ay, Tetê, ponte recta!

—Esta es Tetê. —Davi, por fin, me presentó.

Levanté la cabeza despacio y con ella, toda mi melena castaña. Parecía un anuncio de champú, pero protagonizado por una cómica. Como estaba sudada (¡sudo como un pollo!), algunos mechones de pelo se me quedaron pegados a la cara, otros dentro de la boca de dientes torcidos. Entonces, aparte de la singular escena del levantamiento de cabeza, llegó el momento en que escupí el pelo de la boca, todo muy bonito.

Vamos a admitirlo: la gente no me ignoraba así porque sí.

Entonces dirigí la palabra a Erick a la vez que le tendía la mano:

—¡Los pelos!

Sí. Eso mismo le dije. ¡Los pelos! ¡LOS PELOS! ¿Por qué? ¿Por qué, Dios mío?

—¡Los pelos para ti también! —respondió él, tendiéndome la mano como yo.

¡Qué lindoooooo!

—¡Lo siento! No quería decir «los pelos», en serio, pero lo dije porque tenía la cabeza agachada y, cuando la levanté, pues el pelo se me había pegado en la boca por el sudor y estaba justo pensando en eso y, entonces, pues llegaste tú y me salió así, qué tontería. Y es que tengo mucho pelo, incluso por todo el cuerpo, aunque no me depilo... ¡Ay, no...! Perdón...

¡Cierra el pico, Tetê! ¡Cállate ya, boca floja! ¿«Los pelos»? ¿«No me depilo»? ¿Hay palabras más inoportunas que esas para iniciar una primera conversación? ¿En serio que le dices eso a un chico que acabas de conocer?, me regañé a mí misma. Si tuviera un superpoder, querría volver justo al momento en que comenzó todo.

—¿Empezamos de nuevo? —sugirió Erick, al ver la desesperación de mi semblante.

¡Quería morirme! ¡Qué chico tan perfecto y comprensivo! ¡Hasta leía mis pensamientos! ¡Qué lindura!

—Hola, es un placer, Tetê. ¿Qué tal?

«¡Amor de mi vida! ¡Te amo!», quise gritarle poniendo los ojos en forma de corazón. Con todo, en vez de eso, dije otra cosa, claro:

—Pues... más o menos... aunque yo a ti no te conozco...

—¡Eh! ¿Qué clase de frase es esa, idiota? ¡Burra! ¡Arréglalo! ¡Corrige esa frase estúpida!, me regañó el hada enojada que habita en mi cabeza. Intenté arreglar lo que acababa de decir—: ¡Pero te estoy conociendo ahora! Ja, ja, ja... Ja, ja, ja...

¿Ja, ja, ja? ¿Ja, ja, ja? Tetê, ¡te voy a matar, a ti y a tu torpeza! El hada de mi cabeza y yo discutiendo de nuevo.

—Ja, ja, ja —se rio.

Ahora ya era yo.

—Pero si no quieres conocerme, lo entenderé com-ple-ta-men-te. ¡Solo digo tonterías! ¡Mentira! ¡No lo entenderé! ¡Bueno, sí! ¡Claro que sí! ¿O no? ¡Claro que no! ¿O sí? ¡Pues claro que sí! ¡No! ¡Sí! Erick, Tetê, Tetê, Erick. Un placer, gracias, de nada.

¡Cierra esa máquina de decir tonterías y para ya, chica, que estás locaaaa!, pensó mi lado cuerdo (¡prometo que tengo un lado cuerdo, lo juro!).

Menos mal que Erick, el guapo, no prestó atención a las

últimas tonterías que salían de mi boca torcida llena de dientes torcidos. Bueno, en realidad no es que tenga la boca torcida, pero es fea, parece de cine de 3D, es como si me fuera a salir disparada de la cara. Y los dientes... ¡Dios mío! Los tengo torcidos. Muy torcidos. ¡Carajo! ¡Menos mal que existen los *brackets* para poner orden en la zona bucal!

Esbozó una simpática sonrisa y dijo:

—Soy Erick, vecino de Davi.

El divo vive en el edificio de Davi, mi mejor amigo, ¿mi mejor amigo? ¡¡¡Me muero, me muero, me muero!!!, me estaba volviendo loca. ¡Era increíble! ¡Gracias! Para seguir manteniendo un diálogo fluido, lo ideal hubiera sido que no se le ocurriera preguntarme de dónde venía el diminutivo Tetê. ¡De dónde viene Tetê está prohibido! ¡Terminantemente prohibido! ¡Odio mi nombre!

—¿De dónde viene Tetê? ¿De Teresa?

¡Carajo, Erick, guapetón! ¿No podrías haberme leído otro pensamiento? ¿Tanto te hubiera costado? ¡Maldita sea!

—Yo tampoco lo sé. ¿De dónde viene Tetê? —La pregunta de Davi fue fatídica.

¡No te importa, Davi! ¡Eso mismo, tú échale leña al fuego! Si no hubieras sido mi gran amigo, habría pensado que querías burlarte de mí en mis narices y que nuestra amistad se acabaría de una vez por todas. Pero no. Era simple curiosidad.

—Tetê viene de Teanira —respondí muy bajito.

—¿Cómo? ¿Tenira? —indagó Erick.

—No. Te-a-ni-ra —dije, subiendo el tono de voz, a la vez que noté que las mejillas me ardían de vergüenza—. Es la unión del nombre de mi abuelo, Tércio, y de mi abuela, Djanira. Odio mi nombre.

—¡No me extraña! ¿Qué nombre tan horroroso es ese?

No fue Erick el que hizo esa pregunta. Y mucho menos Davi. Venía de la perfección en forma de chica, de la belleza personificada.

—¡Ah! Es Valentina. —Erick me la presentó.

Y ella se apresuró a darle un beso.

En ese momento mis planes de una boda de ensueño en Hawái con mi príncipe, rodeados de damas de honor sonrientes bailando el hula-hula, se desmoronaron. (¡Déjame soñar, chica, que no te cuesta nada! Ya sé que jamás en la vida tendré la oportunidad de casarme con alguien tan guapo como Erick, pero... es que... En fin, soy una auténtica estúpida.)

—Debería estar prohibido que los padres pusieran esos nombres tan ridículos a sus hijos, ¿no te parece? —comentó Valentina. ¡Un amor de niña! ¡Qué dulce! ¡Cuántas cosas cariñosas en una frase tan breve! ¡Quiero ser del equipo de Valentina para siempre! ¡Uy, no, ya parece! ¡De eso nada!—. ¿Cómo alguien puede quererse a sí misma si no le gusta ni su propio nombre? Es el nombre más feo que he oído en la vida —sentenció la afectuosa Valentina.

«¡Está bien, ya sé que odias mi nombre todavía más que yo, pero no hace falta que me humilles delante de los demás!», era lo que habría querido decirle si hubiera tenido valor.

—Pero tiene un significado. Quiere decir «mujer apresada por Hércules cuando invadió Troya» —expliqué de repente, tragándome la timidez, sudando a mares y citando al sabelotodo de Google.

—¡Ay! ¡Aún peor! —exclamó Valentina sin el menor pudor.

¿Cómo una chica así puede salir con un chico tan guapo como Erick? ¿Cómo es que a ella no la excluyen? ¿Cómo es que ella no sufre *bullying*? ¡Que alguien me lo explique! Esto forma parte de la serie «Injusticias de la vida».

—¡Mi amor! —dijo el dioso, haciendo pedazos mi corazón con la palabra *amor* saliendo de su boca perfecta, aunque lo dijera en tono de reproche—. Te acuerdas de Davi, ¿no?

—Ajá. Vamos detrás, Erick, no querrás sentarte aquí adelante con estos dos, ¿no? ¡Por Dios!

Se hizo un breve silencio hasta que Erick, el guapo, se manifestó.

—Ya voy. ¡Está bien, chicos! Un placer, Tetê. Bienve...

Valentina tiró del dios griego, ¡qué guapo era!, antes de que terminara de darme la bienvenida. ¡Qué chica tan estúpida! Nada más me dio la espalda, Valentina, la divina, preguntó a Erick con bombo y platillo:

—¿Por qué hablas con ese tipo de gente? No te entiendo, Erick.

¡Me entró una tristeza...! Una mezcla de tristeza y de rabia. No pude escuchar la respuesta de Erick.

—Ese chico es buena gente. —Davi retomó la conversación.

Y estoy enamorada de él..., por poco doy voz a mis pensamientos. En realidad no era exactamente un enamoramiento, había prometido no volver a enamorarme en la vida, pero... digamos que era algo así..., en plan, un flechazo.

—Y para él no eres invisible —añadí.

—Ya... Aunque no sé si habla conmigo porque su madre lo obliga o si es porque tiene buen corazón, Tetê. Prefiero estimar la segunda opción.

Me reí.

—¿Por qué te ríes? —me preguntó Davi.

—Es graciosa tu forma de hablar. Todo educado y correcto. «Prefiero estimar la segunda opción.» Nunca oí a nadie de nuestra edad hablar así. Pareces un adulto. Un viejoven.

—Vivo con mis abuelos. Quizá sea por eso por lo que cometo ese tipo de deslices.

En realidad no se trata de un desliz, repliqué mentalmente. Seguí con la conversación.

—¡Yo también vivo con mis abuelos! Mi padre, mi madre, mis abuelos, mi bisabuelo y yo.

—Tengo un hermano, Dudu, que vive en Juiz de Fora, en Minas Gerais, con nuestro tío. Se fue a estudiar informática allí, a la universidad. Así que en casa apenas vivimos mis abuelos y yo.

¿«Apenas vivimos mis abuelos y yo»? No quise burlarme. Me daba miedo hacerlo sentir incómodo o molestarlo, pero hablaba realmente raro.

—¿Y tus padres? ¿Dónde están? —pregunté.

—Murieron.

Y una parte de mí también murió al saberlo. Menos mal que no me burlé del «apenas vivimos mis abuelos y yo».

—¡Ay, lo siento! ¡Tengo una boca...! Perdona, Davi. Te pido disculpas...

—No pasa nada. Era pequeño, tenía cinco años.

—¿De qué murieron? ¡Ay, perdona! No tienes que responderme si no quieres...

—¡Imagínate! —exclamó Davi—. Fueron a celebrar una segunda luna de miel y a conocer el nordeste de Brasil en coche y un camionero borracho acabó con su vida en cuestión de segundos.

—¡Dios mío! Qué triste... —dije consternada.

—Pues sí. Pero no sufrieron. Fue todo muy rápido. Y saber que no sintieron dolor me proporciona un cierto alivio, ¿sabes?

Qué horrible crecer sin padre ni madre... Me entraron muchas ganas de darle un abrazo, pero me dio vergüenza. Preferí estrecharlo con la fuerza de mi pensamiento.

—En mi cabeza, mis abuelos son mis padres, ¿sabes? Mi abuelo Inácio es más que un padre, es mi mejor amigo —me contó—. Como no tengo amigos, pues convivo con los amigos de mis abuelos. Salimos juntos, vamos al teatro en furgoneta, voy a la playa con mi abuela, hasta juego a las damas en la plaza... En los últimos tiempos mi abuelo no ha estado demasiado bien de salud y por eso hemos estado metidos en casa. También adora jugar a las cartas, pero ha estado tan decaído que ahora no le gusta mucho divertirse...

—¡Tus abuelos lo son todo para ti en la vida! Mi abuela está demente, pero es graciosa, y mi abuelo es la persona que más me quiere en el mundo. O al menos eso creo yo. Me gusta estar con ellos. Me encantaría convivir más con ellos.

—Entonces veo que me entiendes. Los quiero mucho.

Soy el hazmerreír de la clase. Ya sé que algunos compañeros odiarían estar en mi lugar. A mí, sinceramente, me encanta. Mi hermano también adoraba estar con ellos, hasta que se mudó.

—¡Me hubiera gustado tanto tener un hermano o una hermana! ¿Cuántos años tiene?

—Dudu es tres años mayor que yo. Tiene dieciocho. Lo quiero mucho —dijo Davi—. Es superinteligente, entró en la universidad con diecisiete.

A cada minuto que pasaba Davi me caía cada vez mejor, a pesar de los maleducados que estaban a punto de hacer su aparición.

Nunca me hubiera imaginado que acto seguido entraría en escena otro compañero que también me iba a caer muy bien: se trataba de Zeca, que acababa de llegar a la clase buscando un sitio donde sentarse como si desfilara por una pasarela imaginaria. Era alto, delgado, elegante, con una cara de indiferencia maravillosa (tipo la que muestra Paris Hilton en las fotos), corte de pelo moderno y, aparentemente, un ligero mal humor en el semblante. Soltó la mochila en una mesa y enseguida se le acercó otro compañero a decirle:

—¡Eh, aquí no, chico , que la mesa está ocupada!

—¡Estaba vacía! —contestó Zeca al instante.

—Exactamente. Es-ta-ba —dijo con maldad el otro chico.

Zeca dio media vuelta y, al poner la mochila en la mesa de al lado, la escena se repitió, esta vez con otro alumno que aparentaba estar estresado.

—Aquí también está ocupado.

—¿Estás seguro de que esta es tu clase? —le preguntó otro que observaba de lejos.

Los demás compañeros solo sonreían. Valentina forzó una carcajada muy falsa y estridente desde el fondo de la clase. Una chica con cara de simpática, que más tarde descubriría que se llamaba Samantha, intervino en defensa de Zeca:

—¡Déjenlo en paz! ¡No sean estúpidos!

¡Admiré a aquella chica! ¡Cómo me gustaría tener valor para hacer lo mismo! Pero ¿cómo podía enfrentarme al miedo? ¿Y a la inseguridad de ser odiada el primer día en una escuela nueva? ¿Qué podía hacer yo, si la sangre se me subía a la cabeza y me ardía a cada segundo que pasaba? Respiré hondo, me tragué la timidez y conseguí preguntarle, señalando el pupitre que había justo a mi lado:

—¿Quieres sentarte aquí?

—¡Mira qué bien! ¡Pero si Zeca ha conseguido novia! —dijo, burlándose, un chico del final.

Respiré aliviada cuando comprobé que no había sido Erick.

—¿Una novia? ¿De verdad, Zeca? ¿De verdad? —preguntó otro, sentado al lado de mi príncipe, que se rio tímidamente para no dejar solo a su amigo. Y también para sentirse integrado en la clase, que se burlaba con ganas del pobre Zeca.

Con la cabeza bien alta, como para demostrar que la burla y la agresividad gratuita no lo incomodaban, Zeca se dirigió a la primera fila de la clase, donde estaba yo con Davi, sin dar importancia a los idiotas que le cantaban: «Mira la melena de Zeca, ¿será marica? ¿Será marica?».

—¡Hola, Zeca! ¿Estás bien? —lo saludó Davi, mi mejor amigo.

—¡¿Bien?! ¡Increíble! ¡Mejor imposible! Me encaaaanta llegar a clase y que me reciban tan bien. Es una maravilla.

¡Un punto para Zeca! ¡Me fascina la gente irónica! ¡Me cayó bien de inmediato!

—Esta es Tetê.

—Hola. ¡Buenos días! —respondí amablemente.

—¡Chica, pero qué barbaridad! ¿Cómo tienes esas cejas? ¡Tienes que quitarte esa entreceja de la cara! ¡A-ho-ra! —vociferó Zeca.

—¡¿Hola?! —respondí, no me esperaba su reacción.

—Perdona la sinceridad, pero yo soy así. Si no quieres hablar más conmigo, tranquila. Estoy acostumbrado a que me ignoren.

En un primer momento pensé en quitarle diez puntos, pero enseguida me reí y lo entendí. Solo quería ayudarme.

—Siempre que no sea con cera caliente... Una vez acompañé a mi madre a depilarse a una estética y me dolió a mí. ¡Yo nunca voy a depilarme! Solo afeitarme —repliqué.

¡Era la tercera persona que hablaba conmigo aquella mañana! «¡Que alguien me pellizque para ver si estoy soñando!», me dieron ganas de gritar.

—¡Oh, pues depílate ya, cariño! Tienes que rasurarte, una mujer con entreceja no es atractiva. ¡Que lo sepas, no tiene pegue! ¡No quieras ir de Frida Kahlo por la vida, que nadie merece ser cejijunta! ¡No te depiles con cera, chica! ¡Depílate con un hilo, boba! Dura más y no descuelga la cara. La amiga de mi hermana es una profesional de la estética y diseña cejas, y también depila bigotes. Y visita a domicilio. Te doy su teléfono. La cera lo deja todo flácido, y tú no querrás tener cara de vieja, ¿no, chica?

Me cayó genial. Tener un amigo así sería fantástico. Crucé los dedos para que nuestra amistad durara. La idea de hacer dos amigos en un solo día era inimaginable para mí. Había pasado años en la escuela anterior sin que me sucediera nada parecido. ¿Ya tenía dos mejores amigos el primer día en una nueva escuela? ¡Que alguien me pellizque, por favor! ¡Solo puedo estar soñando! ¿Y mi *crush*? ¡Ay...! Ya sé que había prometido no volverme a enamorar y así, pero... Que Erick me gustara platónicamente sería lo mejor para mí. Sabía que era un amor imposible. Pero... ¡Ah! Soñar no cuesta nada, ¿está bien?

—¿Seguirá siendo Tony nuestro profe de Geometría? —preguntó Zeca.

—Sí. Es horrible, no sé cómo la escuela mantiene a un profesor tan malo —respondió Davi.

—No sabe nada, ¿o no, Davi? ¡Es un quiero y no puedo! Y habla como si tuviera un huevo en la boca, no se entiende lo que dice. Además, alguien debería decirle que existe un aparato para recortarse los pelos de la nariz y de las orejas. ¡Por el amor de Getúlio!

—¿De Getúlio? —pregunté extrañada.

—Mi tatarabuelo, ¡que era de una elegancia excepcional! Es igual a él —me explicó aquel zumbado adorable—. En serio, Tetê, ya lo verás. ¡Se podría hacer una trenza en cada agujero de la nariz de tanto pelo que tiene! ¡Trenzas en plan Rapunzel! ¡Un asco!

Davi y yo nos carcajeábamos. Zeca también.

—¿Y tú de qué te ríes? ¡Mientras no te quites esa entreceja de encima de los ojos, no te servirá de nada hacerte la simpática conmigo! —exclamó Zeca, bromeando.

¡Carajo, sí que se había tomado en serio lo de mis cejas!

—¿Es que están tan mal así? —pregunté, mientras los dos se morían de risa.

—Sí. Así están mal. ¡Mucho peor de lo que crees! Y deberías volver a graduar los lentes que usas si es que no ves bien —afirmó Zeca—. Te juro que soy una buena persona y que no dejaré de hablar contigo siempre que llames hoy a Heloísa para que te arregle las cejas.

Me reí. Era la primera vez que alguien de fuera de mi familia se preocupaba por mí, por mi aspecto. Tomó un papel, me apuntó el teléfono de Heloísa y me lo entregó.

—Está bien —acaté, mientras me guardaba el papel y me reía con ganas.

TONY, EL PROFESOR, entró en el aula para dar la primera clase. Y la cantidad de pelos que asomaban por los orificios de su cabeza era realmente asombrosa. Y yo no podía mirar otra cosa. Las palabras salían de su boca, pero yo solo podía ver su nariz y sus orejas. Parecían tener vida propia. Era como si tuviera un oso en cada oreja y un san bernardo enredado en cada agujero de la nariz. La viva imagen del horror. ¡Del horror!

Empecé a pensar en lo que sucedería si los osos decidiesen cazar a los san bernardos nunca esquilados y a imaginarme a los perritos, pobrecitos, haciendo todo lo posible por entrar en la nariz del profesor, sin éxito, claro. Mi mente voló lejos y visualicé a los osos corriendo por las mejillas de Tony. Y los san bernardos nunca esquilados, desesperados, con el trasero balanceándose y asomando por los agujeros de la nariz...

¡Carajo!

El ataque de risa no me dio así porque sí. ¿Sabes una risa de esas que vienen de muy adentro? Del pecho, del estómago, del pulmón, del útero, vete a saber de dónde... Una risa incontrolable, una risa que sabes que tienes que contener, pero que no puedes. Una risa que se convierte en una carcajada infinita con derecho a derramar lágrimas por toda la cara.

Creo que me reía por el kit completo: por el alivio de haber hecho dos amigos el primer día de clase, por la escena de los perritos san bernardo huyendo desesperados de los osos, por saber que me tenía que depilar la entreceja y el bigote también (y que ya no era solo una preocupación de mi madre), por el nerviosismo con el cambio de escuela...

Cuando ya me había convertido en el blanco de todas las miradas, el profesor paró la clase.

—¿Tienes algún problema, alumna-nueva-que-ya-quiere-ir-directa-a-dirección-el-primer-día-de-clase?

La carcajada forzada y estridente de Valentina resonó por toda el aula. Y empecé a odiarla oficialmente en ese momento.

—¿En serio, profe? ¡Nunca jamás me había dado un ataque de risa así!

¡Por supuesto que no me atreví a decírselo! ¡Imagínense! Solo lo pensé, pero considero que es divertido escribir lo que me hubiera encantado haberle dicho.

Se me cortó la risa y me apené. ¡Dios mío! Debí de ponerme más roja que un jitomate, probablemente me puse morada-casi-azul de tanto que me ardían las mejillas. Toda la cara me abrasaba de vergüenza. ¡Carajo! ¿No podía ser feliz ni siquiera un poquito?

No, no podía. ¡De verdad que no podía! Siempre he sido una buena alumna y no quería causar una mala impresión el primer día de clase. Si hay algo de lo que me siento orgullosa es de ser una alumna ejemplar. Le pedí disculpas, Tony retomó la clase, pero... sucedió algo todavía peor que una pelea en la escuela.

Un gas en la escuela nueva.

Sí, un gas silencioso, de esos que desprenden un olor fétido.

De esos que van llegando poco a poco y ante los que nadie puede mostrarse indiferente.

Lo digo en serio, no es para reírse.

Lo que voy a contar ahora fue una tragedia. Una tragedia griega. Fue la muerte.

De repente el olor era abominable. Llegué a contener la respiración unos segundos.

Todo el mundo estaba en silencio haciendo un ejercicio, nadie decía nada, nadie se manifestaba. Con todo, pude ver que la gente empezaba a agitarse incómoda.

¡Una clase civilizada!, suspiré con alivio.

Si hubiera sido en la otra escuela, ya habrían parado la clase para hablar del hedor. ¡Esta sí que es una buena escuela! ¡Gente madura y equilibrada! Gente que sabe que echarse un gas es algo normal. Que se perdona, porque un gas es inherente a la naturaleza humana y todo el mundo está sujeto a que se le escape alguno. Y aquí no hay nadie tan inmaduro como para ponerse a comentar una bobada de ese tipo.

Estaba impresionada con la madurez de la cla...

—¡Qué peste! Quién ha comido col con huevo para desayunar, ¿eh? ¡Qué fuerte está el olor por aquí! —gritó un chico visiblemente nada maduro ni equilibrado a la vez que se abanicaba con la libreta.

—¡Solo col con huevo, no! ¡Col con huevo y alubias! —añadió otro de olfato fino que, evidentemente, no pensaba que un gas fuera algo normal de la naturaleza humana.

Tengo que reconocer que hasta una persona con la nariz tapada habría percibido el olor. Estoy siendo sincera.

Pobre de mí, que solo había comido una bola de mi estupendo bizcocho de mantequilla para desayunar. Nada que generara gases o cosas por el estilo.

Bolas de bizcocho de mantequilla

DIFICULTAD: LO PUEDE HACER CUALQUIERA

#loquelleva

100 g de azúcar (ñam, ñam) • 200 g de mantequilla (¡cuánto me gusta la mantequilla!) • 300 g de harina de trigo

#cómosehace

1. Mezcla bien todos los ingredientes ¡con las mismas manos! **2**. Amasa unas bolas bien redondas y ponlas en un molde untado a su vez de mantequilla. **3**. Mete el molde en el horno durante 15 minutos y... ¡ya están listas y deliciosas!

—¡Gente, por Dios, abran la ventanaaaaa! —rogó Valentina, la burra, demostrando que el olor había llegado al fondo de la clase.

Todo el mundo estaba escandalizado. Ya nadie prestaba atención, hasta Tony se abanicaba.

—¿Es que hay alguien que todavía no sabe que existe el baño, carajo? —preguntó un pelirrojo.

—¡Fue por ahí delante! ¡Dios nos libre! ¡Alguien está podrido por dentro o ha sido una bomba! ¡Corran! ¡Sálvese quien pueda si es que hay tiempo! —sugirió Zeca, provocando la risa general.

—¡Lo más digno sería que el criminal asumiera su culpa! —gritó Erick.

Erick se había manifestado.

Erick.

¡¡¡Erick!!!

¡Glups!

Sin pánico... Sin pánico... Respira, Tetê... Respira, me dije a mí misma. No tan profundamente, Tetê, no tan profundamente, porque el olor es muy fuerte.

Risas en la clase. Más risas. Risas multiplicándose a la velocidad de la luz.

Tony pidió silencio. Poco a poco los compañeros obedecieron.

Silencio. Silencio.

Tetê, tranquilízate, porque no fuiste tú. Cállate y sigue poniendo cara de póquer e ignorando lo que sucede a tu alrededor, Tetê. Eso es, muy bien, me elogié a mí misma por mi desempeño ejemplar.

Más silencio. Silencio de cementerio.

¡Genial!

Sigue callada, Tetê. Ca-lla-da, le ordené a mi yo charlatán. Repite conmigo: «No fui yo, todo va bien», «no fui yo», «no fui yo...».

—¿Quién fue? —algún idiota gritó en mitad de la clase.

Y la imbécil, la estúpida, la tonta de mí hizo justo lo último que debería haber hecho. Estaba tan concentrada y tenía tanto miedo que acabé gritando la frase que pasaba por mi cabeza.

—¡No fui yo! —berreé (sí, berreé) con los ojos cerrados, desobedeciendo mis propias órdenes.

Carcajadas generales.

—¡Quien lo niega es siempre el pedorro! —sentenció un alumno moreno.

¿Pedorra? ¡En serio? ¡No, eso no me podía estar pasando!

—¡Cuidado con lo que dices, Thales! —le reclamó Tony.

Más carcajadas. Ja, ja, ja por aquí; ja, ja, ja por allá. ¡Carajo! Era todo muy divertido. Enormemente divertido.

—¡De verdad que yo no fui! —repetí.

¡Burra! Novecientas noventa y nueve mil veces burra. Todos se desternillaban, menos yo. Forcé una risotada para sentirme que formaba parte de la clase. Una risotada pésima. Acto seguido, para empeorar la humillante y devastadora situación, adivinen lo que hizo la burra que les habla. Salí corriendo de la clase y me puse a llorar. Y así fueron los primeros momentos de la primera clase de mi primer día en una escuela nueva.

En el recreo mi situación no mejoró en absoluto.

—Tienes claro que tu apodo, en adelante, va a ser la pedorra, ¿no? —me alertó Zeca.

¿La pedorra? Estaba perdida. «La pedorra», nadie se merece que la llamen así. Prefería Tetê de la Pesté. ¿Hasta qué punto he llegado? ¡Si solo tengo quince años! ¡Quince años!, me desahogué con las hadas que viven en mi cabeza. Yo no me había echado el gas. ¡Qué apodo tan injusto! Me acusaban de algo que yo no había hecho. La falsa autoría de un gas del que yo no era dueña. Era lo que me faltaba. ¡Qué mala suerte tenía!

—Tranquila. No hay que hacerles caso y dejarán de llamarte así —me aconsejó Davi.

—¿Ya me están llamando «la pedorra»?

—Sí —respondieron Zeca y Davi, a coro.

—¡Pero si no fui yo!

—Ya, pero cuantas más explicaciones intentes dar, peor. Déjalo pasar. No te preocupes. Lo único que pretenden es encontrar a alguien con quien meterse. ¡Relájate! —dijo Zeca.

¡Carajo, qué deplorable!

¿Deplorable? ¿Dije «deplorable»? ¡De deplorable, nada! ¡Tengo dos amigos que me apoyan y que no me han juzgado! Y que no me han insultado llamándome «idiota». No se han reído de mí, no me han criticado. Y siguen siendo mis amigos, siguen hablando conmigo con toda normalidad. Está bien que Zeca se estaba carcajeando, pero es lo normal, las caídas y los gases dan mucha risa desde que el mundo es mundo. El hecho es que ahora ya tenía dos amigos. ¡Hasta me dieron sus números de celular para whatsapearnos! ¿Hay algo mejor que eso? ¡A eso se le llama «felicidad»! ¡Felicidad total! ¡Felicidad absoluta! Me reí con ellos y ellos conmigo.

—No hay que hacer caso de las provocaciones —me dijo Davi—. A ver, que levante la mano quien no ha sufrido nunca momentos de flatulencias indeseadas en lugares inadecuados.

—Habla por ti, Davi. Si a ti te pasan esas cosas, a mí no me incluyas. Yo no sé lo que es eso —repuso Zeca desdeñosamente.

—¡Ah, claro! Tú no sabes lo que es un gas, Zeca. ¿Nunca te has echado uno en un momento inoportuno? —le dije, ridiculizándolo.

—¡Eso no! ¡Nunca! Ni a solas en la oscuridad —me respondió.

—¡Qué payaso eres! —Lo ataqué frontalmente.

—Anda, mira, ese era uno de mis apodos antes. *Clown*, para ser más exacto —confesó Zeca—. Hubo una época en que estaba mucho más delgado que ahora, los pantalones me quedaban grandes y se me veía muy raro. Tenía las espinillas muy flacas y los pies gigantes. En realidad daba la impresión de que usara zapatos de payaso. Parecía un *clown* auténtico. Hasta el pelo lo llevaba parecido.

—¿Y no te molestaba?

—En absoluto, Tetê. ¿No te acabo de decir que parecía un *clown* auténtico? Incluso cuando algún apodo me afecta, finjo ignorarlo. Por eso ninguno ha tenido mucho éxito. Y mira que me han llamado de todo, Tetê: Flor, Diva, Ru Paul, Maléfica, Plumífero...

—¿Plumífero?

—Sí, viene de «tener pluma».

—¿Como los anoraks?

—Chica, ¿eres boba? La expresión *tener pluma* quiere decir ser amanerado, gay, homosexual... ¡Qué boba eres!

Me moría de risa.

—Pero ese apodo sí que me gustaba —comentó mi segundo nuevo mejor amigo—. Al menos tenía gracia.

He llegado a la conclusión de que Zeca es un chiste. Y muy buena gente. Sin saberlo, me acababa de dar una lección: sí que es posible enfrentarse a las burlas sin sentirse (tan) poca cosa. Lo único que hay que hacer es no tomárselo en serio.

—Los compañeros, en general, no son tan malos, son unos inmaduros, sin tacto y sin sentido común, por eso no saben lo espectaculares que somos nosotros —afirmó Zeca.

—¿Somos espectaculares? ¿En serio piensas eso? —pregunté.

—Decir «somos» es incluir a mucha gente. YO sí que soy espectacular, eso seguro, querida —dijo Zeca bromeando, de manera socarrona y haciéndose la diva.

Risas y más risas. ¡Qué bueno era tener a alguien con quien hablar!

—Nosotros también lo somos, Tetê —dijo Davi, entrando en el juego de la superautoestima—. No podemos estar lamentándonos por culpa de una pandilla de acéfalos. —Y ante nuestras caras de interrogación, completó—: ¡Recórcholis, chicos! ¡*Acéfalo* quiere decir «sin cabeza»! ¡Es la palabra que usa mi abuelo para meterse con las personas ignorantes!

¡Había dicho «recórcholis»! ¿No es maravilloso?

—¡Justamente eso! ¡Una pandilla de ignorantes, Davi! —Zeca ratificó a su amigo.

Y el lunes estuvo bien, a pesar del ataque de risa, del gas que me convirtió en dueña y señora de un apodo infame. ¿Y a quién le importa? ¡Ahora tengo amigos!, era la frase que no se me iba de la cabeza.

Y mucho menos del corazón.

MI PRIMERA SEMANA de clases fue increíble. No pude parar de sonreír ni siquiera un minuto. Me daba igual que, aparte de Zeca y Davi, nadie más se acercara a mí para entablar conversación. Me daba igual haber visto a algunas compañeras señalándome y riéndose, a algunos compañeros tapándose la nariz cuando pasaba junto a ellos. (Me hacían burla. Entendí el gesto perfectamente e hice como si la cosa no fuera conmigo, siguiendo el consejo de Zeca.) Sentía que mi vida había empezado a cambiar. La conclusión inevitable a la que llegué fue que el despido de mi padre había acabado siendo bueno para mí. ¡Qué locura!

Si no fuera por el hecho de que mi padre se había quedado sin trabajo, yo todavía estaría sufriendo en silencio en la antigua escuela día tras día. Allí todo el mundo quería ser popular, las amistades eran superficiales, nadie le caía bien de verdad a nadie, al menos eso era lo que yo sentía. Parecía que yo fuera la única a la que no le interesaba lo que a todo el mundo le interesaba. Así que los compañeros simplemente me ignoraban. Puede que porque no me entendieran o porque no se identificaran conmigo. No había nadie igual que yo. ¿Acaso existen personas iguales? ¿Lo bueno de la vida no es que cada ser humano sea diferente de los demás?

Copacabana, al contrario que Barra da Tijuca, es un barrio donde todo se hace a pie. Nunca me habría imaginado que me gustaría tanto caminar de un lugar a otro. Es un barrio lleno de ancianos, farmacias y supermercados. Y de bancos y panaderías, y librerías y pastelerías, y bares, muchos bares y tabernas.

El viernes, al salir de clase, llegué al edificio donde vivía muy animada, ansiosa por contar a mi familia más novedades de la nueva escuela. Nada más puse el pie en la entrada, Elizângela, la hija del portero, el señor Procópio, se acercó a hablar conmigo con una sonrisa plastificada en la cara.

—¡Tetêêêêê! —exclamó la hija del portero, a quien había visto muy pocas veces en la vida.

—¡Elizââââângelaaa! —le devolví con el mismo montón de vocales.

—¿Quieres que te ayude con la mochiiiilaaaa?

—¡Oooooh, no es necesaaaariiiioooo, graaaciaaas!

—¡Cóóómo que noooo! ¡Déjame que te ayuuuudeee! —insistió, intentando quitarme a la fuerza la mochila de la espalda.

—¡No! La cargué hasta aquí yo sola, ahora únicamente tengo que tomar el elevador y llegar a casa.

«¡Y deja de hablar asííííí! ¡Me pones nerviosaaaa!», estuve a punto de decirle.

—¡No, no, insisto! —dijo Elizângela.

—Y yo insisto en que me dejes que yo lleve la mochila.

—¡Por favor, Tetê! ¿Qué te cuesta? —se empecinó, y yo no entendía bien por qué.

—¿Por qué quieres llevarme la mochila de la entrada al elevador, Elizângela?

—Porque... Porque... ¡Porque quiero ser tu amiga!

¡Demonios!

—¡Ya lo entiendo! Te enteraste de mi antiguo apodo por alguien del edificio, te di lástima y quieres hacerte la simpática. Gracias, pero no quiero dar pena a nadie.

—¿De qué apodo hablas?

—¡Tetê de la Pesté!

—¡¿Tetê de la Pesté?! —me preguntó sorprendida, llevándose las manos a la boca—. ¿Te llaman así? ¡Ay, Dios mío, pobre de ti!

¡Maldita sea! ¡Soy una boca floja!

—Ya no me llaman así.

—¡Pero si acabas de decírmelo!

—Me lla-ma-ban.

—¿Tetê de la Pesté? —dijo Elizângela subiendo considerablemente el tono de voz.

—Dilo más alto, anda. Mi bisabuelo, que tiene problemas de audición, todavía no lo ha oído desde el octavo piso.

—¡Tetê de la...!

Esta vez fui yo la que se quedó sorprendida. Ojos de odio, de reprobación, de «¡cierra el pico, Elizângela!».

—¡Aaaah...! Está bien... Lo decías con ironía.

—Eso mismo —respondí, ya enfurecida con aquella conversación fuera de lugar.

—¿Y por qué te pusieron ese apodo? ¡Pareces muy limpia!

—¡Soy limpia!

—¡Ay, pobre!

—Como digas un «pobre» más, no volveré a dirigirte la palabra.

—¡No! —gritó. Sí, gritó mucho—. ¡Eso no!

¡Carajo! Estaba empeñada en ser mi amiga. ¡Dios mío! Quién me lo iba a decir... Copacabana estaba siendo muy positiva para mi espíritu, para mi energía, para mi aura. Una persona casi extraña estaba comportándose de manera extremadamente simpática y servicial, y no era por la pena que mi apodo le daba. Quería ser amiga mía así, sin más. ¿Por qué?

—¡Está bien! No voy a dejar de hablar contigo, Elizângela, pero ahora tengo que irme.

—Voy contigo.

—¿Quieres... quieres venir a comer a mi casa? No avisé, pero...

—¡No, gracias! ¡Ya comí!

—Entonces, ya nos veremos. Estoy muerta de hambre, tengo que subir, es la hora de comer.

—Pero no quiero dejarte sola.

—Únicamente estaré sola hasta llegar a casa. Mi padre está allí, mis abuelos están...

—Siempre estás sola, Tetê...

—¿Cómo sabes que siempre estoy sola? Siempre estoy sola aquí, pero salgo con mis amigos de Barra.

—No es verdad.

—Sí que lo es.

Quise matar a Elizângela. Bueno, eso es un decir.

—¡No tienes amigos!

—¡Qué dices, loca! ¡Estás superloca, chica! ¡Tengo montones de amigos, me faltan dedos para contarlos! —mentí con descaro.

Aunque en el fondo... ¡Ay! Me encantaría que fuera verdad...

—Sé que no tienes ni un solo amigo, Tetê.

—¿Por qué insistes con esa tontería?

—Porque tu bisabuelo me lo contó.

—¡¿Que mi bisabuelo te contó qué?!

—Que estás muy sola, que no tienes amigos y que eso te pone muy triste.

—¿Y por eso quieres ser mi amiga?

Elizângela respiró profundamente antes de responderme:

—Por eso y porque... Esto... Bueno... Porque...

—Porque ¿qué? —repetí impaciente.

—Porque... Porque tu bisabuelo me lo pidió.

—¡¿Que mi bisabuelo te pidió que te hicieras amiga mía?! —pregunté sorprendida.

—Exacto. Quiere que entablemos amistad...

No sabía qué pensar. Estaba atónita con la revelación.

—Y, como amiga tuya, voy a tener que ser sincera contigo. Las amigas de verdad nunca se mienten.

¡Qué miedo!

—Tu bisabuelo, en realidad... Me... Me pagó.

—¡¿Que te pagó?!

—Me dio dinero para que me hiciera amiga tuya.

—¡¿Qué me estás contando?!

—Que me pagó para que me hiciera...

—¡Amiga mía! ¡Ahora ya lo entiendo!

El elevador llegó y entré pisando fuerte, resoplando, dejando a Elizângela con cara de desconcierto en la entrada. Entré a casa preguntando por mi bisabuelo, que había ido a la panadería.

—Abuela, ¿puedes creer que el bisabuelo le pagó a Elizângela, la hija del portero, para que se haga amiga mía?

—¡¿Que el bisabuelo pagó?! —inquirió sorprendida.

—¡Sí!

—¡Es increíble! —afirmó mi abuela.

—¡Exacto! ¡Es increíble! —repetí indignada.

—¡¿Cómo no se le había ocurrido antes a nadie?! —exclamó mi abuela sonriendo.

—¡¡¡Abuela!!!

—¡Maldita sea! No debería haberlo dicho en voz alta, Tetê. Lo siento. Perdóname, me estoy haciendo vieja y de vez en cuando los viejos decimos cosas que no debemos —repuso para justificarse, percatándose de lo ridículo que era lo que acababa de decir.

—¡Nadie me entiende en esta casa! ¡Nadie me entiende en la vida! —me quejé, antes de dejar a la abuela sola en la cocina acabando de preparar la comida.

Justo después de un día tan feliz, justo después del último día de la primera semana de clase, justo después de que por fin tuviera amigos, va mi bisabuelo y decide pagar a una extraña para que sea amable conmigo. ¡Y a mi abuela le parece estupendo! ¡Es alucinante!

¡Aaaaaaaaaaaaaaaaaaaaaaaaaah!, grité, pero solo por dentro. Soy muy educada y sé guardar las formas, jamás gritaría de ese modo en una casa llena de gente.

Me encerré en el baño para intentar calmarme y, cuando salí, ya estaban todos sentados en la mesa. Enseguida me puse a hablar con mi bisabuelo.

—¡Oye! Me enteré de lo de Elizângela.

—¿A poco no es un amor de niña, cariño?

¡Ay, cuando mi bisabuelo me llama «cariño» me derrito!

—Me dijo que...

—¿Qué te dijo?

—¡Que le diste dinero!

—¿Que no va a venir el cartero? —respondió preguntando.

—¡No! Que le diste dinero.

—¡Pero si yo no espero a ningún cartero! —Nunca sabíamos si fingía la sordera o no.

—¡Dinero!

—¡Ah! ¡Dinero! ¿Y qué pasa con eso?

—Que tú le diste dinero.

—¡Sí, sí! Le di un poco.

—¿Para que sea mi amiga? ¡No me hace falta!

—No tienes que agradecérmelo, cariño.

—Que no te está agradeciendo nada, papá. ¡Que lo que está es enojada contigo! —le explicó mi abuela.

—¿Que está bailando con el abuelo?

—Papá, a veces creo que lo haces a propósito, ¿sabes? Finges que eres sordo solo para hacernos rabiar —se quejó la abuela—. ¿Cómo va a estar bailando con el abuelo, si el abuelo está delante de nosotros?

—¡Tú no tienes que pagarle a nadie! —le ordené a mi bisabuelo.

—¡Claro que sí, Tetê! ¡No tienes amigos! Pensé que, si simplemente das pena, la gente no se acercaría a ti, pero que, a lo mejor, por un dinerito...

—¡Bisabuelo! —refunfuñé—. Gracias, pero déjame que haga amigos de la manera tradicional, ¿está bien?

—Pero, hija mía, si no sabes... —Mi padre se metió en la conversación.

—A ver, Tetê, cuéntanos más cosas de cómo te está yendo en la nueva escuela —pidió mi abuelo, cambiando de tema, molesto con los demás.

Era mi momento para lucirme y sorprender a todos.

—¿Quieren saberlo? ¡Pues me está yendo de maravilla! Hice dos amigos. ¡Dos! Amigos para toda la vida —dije orgullosa, con una sonrisa indisimulable en la cara, con la cabeza erguida y radiante de felicidad.

—¿De verdad? ¿Quiénes son? —preguntó mi padre.

—Davi y Zeca. Dos buenas personas, dos encantos.

—¿Y cómo se hicieron amigos tuyos?

—Pues porque yo también soy buena gente, papá —respondí toda hueca.

—Ahora, en serio, Tetê: ¿cómo te acercaste a ellos?

—Es que... Es que ellos también son unos marginados —dije bajito.

—¡Estupendo! ¡Genial! —aplaudió mi abuela.

No exagero. Realmente aplaudió de manera entusiasmada.

—Recuerda que los frikis de hoy serán los millonarios del mañana, los horrendos serán los guapos, las guapas serán las feas y los guapos se volverán calvos y barrigones —me alertó mi padre—. Ahí tienes una lección para toda la vida.

—¿Y tú eras de los feos o de los guapos? —le pregunté.

—De los guapos. Uno de los más guapos. Y mira en qué adefesio me convertí. Calvo todavía no estoy, pero la barriga...

—¡Qué barbaridad, Reynaldo Afonso, parece que estás embarazado de ocho meses! —bromeó mi abuela (le encanta meterse con mi padre).

—Es que, con la cantidad de comida rica que Tetê prepara, es difícil adelgazar. ¡Este pastel de limón, por ejemplo, es el mejor postre del mundo!

A mi padre siempre le ha gustado lo que cocino. Lo probaba todo desde que yo era pequeña y le encantaban los experimentos locos que yo hacía en la cocina. Y siempre se relamía de gusto.

Pastel de limón de papá

DIFICULTAD: MINÚSCULA

#loquelleva la masa

200 g de galletas maría • 150 g de mantequilla

#loquelleva el relleno

1 lata de leche condensada • 1 envase de nata líquida para cocinar • el jugo de 4 limones • la raspadura de 2 limones

#cómosehace

1. Tritura las galletas en una batidora. **2**. Después, añade la mantequilla y bátelo todo un poco más. **3**. Coloca la masa obtenida en un molde y, con las manos, repártela por el fondo y los laterales cubriéndolo todo. **4**. Mételo en el horno precalentado unos 10 minutos más o menos. **5**. Para el relleno solo tienes que batir todos los ingredientes necesarios en la batidora (sin la raspadura) hasta conseguir una crema lisa y firme. **6**. Vierte la crema obtenida sobre la masa, añade por encima la raspadura de limón y mete el molde en el refrigerador una media hora. ¡Es el mejor pastel de limón del mundo entero! Sin cobertura de merengue, porque me gustan las cosas que engordan, pero no soporto el merengue.

—Y un novio, ¿ya le echaste el ojo a algún chico?

—Abuela, que las clases acaban de empezar. Aún no, ¡eh!

—¡Pero si la niña acaba de hacer amigos, cómo va a tener novio ya, Djanira! —dijo mi bisabuelo, demostrando que cuando quería lo oía todo muy bien.

Pensé en Erick. En el guapo, maravilloso, chico bueno y extraordinario Erick. En el perfecto e imposible Erick.

—¿Estás segura? Me parece que vi unos ojos brillando por ahí...

—¡Para ya, abuela!

¿Todas las familias tienen estas conversaciones o es solo la mía? ¡Qué manía con querer estar al corriente de mi vida sentimental!

—¿Dónde está mi yerno? Solo saldrás con él si le doy el visto bueno, ¡eh! —Mi padre siguió con el tema, para enfurecerme todavía más.

—¿Y ya se besaron?

—¡Pues claro que no, bisabuelo! ¿Qué pregunta es esa? ¿No has oído que no tengo novio? ¿A quién voy a besar?

—¡Así no se le habla al bisabuelo! Ten un poco de respeto —me regañó mi abuela airada.

Mi abuelo siguió con aquella superinteresante conversación:

—Alguno de esos compañeros, Zeca y Davi, ¿podría llegar a ser tu noviecillo?

¿Por qué algunos adultos se empeñan en utilizar el diminutivo para referirse a los novios o los amigos? ¡Que solo tengo quince años, carajo!

—Davi no es mi tipo, y Zeca... tampoco. Jamás saldría con ninguno de los dos en plan novio.

—¡Pues entonces, hija, date solo unos besitos! —Mi abuela soltó la perla.

—¡Abuela! —Me reí, ruborizándome.

—¡Doña Djanira! ¡No meta semejantes ideas en la cabeza de mi hija! —replicó mi padre.

ACABAMOS DE COMER y fui directo a la computadora a husmear una vez más el perfil de Erick en el Facebook. Desde el lunes, *stalkeo* a mi *crush* todos los días. Me aprendí de memoria su nombre completo desde la primera clase. Erick Senna d'Almeida. Un nombre imponente. Un nombre chic. Fui a ver si había subido alguna foto nueva. No, así que volví a revisar las antiguas. ¡Qué cara! ¡Qué cuerpo! ¡Qué mandíbula! ¡Qué dentadura tan perfecta! ¡Qué cuello tan bonito! Nunca se fijaría en una chica como yo. Nunca. Bigotuda, cejijunta y, ahora, con fama de echarse gases en la clase... ¿A quién pretendía engañar? Erick nunca se fijaría en mí.

Había pocas fotos suyas con Valentina. Dos, para ser más precisa. ¿Y si salen juntos desde hace poco tiempo? ¿Y si a él ella no le gusta tanto? ¿Y si no salen juntos de verdad, sino que es una pose? Me cuestionaba algunas cosas mientras husmeaba cada una de las fotos de sus álbumes. ¡Erick en la tabla de surf era el chico más atractivo de la existencia! Como un Kelly Slater, el mejor y más guapo surfista del mundo, pero mejorado. Era todo naturaleza. A mí no me gusta la naturaleza, extraño la humareda de los coches cuando paso mucho tiempo viendo verde, pero por Erick abrazaría árboles, me bañaría en una catarata helada, acamparía en medio del bosque y hasta me haría vegetariana (y mira que soy la chica más carnívora que conozco), me pasaría el día comiendo hojas, cosa que odio, y ejotes, aunque a mí me saben a goma vieja.

Después de deleitarme por milésima vez con las estupendas fotos tomadas por Erick (¡qué buen ojo tiene para la fotografía!), no tardé mucho en decidir, obviamente, *stalkear* el perfil ¿de quién? De quién va a ser, ¿eh? De Valentina, claro. Y es que todavía no había husmeado en el suyo. Me faltaba valor para ver tanta belleza reunida en una sola persona. ¡Valentina Garcia Silveira, Valentina Garcia Silveira! Lo encontré. ¡Dios mío, qué belleza!, fue lo que pensé al ver la foto de su perfil.

 Tiene una relación seria con **ERICK**.

¡La muy odiosa!

¡No, mentira! La muy odiosa, no. ¡Pobrecilla! Solo odiosa.

¡Está bien! ¡Que sí, que tampoco es eso! La muy zorra o solo zorra..., da lo mismo, son insultos horribles que no armonizan con mi alma buena y sufridora. Bueno, no es que sea muy sufridora, pero la frase queda mucho mejor si digo «sufridora».

Justo en el momento en que me estaba muriendo de celos y de envidia por culpa de aquella pareja perfecta, por culpa de aquella chica tan guapa (¿por qué Dios concede tanta belleza a algunas y casi nada a otras? De la serie, «Injusticias de la vida»), sonó el timbre del WhatsApp de mi celular.

¡Sí! ¡Que lo sepa todo el mundo! ¡Una notificación en el celular!

¡El timbre de una notificación!

¡Me había llegado un mensaje de WhatsApp!

Y no era del grupo familiar, del que desactivo el sonido. No paran de hablar todo el rato de temas tan interesantes como qué farmacia tiene mejores precios y en qué mercado se venden los mejores canónigos. Justo los canónigos. ¡Estoy en contra de los canónigos! ¡Son malas hierbas! ¡Son selva! ¡Son césped elevado a la categoría de comida!

Me apresuré para ver quién era.

Debe de ser una equivocación, pensé.

¡No lo era! ¡No lo era! Mi corazón dio un vuelco de alegría.

> **ZECA**
> Aún no has llamado a Heloísa para una cita? Cuánto tiempo vas a seguir llevando esa entreceja?

¡Era Zeca! ¡Zeca! ¡Zecaaaaaa!

¡Empecé a dar brincos por la habitación como una posesa, como una niña pequeña! ¡Brincos de verdad! En fin, digamos que la manera patética de celebrar que había recibido un mensaje fue exactamente dar brincos entre las cuatro paredes de mi cuarto. ¡Mi cuarto y el de mi bisabuelo!

Cuando le estaba respondiendo que «no, no la he llamado aún, pero voy a hacerlo ahora mismo», me mandó una foto de Frida Kahlo, la pintora mexicana famosa por sus increíbles cuadros y por su... entreceja. En mi opinión, Frida Kahlo era muy atractiva, pero a muy pocas mujeres les queda bien una entreceja como la suya. Como nunca me he considerado guapa, como todo el mundo me ignora y como soy cero coqueta, nunca he hecho caso de mis cejas. Pero Zeca, sí. A él le preocupaban.

TETÊ
La llamo en 3, 2...

Y llamé a Heloísa. Acto seguido envié un mensaje a Zeca.

TETÊ
Hice cita para el viernes que viene al salir de la escuela. Se notará la diferencia? 😳

ZECA
Serás una persona nueva, *Darling!*
Un ser humano de verdad, por fin!

Y *Darling*, con mayúscula, y *ser humano de verdad* saltaban dentro de mí más que las palomitas. Realmente había hecho un amigo.

ZECA
Hasta Erick se va a fijar en ti.

¿Cómo no iba a caerme bien este chico ? ¡Zeca, eres increíble! ¡Zeca, eres adorable!, estuve a punto de escribir. Si no lo hice fue porque las ganas de bailar de felicidad que tenía eran más fuertes. Suelo bailar sola. Es raro, pero bailo sola. Bailo descoyuntada, como una hiena con dolor de muelas, pero bailo. Y bailé, bailé y bailé. La canción que sonaba era *Shake It Off*, de Taylor Swift. Paré mi extraña coreografía para seguir con la conversación.

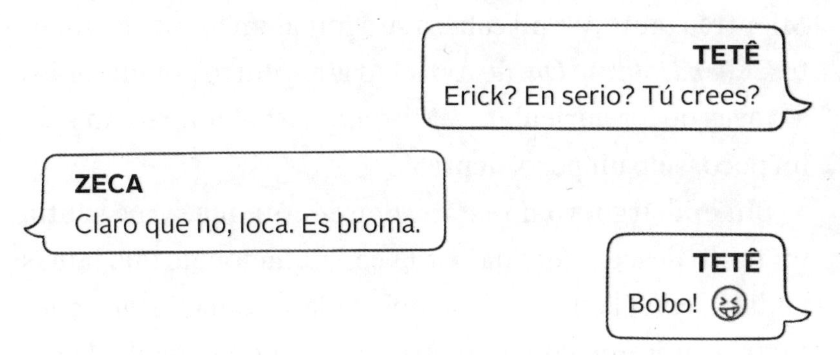

Zeca seguía cayéndome muy bien incluso después de hacerme una broma. Un amigo que es un amigo de verdad puede hacer esas cosas, ¿no? La verdad es que no lo sé, pero he visto que en los libros, en las películas, en las series sí que lo hacen. Luego me planté delante del espejo. Me eché el pelo hacia atrás y me imaginé con menos cejas. Y me vi soñando con los ojos abiertos y con la piel de Valentina, el cuerpo de Valentina, la luz de Valentina, la cara de Valentina. Nunca tendría nada de lo que ella tenía. Y mucho menos a Erick. Puse una nueva canción en el celular, *Who You*

Are, de Jessie J., y la alegría dio paso a la tristeza en pocos segundos.

Erick, el guapo, jamás se fijaría en mí. Ni aunque naciera mil veces. Empecé a imaginarme a mi *crush* provocando en todas las chicas lo mismo que en mí. Seguro que todas las chicas de la escuela también habían soñado en algún momento que Erick era su novio. Dicen que la adolescencia es la época de los amores imposibles. Era obvio que no estaba enamorada. ¿O sí? ¡No creo! ¡No lo estaba! Pero pensar en Erick me hacía sentirme bien. Incluso ante la imposibilidad de que un día se fijara en mí como yo lo hacía en él. Mientras tanto, en mi cabeza se agolpaban los pensamientos. *Keep Holding On*, de Avril Lavigne, entró por mis oídos a través de los auriculares. Mis *playlists* siempre han sido un poco, solo un poco, depres.

Sin embargo, yo no estaba depre. Aunque sí me sentía un tanto descorazonada por la constatación de que jamás andaría con el chico más guapo de la escuela, estaba contenta. Cejijunta, con un nuevo y sensacional apodo, la pedorra, y soñando con un idilio imposible pero feliz.

EL LUNES SIGUIENTE, mi segunda semana de clase, me desperté más pronto para arreglarme y le pedí a mi madre que me prestara su perfume.

—¿Tú, queriendo perfumarte?

—Sí, mamá. ¿Qué pasa? —Intenté restarle importancia.

—Teniendo en cuenta que no te has puesto perfume en la vida, nada. En realidad, no sé por qué debería sorprenderme.

Me reí.

—¿Cuál me recomiendas?

—Esta —respondió, tomando del estante del baño un frasco de cristal con un líquido verdoso de olor muy agradable—. Ven, déjame que te ponga yo.

Cariñosamente, me roció colonia en la nuca, las muñecas y un poco en el pelo.

—¿Te bañaste, Tetê? ¿O pretenderás camuflar el mal olor con la colonia?

—¡Ay, mamá! ¡Claro que me bañé!

Se me acercó para olerme en una parte en la que no me hubiera rociado colonia y se puso visiblemente contenta, mirándome con cara de boba.

—¿Qué pasa, mamá?

—Nada.

—¡No, dime!

—¡Nada! Que me alegra verte así.

—Así, ¿cómo?

—Así. De trato delicado, serena, sonriente, coqueta...

—¡De eso nada!

—Claro que sí, señorita. Y no hay ningún problema en admitir que lo estás, hija mía.

Con timidez, bajé la vista y sonreí sin enseñar los dientes. Nunca sonrío enseñando los dientes. ¡Nunca! Aunque en ese momento casi los muestro.

—¡Adiós, mamá! ¡Que pases un buen día en el trabajo! —dije, antes de salir corriendo.

—¡Oye! ¿No te olvidas de algo?

Volví, le di un beso en la mejilla y eché a correr de nuevo para salir de casa enseguida.

A veces creo que las madres tienen un chip, alguna cosa mágica en su interior que les permite saber prácticamente todo lo que les pasa a sus hijos. Soy hija única, siempre he querido un hermano o una hermana para tener un amigo, pero, por más que lo intentaran, mis progenitores no pudieron ser padres de nuevo.

Salí de casa más tranquila que la primera semana, después de haber desayunado con esmero una tortita perfecta preparada por mí.

Tortita perfecta para empezar bien el día

DIFICULTAD: SUUUUPERRICA, CONFÍA EN MÍ

#loquelleva

1 taza y ¼ de harina de trigo • 1 cucharada sopera de azúcar • 3 cucharadas de café de levadura en polvo • 2 huevos ligeramente batidos • 1 taza de leche • 2 cucharadas soperas de mantequilla derretida •1 pizca de sal • aceite

#cómosehace

1. Bate la harina, el azúcar, los huevos, la mantequilla, la leche, la levadura y la sal en una batidora. **2**. Calienta un sartén con un poco de aceite y vierte un poco de masa en el centro, aproximadamente ¼ de taza por tortita. **3**. Dale la vuelta a la masa y... ¡ya está lista la tortita! Cómelas con moderación y añádeles un poco de miel, mermelada o helado, o lo que tu imaginación o glotonería te permitan.

Nada más llegué a la escuela, me sonó el celular. Emocionada, lo miré enseguida. Era Zeca, que me mandaba una foto en la que se veía a Erick de perfil hablando con Davi y con otro chico del que todavía no me había aprendido el nombre.

¡Qué foto tan bonita, qué escuela tan increíble! ¡Gracias, mundo!

ZECA
Para que te prepares y te des prisa en llegar pronto y depilarte la entreceja. Valentina, la cretina, no ha llegado aún. Dónde estás?

¡Estaba tan contenta por poder whatsapearme por fin con alguien! Entré a clase y escribí:

TETÊ
Aquíííí!

—¡Deja la mochila en la mesa y vete a hablar con él, anda! —me ordenó Zeca al verme.

—¿Con él? ¿Con quién?

—¡Vamos, chica! ¡Con Erick, boba!

—¡Pero qué dices! —susurré, mientras me sentaba a su lado, muerta de vergüenza.

—¡Vamos, ve corriendo, burra!

—¡No me llames «burra»!

—Pues hace un segundo te llamé «boba».

—Boba, pasa, pero burra ¡ni se te ocurra!

—¡Está bien, pero ve ya, borrica!

—¡Para ya, Zeca! —le pedí en voz baja.

—¡Mira quién llegó! ¡Daviiii! —gritó, haciendo aspavientos con los brazos. Parecía un chimpancé atacado por una manada de pulgas—. Platica con esta chica, Erick, que yo me estoy whatsapeando con mi madre y no me concentro. ¡No puedo hablar con ella y teclear al mismo tiempo! ¡Anda, chico , platiquen!

Me quedé completamente paralizada. Y me puse roja.

—Ven, Tetê —me dijo Erick.

¡Sí! ¡Erick me llamó! ¡Y se acordaba de mi nombre después de un fin de semana entero sin hablar conmigo! ¡Qué bueno estaba! ¡Dios mío!

—Quién, ¿yo?

—Solo hay una Tetê aquí, ¿no? ¿O debería llamarte... «la pelos»? —completó lleno de encanto.

—Llámala «gas»...

—¡Cállate, Oreja! ¡Déjala en paz! —exclamó, saliendo en mi defensa el sueño de cualquier adolescente sobre la faz de la Tierra.

Seguro que me despertaría al cabo de tres, dos... ¡Pero no! ¡No era un sueño! Erick había pronunciado mi nombre, Erick quería mi compañía, Erick me había defendido de su amigo Oreja (ahora ya sabía cómo se llamaba aquel bobo), quien pretendía burlarse de mí. Si lo hizo por pena, no me importó. Mi *crush* había pronunciado mi nombre...

Me dirigí hacia los tres intentando aparentar normalidad, simulando con todas mis fuerzas que no estaba a punto de estallar de alegría por dentro. Aquella escena era inédita en mi vida. Un chico había pronunciado mi nombre. Un chico bueno me había llamado. ¡El chico más guapo del mundo había dicho mi nombre! Con cada paso que daba hacia él, mi cuerpo vibraba más y más.

—¡Hola...! —saludé, deseando desesperadamente convertirme en avestruz para esconder la cabeza en el primer agujero.

—¿Qué tal, linda? —me respondió el tal Oreja.

—¡«Linda» dice, ji, ji, ji, ji...! —Solté una risa tonta. ¡Qué horror! ¡Qué patética soy!

—Este es mi amigo Oreja. Oreja, esta es Tetê.

—¿Te llamas Oreja, en serio? —pregunté extrañada.

—En realidad me llamo Pablo.

—Pero, con esas orejas, ¡el apellido te viene que ni pintado, chico ! —dijo Erick, implicándose en la conversación.

—Bueno... Que me llamen Oreja es mejor a que me llamen Dumbo, el apodo que tenía en la infancia.

—¡Qué maravilla que te lo tomes así de bien! —comenté.

—Y qué remedio, ¿no? ¡Mira qué orejas tengo! ¡Se pueden ver desde la luna, de tan inmensas!

—Soy Erick, nos conocimos la semana pasada, ¿te acuerdas de mí? —me preguntó aquel semidiós haciéndome una gracia.

—¡Claro que me acuerdo! Ji, ji, ji, ji... —Otra vez la risa tonta. ¡Carajo! ¡Mira que soy torpe para relacionarme con la gente!

—¿Qué tal, guapa? —me preguntó Erick, el guapo.

—¿Guapa? Ji, ji, ji, ji. —¿Otra vez la risa tonta? ¡Ya te vale, Tetê!

—También conoces a Davi, ¿no?

—¡Daviiiii! —exclamé, mientras abrazaba efusivamente a mi mejor amigo.

No me pregunten por qué, pero abracé a Davi. Casi me tiré encima de él como si fuera una persona muy cercana a la que no veía desde hacía años y estreché con fuerza al pobre chico a la vez que daba pequeños saltos. ¡Qué vergüenza!

Davi se asustó. Claro, no todos los días una chiflada se

lanzaba a sus brazos dando saltitos (por otra parte, no se me unió).

—¿Tanto se extrañaban? —preguntó Erick—. ¡Qué callado te lo tenías, Davi!

—¡Basta ya, chica! —dijo mi mejor amigo, separándose de mí—. Tetê y yo solo somos amigos.

¿Existía alguien capaz de congelar el tiempo para que aquella escena no se acabara nunca? Davi había dicho la palabra *amigos*. A-MI-GOS. ¡Lo que esperaba desde hacía tanto tiempo!

—¡Achís!

—Salud, Erick —le proferí, educadamente amable.

¡Hasta estornudando era divino!

Nuevo estornudo.

Otro más.

Otro.

¡Dios mío! ¡Hasta estornudando era adorable!

—¿Estás resfriado? —le pregunté, sin poder disimular el brillo de mis ojos.

—No, es alergia. Creo que es el perfume que usas.

—¿Mi perfume? —pregunté, emocionada.

—Lleva algo que... que... ¡Achís! —Al pobre se le estaba poniendo la nariz roja.

—¡Ay, perdona! —le pedí, sin saber qué hacer.

—No te preocupes, no tienes que pedir disculpas. ¡Achís!

—Mi madre también tiene alergia a esos olores—comentó Oreja.

—Bueno, yo... me voy delante. ¡Perdón! —exclamé cohibida.

Y al darme la vuelta para salir de allí corriendo y detener el ataque de alergia de mi *crush*, va alguien y me saluda con un refrescante baño. No, no fue de agua fría, no, fue un baño de refresco frío. Helado. Realmente dulce.

—¡Teanira, mil disculpas! —¿A que no saben quién lo dijo? Valentina, la odiosa, claro.

—¿Disculpas? ¡Le tiraste la coca-cola encima a propósito! —exclamó Davi saliendo en mi defensa.

—¡Valentina! —la reprendió Erick.

—¿Qué quieres, amor?

—¡Te vi! —gritó Davi.

—¿Y tú quién eres? —preguntó Valentina con la mayor de las arrogancias.

—Sabes perfectamente quién soy, Valentina.

—Claro que lo sabe. Davi estudia con nosotros desde hace cinco años y vive en el mismo edificio que yo desde que era pequeño. Sabes muy bien quién es —le contestó Erick medio enojado.

—Amor, no pensarás que decía en serio una cosa tan absurda, ¿no? —le respondió Valentina, la fina, yendo hacia el más guapo de los guapos y dándole un beso que me mató de envidia—. Lo que hice fue salvarte, ¿o no? Se puso lavanda y tú no soportas la lavanda.

—Tengo alergia a algunos tipos de lavanda, que es muy diferente a no soportarla.

—¿Necesitas ayuda, Tetê? —se ofreció Valentina, disimulando.

—No, gracias.

—Tengo una camiseta de sobra para después de la clase

de Educación Física. Te la prestaría, pero en realidad no te cabe. Yo uso la talla S y tú debes de usar la XL —insistió Valentina para reírse en mi cara.

—En la mayoría de las tiendas soy la M... —dije tímida, triste, furiosa, con el pecho contraído por todas las cosas malas que me corroían por dentro.

¡Qué desgraciada! ¿En esta escuela iba a empezar todo lo malo otra vez? ¿Mis pesadillas iban a despertar nuevamente?

Parecía que sí... Me estaba yendo todo demasiado bien para ser verdad.

SALÍ CORRIENDO al baño para arreglar aquel estropicio.

—Voy contigo.

Se trataba de una voz diferente y no podía creérlo. Era una compañera, muy bonita, la que me ofreció ayuda. Se llamaba Samantha y no había intercambiado con ella ninguna palabra la semana anterior. Parecía una muñeca: era pequeñita, con el pelo castaño y espeso a la altura de los hombros, la melena más bonita que había visto en la vida.

En el baño descubrí que Samantha tenía el pecho muy grande y que eso la angustiaba, de ahí que nunca se quitara para nada la sudadera que llevaba, a pesar del calor al ser verano. Lo hacía para taparse los senos. ¡Pobre! Incluso visiblemente incómoda, me prestó su sudadera. Hay buenas personas en el mundo. Creo que por eso Samantha entendió mi drama.

—Valentina no es mala gente —empezó diciéndome.

—Tengo mis dudas... —admití.

—Lo único que pasa es que es muy celosa. Y no le gusta hablar con alguien que no sea popular.

—De eso ya me di cuenta.

—Le gusta manipular a las amigas, ¿sabes? No lo hace con mala intención, sino en su propio beneficio.

—Pues me parece horrible. Nadie que manipule a las personas puede ser buena gente...

—Hace unos años éramos muy amigas, pero de repente ella se distanció.

—¿Cómo que «de repente»? ¿No se pelearon? ¿No discutieron?

—Nunca. Simplemente empezó a actuar de forma diferente conmigo. Jamás supe por qué. Sus amigas y ella me dejaron de lado. De la noche a la mañana.

Me dio pena. Se notaba que Samantha estaba afligida por haber dejado de ser amiga de Valentina. Cambié de tema.

—Se me transparenta el brasier con la camiseta empapada y no quiero mojar tu sudadera. ¿Habrá alguna secadora por aquí?

—Seguro que hay en la oficina de Conceição, la directora —respondió—. Te acompaño, pero ponte la sudadera para que nadie te vea con la camiseta así.

—¿Seguro?

—¡Claro!

No me la puse, solo me la coloqué por delante para recorrer el pasillo hasta la oficina de la directora, donde pude secar la camiseta.

En el recreo, Zeca y Davi me confirmaron que Valentina, la cochina, lo había hecho adrede.

—Es mala —la definió Zeca—. Una mala de telenovela.

—No exageres. Lo único que pasa es que está confundida —argumentó Davi.

—Puede que no sea mala, pero tampoco está confundida. Tiene un punto de... de... —Intenté buscar palabras para definirla, pero no se me ocurrían.

—Tiene alma de cenizo —dijo Davi.

—¡Ay, Davi! ¿Quién dice «alma de cenizo»? ¡Por favor! ¡Chico , aunque vivas con tus abuelos no tienes por qué hablar como un ser humano de ochenta años, carajo! —exclamó Zeca, riéndose.

Davi se avergonzó un poco, pero también se rio. Y cuando le di el primer bocado a mi sándwich de queso gratinado, ¿quién se estaba acercando? A ver si lo adivinan... Quién, ¿eh? Eso mismo, señoras y señores, hacia mí venía Valentina, la mezquina. Valentina, la cansina. Pero venía acompañada. ¿De quién? A ver, ¿de quién? De Erick Maravillerick. De Erick Dioserick. Está bien, paro ya. ¿Maravillerick y Dioserick? Qué mal suena, ¿no?

—Teani... —empezó diciendo Valentina, la porcina.

¿Tengo que aclarar que me encanta ponerle apodos con rima a Valentina? Creo que es obvio. También sé ser mala. ¡Jo, jo, jo, ja, ja, ja! ¿Qué risa es esa? Mi risotada de bruja malvada de dibujos animados malos. Soy de esas que sueltan risotadas de bruja malvada de dibujos animados malos.

—Tetê —la corrigió Erick. ¡Oh, qué chico tan adorable!

—Tetê... He venido para pedirte perdón otra vez —dijo la falsa.

—No tenías por qué hacerlo... Ya me lo habías pedido —le respondí educadamente.

—¿Lo ves, Erick? ¡Ya te dije que se lo pedí! —Valentina, la dañina, subió el tono de voz.

Erick, el guapo, no dijo nada. Solo abrió los ojos muy grandes.

—¿Lo ves, eh? ¡Te dije que ya se lo había pedido y me obligaste a pedírselo de nuevo!

—No es eso, Tetê. Valentina quería venir porque...

—¡Yo no quería! ¡Fuiste tú el que me obligó a venir porque no creías que ya le había pedido perdón como tú crees que debe hacerse! El perdón es el perdón y no hay una manera adecuada de pedirlo, Erick.

«¡Claro que la hay! Y esta no es, obviamente, la manera adecuada de pedirlo», estuve a punto de responder.

—¡Así no se hace! —Erick leyó mis pensamientos—. Perdona, Tetê. Perdona por todo.

¿Por todo? ¿Por todo el qué, niño bonito?

—¿Por todo el qué, si se puede saber? —preguntó Valentina, la cretina, que al parecer también sabía leer mis pensamientos.

—Por tu actitud en la clase, por tu actitud ahora, por el tono con el que hablas a Tetê...

Valentina resopló. Resopló y puso los ojos en blanco. Valentina, la monina.

—Está bien. Todo el mundo perdonado, todo el mundo esmerado en el perdón y en el amor al prójimo. ¡Yuju! ¿Ya nos podemos ir, amor? —proclamó Valentina, la gallina.

—Vete tú, que yo me voy a quedar con ellos hasta el final del recreo —decretó Erick, el guapo, dejándome boquiabierta, hasta con el bocado de sándwich de queso gratinado masticado y asomando por la boca.

—¿Qué?

—Lo que acabas de oír, Valentina —reiteró Erick con decisión.

—¿Que te vas a quedar... con ellos?

—Eso mismo.

—¿Con ellos?

—Con ellos. ¿Algún problema?

—No, ninguno, pero mira qué oportuno, enseguida sonará el timbre. Bueno, me voy con mis amigas.

¡Qué chica tan oh!

Oh, no. ¡Ooooooh! Mucho mejor así. No hay nada como las vocales repetidas para expresar una emoción. Me encantan las vocales repetidas. ¡Me encaaantaaan! Aunque no siempre. Siempre, resulta pesaaaaado... ¡Superpesaaaado!

Y así, con este clima, con este ambientazo, Valentina, la cochina, dejó a Erick con toda su belleza y hermosura en compañía de los tres raritos de la clase. Seguro que estaba rabiando por dentro, pero a mí aquella situación me fascinaba. Me gustaba tanto que expresé con palabras lo que estaba pensando. Otra vez.

—No tenías por qué venir a pedir perdón, Erick, niño bonito...

¡Sí, sí! ¡Le dije «niño bonito»! Niño. Bonito. ¡Quiero morirme! ¡¡¡Morirme!!!, rugí por dentro.

—Sí que tenía que hacerlo, Tetê.

¡Uf! ¡Se me escapó llamarlo «niño bonito»! ¡Menos mal! ¡Dios aprieta pero no ahorca! Pero... ¡qué vergüenza!

—Cuando la gente se equivoca, tiene que saber pedir perdón. Valentina ya debería haber aprendido eso hace tiempo —siguió diciendo.

—¡Oh! No te pongas así, niño bonito...

¡Para, Tetê! ¡Has vuelto a decirle «niño bonito» a Erick! ¡Chica, eres patética!, me grité internamente, echándome a mí misma el regaño más grande de aquella semana. Me hubiera abofeteado la cara hasta ponérmela más roja de lo que ya estaba.

—¡Ay, perdona! ¡Perdona por llamarte «niño bonito»!... Es que... Es que... Bueno... No es que yo crea que seas guapo, no. Bueno, no es que no te vea guapo, que sí que lo eres, en realidad, eres muy guapo, guapísimo, ¿sabes? Guapo en plan actor de cine. Pero cuando te dije «niño bonito», en el contexto en que te lo dije, no tiene el significado de belleza, de guapura. Cuando te llamé «niño bonito» me refería a...

¡Carajo! ¡En aquel momento las palabras parecían tener vida propia y me salían sin que me diera tiempo de pensarlas! Eran sencillamente más fuertes que mi voluntad de no decirlas en voz alta. ¡Alguien tenía que taparme la boca de un manotazo! El sonido de mi voz así, con la boca tapada, sería más interesante que aquel monólogo sin aliento que estaba protagonizando desde hacía unos instantes.

—¡Hola! ¡Chica, para ya! Que ya lo entendimos, ¿verdad, Erick, niño bonito? —intervino Zeca.

¡Uf!

—Zeca, te quiero para siempre, para toda la vida. Te debo una, hermano, que sepas que hay un amigo en mí...

¡No! ¡Basta! ¡Esa canción ahora, no! ¡Ahora, no!

—¡Por el amor de Dios, chica! ¡Cierra el pico! ¡Cuando no tengas nada bueno que decir, mejor te callas! ¡Que no hay problema! ¡Te acabo de salvar de un aprieto y vas y te metes en otro! ¿Tanto te costaba agradecérmelo con los ojos? ¡Solo con los ojos y muda! ¿Tanto te costaba? ¡Eres una cotorra! ¿A que sí, niño bonito? —disparó Zeca, mi amigo ideal.

Erick bajó la vista y se rio, asomando una dentadura perfecta, sin demostrar mucha satisfacción, aunque, a decir verdad, sí que le hizo gracia. (Lo de «a decir verdad» sonaba anticuado. Me estaba juntando mucho con Davi...)

Sonó la campana y volvimos a clase. Estaba convencida de que tenía un nuevo amigo. Se llamaba Erick y su único defecto era tener una relación seria con Valentina, cara de serpentina.

En la última clase, el profesor de Historia nos pidió un trabajo en grupo para el final del trimestre. El tema era la democracia. Me pareció genial, pero no se lo dije a nadie. Ni siquiera lo celebré. Creo que parte de la animadversión que me tenían los compañeros de la otra escuela nació el día en que solté un entusiasmado «¡yujuuuu!» después de que un profesor nos advirtiera que nos iba a poner un examen sorpresa. Sí, tengo que reconocer que me gustan los exámenes sorpresa. Hoy, después de mucho autoanálisis, he aprendido que celebrar algo así con entusiasmo es lo mismo que pedir que te odien. Porque seguro que hay compañeros a quienes les gusta hacer exámenes sorpresa, pero, como me ha enseñado mi madre, probablemente se guarde esa información dentro y no la exteriorice.

Ya estaba todo el mundo haciendo sus grupos y planeando cómo reunirse cuando Leninson, así se llamaba el profesor, dijo que él elegiría a los alumnos que trabajarían juntos. Tomó la lista de clase y empezó:

—Valentina Silveira, Pablo Manganelli, Laís Montenegro y Samantha Hygino —anunció el profesor.

Los cuatro lo celebraron.

—¿No puedes incluir a Erick también, profe? ¡Deja que hagamos los grupos nosotros, porfa! ¡Cambia a Samantha por él!

—Valentina, ¿qué parte de «yo elijo los grupos» no has entendido?

—¡Uuuuuuh! —exclamó un sector de la clase.

Aquel profesor ya había empezado a caerme superbién. Y también la parte de la clase que alabó la respuesta contundente que le dio a la engreída de Valentina.

—El trabajo es sobre la democracia, pero la elección de los grupos sigue el régimen dictatorial —añadió Leninson, después de percatarse de que había sido un poco grosero con Valentina, cara de letrina.

»Vamos a ver ahora con quién va a hacer el trabajo Erick

Senna d'Almeida... Con el señor José Carlos Teixeira, el señor Davi Araújo y... la señorita Teanira de Oliveira.

Punto final. Amaba a aquel profesor más que a mi propia vida. ¿Había algo mejor? ¡Imposible!

¡Qué imposible ni qué nada! ¿Creen que no había nada mejor? ¡Pues sí que lo había! Miré con discreción hacia atrás y vi que Erick daba un golpecito contenido en el aire, muy pegado al cuerpo, de esos que se traducen nítidamente en una celebración en plan ¡olé! o ¡bien! o ¡yeah!

¡Justo eso, querido mundo! Erick, el guapo, iba a hacer un trabajo conmigo, lo que significaba que él y yo respiraríamos el mismo aire durante algunas horas.

—¿Te alegras de que te haya tocado con ese grupo? ¿En serio, Erick? —preguntó Valentina, la cansina, a Erick, el guapo.

Se lo preguntó tan alto que hasta los que estábamos sentados delante pudimos oírlo.

—¡Qué chica tan ridícula! ¡Ten piedad, Señor! —susurró Zeca.

—¡Cansina! —susurré de vuelta, compartiendo con él el último apodo que acababa de ponerle.

Quedamos en hacer el trabajo unas semanas más tarde en casa de Davi. ¡Ya me habría depilado las cejas! ¡Yeah! ¡Estaría más guapa! ¡Yuju! Bueno, está bien, *guapa* es una exageración. ¡Pero dejadme que lo diga!

Al final de la clase fui al baño antes de volver a casa. Desde la escuela hasta donde vivía había una buena caminata y me estaba orinando. Mientras orinaba tranquilamente, me di cuenta de que Valentina y Laís, las amigas que no se separaban ni a sol ni a sombra, acababan de entrar. Contuve la respiración y la orina para escuchar la conversación.

Valentina estaba triste. Triste y rabiosa, se apreciaba con claridad en su tono de voz.

—¿Qué te pasa? —le preguntó Laís.

—¡Ay, Laís! ¿Cómo que qué me pasa? Estoy destrozada, chica. Creo que a Erick ya no le gusto.

—¡Pero qué dices! ¡Claro que le gustas!

Mi corazón se disparó.

—¡Te ama! —completó Laís, desacelerando en ese instante mi iluso corazón.

—No sé... Ya no estoy segura... —se lamentó Valentina.

—¡Que sí, chica! Todo el mundo sabe que está loco por ti.

—Pero desde que empezamos el curso está distante. A su madre no le caigo bien. Ve a saber si le ha metido ideas en la cabeza mientras estuve de viaje con mis padres...

Antes incluso de tener el placer de conocerla, la madre de Erick empezó a gustarme más que un pastel de limón.

—Olvídate. No seas paranoica. Puede que simplemente esté enojado por alguna cosa, en plan... porque su equipo haya perdido o porque el mar estuviera tan tranquilo que no pudiera tomar ni una ola... ¿No lo conoces? ¡Relájate, chica! —Laís intentó tranquilizar a su amiga.

«¡Hoy Erick estaba muy lejos de Valentina, la tontina, a primera hora de la mañana! ¡A ver si Laís va a tener razón!», quise gritar.

—Puede ser... Pero es que... No sé, estaba tan enamorado de mí el año pasado, ¿te acuerdas?

—Y lo sigue estando, chica. Ven aquí. Ya sé que no te gustan los abrazos, pero voy a darte uno y no me lo vas a impedir.

¡Qué linda era esa tal Laís! ¿Cómo podía ser amiga de Valentina, la matutina? ¿Y cómo podía existir alguien a quien no le gustaran los abrazos? ¿Se puede confiar en una persona a la que no le guste abrazar ni que la abracen? ¡Qué horror!

—Y, encima, está esa estúpida de Tetê.

¡Demonios! ¿Estúpida, yo?

—¿Qué pasa con ella? No sabía que fuera una estúpida —dijo Laís.

¡Gracias, Laís!, le dije mentalmente desde la taza del inodoro.

—¡No me gusta! No me cae bien.

—¿Y quién te cae bien, chica? —preguntó Laís con sinceridad.

—Ya sé que soy impertinente cuando alguien no me agrada —dijo Valentina, la serpentina.

—Entonces, se puede decir que hay un montón de compañeros que no te agradan, ¿no? —repuso Laís, para hacer una gracia.

—¡Calla, boba! —exclamó Valentina—. Es que esa chica es diferente. Erick la aceptó. ¿Puedes creer que el imbécil me ha hecho ir a pedirle perdón de nuevo a esa fea?

—¡Noooo!

—Pues créelo.

—Bueno, olvídate. Es inofensiva —indicó Laís intentando suavizar las cosas.

—No me cae bien.

—Pero ¿por qué? ¡Pobrecilla!

—Porque es rara. Gorda, ordinaria, descuidada. ¡Muy fea!

—Chica, yo quiero morirme siendo amiga tuya.

—¡Esa boba es gorda! ¡Odio a los gordos!

—Primero, no es gorda. Solo está rellenita. Segundo, no hables así porque es de mal gusto y tú eres una chica estupenda para hablar de esa manera.

—Aquí no me oye nadie, solo te lo digo a ti. ¡No me fastidies! ¡Necesito comprensión, chica!

—Yo siempre te la doy, ya lo sabes.

—¡Odio a esa boba! Es rarísima. ¿Te fijaste en la piel que tiene? Brilla más que el sol. ¡Qué asco!

—Solo está descuidada, en plan... un poco dejada.

¿Descuidada? ¿Un poco dejada? ¿Qué significa eso? ¿Hay alguien que me lo pueda traducir?, clamé en mis pensamientos.

—¿Quieres seguir siendo amiga mía? Si quieres, deja ya de defender a ese adefesio —dijo Valentina, la dañina, a su amiga.

—No la estoy defendiendo, solo estoy dando mi opinión. Pero, está bien, me callo.

—¿Y el pelo que tiene? ¡Siempre va despeinada! Alguien debería regalarle un cepillo para que se peine ese nido de ratas.

—¡Ay, pobre! —soltó Laís, partiéndose de risa.

Sí. Se moría de la risa. Y Valentina también. Otra burla más. Otro desprecio. ¡Qué divertido les parecía! Me da pereza peinarme, ¿está bien? ¡Pereza!

—¿Y viste los codos que tiene?

¿Dios mío? ¿Qué les pasa a mis codos? ¿También los codos? ¡Mis pobres codos!

—¿Qué les pasa, Valentina?

—¡Están deshidratados! ¡Megadeshidratados! No soporto a la gente que no se hidrata los codos. Está bien que todo su cuerpo esté deshidratado, pero los codos... ¡Buah! ¿Y las piernas peludas? ¡Esa chica es el *show* de los horrores! ¡Qué asco de codos resecos! ¡Qué asco de quien no se depila! ¿Y los granos de la frente? ¡Que vaya a un dermatólogo, que se deje flequillo, pero que haga algo! ¡No tengo por qué ver esos cráteres! ¿Y los dientes? ¡Parece una boca de caballo!

Carajo..., ahora se mete con mis dientes...

—No me fije en nada de eso, solo me pareció regordeta.

—Obesa mórbida querrás decir, ¿no? —condenó Valentina.

—¡No hables así! ¡Yo también era rechoncha de pequeña, ya te lo conté! —se lamentó Laís.

—¡No puedo imaginarte gorda, Laís!

—Pues lo era. Y sufrí mucho por eso, ¿está bien?

—¡Está bien, chica, perdooooona! ¡Ya dejo de meterme con Teanira! Pero es que Erick ha actuado de una manera tan ridícula, con lo guapo que es y hablando con esa boba y con el idiota de los lentes. El único de todos esos que me cae bien es Zeca.

—Sí, tiene unas ocurrencias muy graciosas.

En ese momento de extrema ternura y puro deleite para

mis oídos, me entró un mensaje en el celular. Era Zeca, preguntándome dónde estaba.

ZECA
Dónde estás, chica? Vamos juntos a casa. No me gusta ir solo. Estoy muy solicitado y de momento no quiero nada con nadie. Tengo una relación seria conmigo mismo. #Lol La frase es de una amiga. #Lol

Solo Zeca podía arrancarme una sonrisa en aquella situación.

TETÊ
Demonios! Te deben de haber zumbado los oídos! Aquí hay gente hablando de ti. Bajo dentro de dos minutos! Espérame!

Laís y Valentina, lengua viperina, estaban tan enfrascadas metiéndose conmigo que no oyeron el timbre del mensaje. No tardaron en salir del baño y me dejaron llena de preguntas: ¿qué es lo que tengo que causa tanto odio, tanto asco y tanto desprecio? ¿Por qué los compañeros me odian o les doy asco o me ignoran? ¿Estaré predestinada al desprecio y a la soledad para siempre? Está bien, esta última pregunta es muy dramática. Soy una absoluta *drama queen*. Bueno, solo un poco. O puede que mucho.

Nunca más voy a sentirme sola. Ahora tengo a Zeca y a Davi. Son mis amigos. Suspiré, aliviada por mi propia constatación antes de salir del baño, ansiosa por regresar a casa en compañía de mi gran amigo.

Mientras caminábamos por el concurrido barrio de Copacabana, fui contándole a Zeca todo lo que había escuchado en el baño. Él vivía en la calle Hilarante de Gouveia (¿no les parece hilarante que una calle se llame Hilarante? Puede que no haya nada de hilarante en lo que acabo de decir, pero solo me percaté de ello cuando traslucí mi impresión con respecto al nombre de la calle. Escribí «traslucí». ¡Dios mío, gente! ¡De tanto estar con Davi se me estaba pegando su manera de hablar! Cierro paréntesis), paralela a la mía, Siqueira Campos. Fuimos paseando por la calle Tonelero, y Zeca me enseñó su panadería favorita, donde hornean los panecillos de queso más ricos del mundo. Mientras nos los comíamos, me desahogué con él, frustrada:

—¡Y yo que creía que no le gustaba a la gente solo por la entreceja!

—No solo, querida —me dijo Zeca supersincero—. Iba a decírtelo poco a poco. La entreceja es lo que causa más..., ¿cómo decirlo? Impacto. Eso es, impacto.

—Pero yo no me quiero depilar las piernas. ¿Te imaginas qué dolor?

—¡Pásate la rasuradora, boba!

—Una vez lo hice y me irritó tanto que nunca más he querido repetir.

—Irrita al principio, pero luego te acostumbras.

Respiré hondo y bajé la cabeza.

—¿Qué te pasa, Tetê?

—Nada.

—Nada no es. Que seas uniceja, pase, pero mentirosa no lo soporto. ¿Qué te pasa, chica?

Forcé una sonrisa.

—Vamos, Tetê, ¿qué te pasa? —Zeca utilizó un tono más cariñoso.

—¿Soy tan horrible? Bueno, déjalo... No tienes por qué responder. Ya sé que sí.

—¡Claro que no! La belleza no es solo lo que se ve. Una persona guapa puede convertirse en fea en cuestión de segundos cuando abre la boca. Y viceversa. Estoy de acuerdo con Laís, eres un poco dejada. Solo eso.

—¿Qué significa? ¿Me lo puedes explicar?

—Que no te cuidas. Que se nota a kilómetros que no eres coqueta. Y eso no es exactamente un defecto, pero hoy día, en los tiempos que corren, de felicidad inmensa en Instagram y en las redes sociales, donde todo el mundo juzga a todo el mundo por las apariencias, donde ser delgada es una cosa casi necesaria...

—No me importa estar un poco rellenita. ¿Crees que estaría mejor con unos kilos menos? Puede que sí, pero antes de ocuparme de mi peso tengo que resolver muchas otras cosas: los granos, el pelo, los cachetes gigantes, los dientes, los codos, los tobillos hinchados...

—¡Basta ya, Tetê! ¡Basta! No voy a dejar que sigas enumerando así tus supuestos defectos. ¿Vamos a comernos un helado de Nutella? Todo se arregla con un helado de Nutella.

—¿Puede ser de otro sabor? La Nutella no me gusta demasiado.

—¿Cómo? ¿Que no te gusta la Nutella? ¡Demonios, chica, sí que eres rarita! ¡Dios mío!

Nos reímos juntos, como amigos y cómplices que ya éramos, a pesar de que hacía poco tiempo que nos conocíamos. Y seguimos paseando.

La semana pasó sin mayores contratiempos y por fin llegó el esperado viernes, día de... ¡cejas nuevas!

Llegué a casa de la escuela y Heloísa tocó el timbre una hora después de que acabara de comer. Me depiló con hilo las cejas y el bigote, una técnica increíble que no tenía ni idea de que existiera. Me dolió mucho. Muchísimo. Las lágrimas me asomaron a los ojos y, después, se me quedó toda la cara enrojecida. Pero el resultado fue muy cool. Asombroso. Hasta mi abuela me piropeó:

—¡Dios mío, qué guapa está mi niña!

—Te cambió la cara, Tetê. ¡Estás preciosa! —dijo mi madre.

—Pero me quedó todo rojo... —comenté.

—Se te pasará —replicó mi abuela para calmarme.

—Me gusta verte así, Tetê. Hasta me da la impresión de que tienes un amiguito por ahí —dijo mi bisabuelo.

—¡Dejen ya el tema!

Me pasé la tarde entera mirándome al espejo cada cinco minutos para ver si las rojeces ya me habían desaparecido de la cara. También aproveché para hacer tarea y estudiar un poco, tenía que ponerme al día y que no se me acumulara todo.

Por la noche, después de cenar, me fui a mi habitación a leer. Un día escribiré mi propio libro. ¡Solo hay que atreverse! ¡Cuánto me gusta leer y escribir!

10

EL PRIMER MES de clases pasó volando. Cada día me sentía más cercana a mis nuevos amigos y estaba más feliz que nunca. Un viernes, mi abuelo me sugirió que fuéramos juntos a celebrar mi «nueva fase» y me propuso llevarme a una feria de mascotas. Me pareció que era un plan de niños pequeños, pero mi abuelo es la persona más estupenda del mundo, así que lo acompañé. Además, me lo pidió de manera especial:

—Vamos a salir a solas tú y yo. ¡No aguanto más a tu abuela, siempre quejándose de la vida y criticándolo todo! Necesito respirar.

¡Pobre! ¿Cómo rechazar una petición así?

Fuimos en autobús al acabar de comer. Después de hacer el recorrido para ver las mascotas más lindas del planeta, a todos los visitantes se les ofrecía un pollito amarillo. ¡Qué cosa tan linda!

—¿Vamos a llevárnoslo, abuelo?

—Hum..., creo que tu abuela se pondrá como fiera —respondió.

—¡Nunca he podido tener una mascota!

Era la pura verdad. Mis padres siempre me negaron mis incesantes peticiones para tener un animal en casa. Lo intenté todo: una tortuga pequeña, una tortuga grande, un perro, un gato, un hámster, un conejo, una lechuza... (Mi sueño era tener una lechuza. Cualquier semejanza con Harry Potter no es mera coincidencia. ¡Soy una *potterhead* total!)

Como nunca conseguí que me regalaran una, en una ocasión, a los nueve o diez años, al no tener ningún animal que pudiera decir que fuera mío, decidí criar hormigas. Sí, dije «hormigas». Mi objetivo era darles cariño, un hogar, azúcar y entrenarlas (hasta me imaginaba el cartel TETÊ Y SUS FENOMENALES HORMIGAS ADIESTRADAS). Quería darles mucha azúcar. Así que vacié una lapicera, puse agua en una esquina y azúcar en la otra, y recorrí la casa buscando hormigas como una loca. Encerré unas cuantas dentro de la lapicera, me pasé la tarde hablando con ellas (aunque las desagradecidas insistieran en escapar del increíble hogar que les había preparado) y hasta les canturreé para que se durmieran. Con mucho cariño, con mucho amor. Soy así. Nadie me quiere, pero yo lo amo todo. Hasta a las hormigas. Al día siguiente, al abrir el estuche, me llevé una sorpresa: las muy idiotas habían huido. ¡Sí, señoras y señores!

Se habían largado, me habían dado la espalda después de la acogida que les había ofrecido, de tanto afecto que les había demostrado. Un dolor más que sumar a mi historial de hija única que siempre quiso tener una mascota y que no la tuvo.

—¿Te da mucha ilusión, Tetê? —me preguntó mi abuelo.

—¡Sí! El pollito me dará alegría. Me parece muy lindo tener un ser vivo al que cuidar, un animal que dependa de mí —le respondí, esbozando una sonrisa.

—Pues ¡viva el pollito, Tetê! Lo que yo quiero es verte cada vez más contenta, cariño —exclamó mi abuelo.

¡Ay, los abuelos, esos ángeles con forma de persona!

Los abuelos..., porque las abuelas...

—Cuando crezca, se convertirá en un gallo horroroso. ¿Y entonces? Qué me dices, ¿eh? ¿Me quieres explicar cómo vamos a criar un gallo en un departamento, Tetê? —se quejó mi abuela nada más ver al pollito cuando llegamos de la feria de mascotas.

Mi abuela Djanira nunca se ha ganado mi simpatía por su dulzura y su paciencia, aunque reconozco que es una buena persona. Lo juro.

Bauticé al pollito con el nombre de *Casimiro* (no pretendía burlarme de él en su propia cara, lo prometo. Lo llamé así de corazón), lo cuidé con todo mi amor, le daba besitos y le hacía muchos cariños. La primera noche, *Casimiro* piaba, piaba, piaba y no dejó pegar ojo a nadie. Seguro que extrañaba a su madre. El sábado llevé a *Casimiro* a pasear, era tan pequeñito y tan frágil... ¡Era tan lindo! El domingo por la noche, nuevo escándalo de *Casimiro*. El pollito no paraba de piar, pero como tengo el sueño profundo me quedé profundamente dormida incluso con las piadas. Mi bisabuelo, sordo, ni las oía, así que todo estaba bien.

El lunes por la mañana el silencio imperaba en la casa. Todo el mundo ponía cara de entierro cuando me miraban. Sin sospechar nada, fui a buscar a *Casimiro* a la caja donde dormía para darle los buenos días, pero... *Casimiro* no estaba allí.

—¡Tu abuela mató al pollo! —dijo mi padre.

—¡¿Quéééé?! —exclamé indignada.

—¡Fue sin querer, Reynaldo Afonso! —se defendió.

—¿Cómo se mata a un pollo sin querer? Lo pisaste, ¿fue eso? —le pregunté, con el corazón a mil por hora.

—No fue así exactamente... —me respondió reticente.

—¡Metió al pollo en la lavadora! —la delató mi abuelo.

—¿CÓMOOOO? —dije con voz de megáfono.

—¡Es que no paraba de piar, Tetê!

—¡Los pollos pían, abuela! ¡Los perros ladran, los gatos maúllan, los pollos pían! ¡Por esa razón no se mete a un animal en la lavadora! ¿Qué crueldad es esa, abuela? ¿Pusiste la lavadora con el pollito dentro a propósito?

Yo estaba exasperada, morada de odio y convencida de que mi abuela no era la buena persona que juré que era unas cuantas líneas antes.

—¡Ay, Tetê! ¿Crees que estoy mal de la cabeza? No puse la lavadora, solo metí al bicho dentro y la cerré para silenciar sus piadas.

—¡Ah, genial! Ahora ya estoy más tranquila. No pusiste la lavadora, pero asfixiaste al pobre pollito —repliqué.

—¡No podía dormir! —exclamó mi abuela—. ¡Ese pollo me estaba volviendo loca!

—¿Por qué no me despertaste?

—Porque contigo el pollo tampoco iba a dejar de piar.

—¡Claro que sí! Me lo hubiera metido en la cama hasta que se durmiera.

—No digas tonterías, Tetê. Los pollos apestan. Tu cama se iba a convertir en un corral pestilente. ¡La caja, donde lo dejabas, ya empezaba a apestar!

—¡*Casimiro* no apestaba!

—¡Sí que apestaba! ¡Apestaba y piaba! No lo metí en la lavadora para matarlo, solo lo hice para que se callara. ¿Qué voy a hacer si se ha muerto?

Empecé a llorar, convencida de que mi abuela era la persona más cruel del mundo.

—No llores, hija mía... Iremos a la feria de mascotas otra vez a buscar otro pollito para ti... —dijo mi abuelo para reconfortarme.

—¡No quiero otro pollo, quiero a *Casimiro*! —berreé, llena de dolor.

—¡Uy, ese ya pasó a mejor vida! Amaneció azul, el pobrecillo —explicó mi bisabuelo—. Con lo amarillito que era...

Lloré más todavía. Mucho más. La idea de mi pollito muerto me dio ganas de vomitar. Me dije que mi abuela era un monstruo.

—¡Nunca más pienso hablar contigo, abuela! ¡Nunca

más! —exclamé, diciendo pestes antes de salir de casa pisando fuerte.

Llegué a la escuela con la nariz hinchada, fui llorando hasta la clase. Le conté la historia del asesinato de *Casimiro* a Davi y me dijo:

—Vaya, Tetê... Eso es para deprimirse. ¡La familia que tienes es alucinante!

Erick se acercó a mí mientras hablaba con Davi y me puso la mano en el hombro.

Me quedé helada.

—¿Estás bien, Tetê?

¡Qué lindo! ¡Se preocupaba por mí!

—Mataron a su pollo. —Davi resumió así de fríamente la historia.

—Mi abuela mató a mi pollo —especifiqué.

—Tenía solo unos días. Llegó el viernes, murió el domingo de madrugada. Pobre pollo... —relató Davi.

—¿Tenías un pollo por mascota?

—Sí, quiero decir... Tuve. Lo tuve solo tres días, pero lo tuve —aclaré, sollozando.

—¡Hola, gente! ¿Quién es el idiota que tiene un pollo?

—¡Ay, no, Valentina! —la reprendió Erick.

—Hola, amor. ¿Quién tiene un pollo? Por el amor de Dios, ¿quién es el idiota que mete un bicho asqueroso de esos en su casa?

—Yo fui la idiota que metió un pollo en su casa, Valentina —le respondí, triste pero muy digna.

¡Valentina, la fosfatina! ¡Te odio, pedazo de cretina!

—¿Cómo te atreves a decir algo así? ¿No ves que está llorando? —le dijo Erick.

—¿En serio que estás sufriendo por un pollo? El mundo está perdido, realmente.

Erick agarró a Valentina, la repentina, del brazo y se la llevó lejos de mí. Salieron los dos de la clase justo en aquel momento culminante, pero pudimos escuchar cómo discutían fuera.

—¡No entiendo lo que haces con esa chica! ¿Todos los días van a ser así? ¿Voy a llegar y vas a estar pegado a ella? —se quejó Valentina.

—¡Me cae bien! ¿Qué tienes en su contra? —se defendió Erick.

¡Un momento, un momento!

¡Le caigo bien! ¡Le caigo bien! ¡Quería morirme! Mi tristeza por *Casimiro* disminuyó en aquel momento.

—¡Todo! —exclamó Valentina subiendo el tono de voz. Poco a poco la clase se fue callando para escuchar a la pareja—. Solo espero que, si un día cortamos, no elijas a alguien como esa Teanira, Erick. Porque alguien que tiene en el currículum a Valentina Garcia Silveira no puede bajar peldaños. ¡Tiene que subirlos, mi amor, tiene que subirlos!

—¡Habla más bajo!

—¡Hablo como me da la gana! ¡Se nota a kilómetros que esa trasero cuadrado está loca por ti!

Trasero cuadrado, codos deshidratados... Valentina, la dañina, había hecho una radiografía de mi cuerpo... ¿De verdad que tengo el trasero cuadrado?

—¡Claro que no! ¡No digas tonterías! ¿No me digas que lo que te pasa es que tienes un ataque de celos?

—¿Celos del monstruo del lago Ness? ¿De la orca asesina? ¡Por supuesto que no! Lo que detesto es tu amistad con ella y con todos los frikis de la clase.

Silencio total. Todo el mundo se miraba de reojo, incómodo, pero lleno de curiosidad por escuchar el próximo capítulo de la telenovela.

—¡No digas esas cosas! ¡Es horrible escucharte cuando hablas de esa manera, con tanto odio, con tantos prejuicios! Estoy convencido de que Tetê te caería bien, es una chica muy especial.

Confieso que mi corazón se derritió.

—¿Tetê? ¡Se llama Teanira, Erick! ¡Teanira! ¡Es fea desde que nació! ¡Es absolutamente fea!

«Absolutamente fea.» ¿Eso es lo que soy? A lo mejor es verdad...

Samantha, la compañera que me ayudó el día de la coca-cola, se levantó indignada y salió de la clase. No sé lo que dijo, pero Valentina no reaccionó nada bien.

—¡Largo de aquí, chica! ¡Deja de ayudar a esa idiota! ¿Quién te dijo que puedes salir de la clase y meterte en mi conversación con mi novio? ¡Cómo los odio! ¡Odio esta escuela, odio este lunes de porquería! —gritó.

Después, la que salió de la clase fue Laís. Evidentemente, para ir detrás de su amiga y consolarla.

—¿Creen que debería ir a hablar con ella y preguntarle qué le hice para que me trate así? —les pregunté a mis amigos.

—¿Estás lunática, chica? ¡No vas a ir a ningún sitio! —me regañó Zeca, que acababa de llegar.

—Quiero decirle que se mire al espejo y que, después, me mire a mí. No tiene por qué estar celosa. Soy tan poco...

—¡Tú no eres nada! Ella es una insegura —me dijo Zeca.

—¿Las chicas guapas son inseguras? —pregunté.

—¡Amoooorrrr, no sabes nada de la vida! Pues claro, son las que más sufren por eso. ¡Es una insegura consumada! —me susurró.

—Por eso mismo creo que debería ir a hablar con ella. Después de años de silencio en la otra escuela, quizá haya llegado el momento de charlar con quien me detesta, de intentar entender el motivo de tanto odio.

—Estate quieta, Tetê. Ese tipo de personas no merecen que te preocupes por ellos, no merecen tu amistad ni tu cariño, no se merecen nada. Y olvídate ya de esa chica y del pollo también. Davi me contó la tragedia. ¡Amooorrr, que ya no tienes bigote ni entreceja! ¡Eres muy atractiva y eso es lo que importa ahora!

Esbocé una sonrisa triste. Respiré hondo. Erick pasó a mi lado mirándome profundamente antes de sentarse en el fondo de la clase. Se detuvo unos segundos junto a mi mesa, me tomó la mano que estaba apoyada encima y, solo con los labios, sin emitir sonido alguno dijo:

—Perdón...

Yo asentí con la cabeza y le dije con los ojos, para que se tranquilizara, que no había sido nada. Por dentro estaba desolada, me sentía muy mal. El corazón me latía disparado, tenía la autoestima por los suelos y unas ganas inmensas de ponerme a llorar. «Absolutamente fea.» Esa frase no salía de mi cabeza.

Unos cinco minutos después, Valentina, la mohína, volvió a la clase con Laís; las dos se sentaron juntas, lejos de Erick, y la muy cretina me miró con rabia antes de voltear hacia el pizarrón. Bajé la vista, como pidiéndome disculpas a mí misma por existir.

La profesora de Portugués entró y el resto de la mañana la pasé callada y triste. Sin mi pollito, sin atención, sin saber qué hacer para caerle bien a una persona como Valentina. Aquel lunes no había empezado bien para mí...

—¡Tan guapa y tan cruel! —exclamé, pensando en voz alta.

—¡Olvídate, Tetê! ¡Esa chica no se merece el suelo que pisa! —Zeca intentaba ayudarme.

—¿Cómo puede ser así con lo guapa que es? —pregunté, con un poco de envidia, lo admito.

—Sería más guapa si fuera simpática —argumentó Davi.

—Algún defecto debía tener —pensé en voz alta.

—Es bajita, y odia ser bajita —añadió Zeca.

—Yo soy alta, pero... ¿de qué me sirve? Soy absolutamente fea...

—¡Está bien ya, Tetê! No te pongas así... —me consoló Davi.

Zeca se levantó para abrazarme y, por primera vez en aquel agitado inicio de día, mi corazón pudo, por fin, sonreír aliviado.

A LA HORA DEL RECREO fuimos a la pista del patio con nuestros almuerzos. Algunos estaban jugando un partido de básquetbol en el que participaban Erick, el guapo, Oreja y Samuca, un amigo de ellos un poco arrogante pero buena gente.

Después teníamos clase de Educación Física, así que ya se pueden imaginar mi humor. Odio la gimnasia con todas mis fuerzas. Nunca he sido apta para el deporte. Y con la pelota siempre fui un desastre. Es como si tuviera mantequilla en las manos y, por eso, con mucha frecuencia me elegían la última para formar equipo. La semana anterior habíamos recorrido un circuito idiota con carreras, flexiones y saltos de tijera. ¿Hay algo más estúpido que los saltos de tijera? Para empeorar las cosas, aquella mañana hacía un calor achicharrante. Y yo sudo más que un cerdo en el matadero.

Mientras devoraba un hot dog con mucha salsa, mostaza y cátsup, Laís, Valentina y Bianca, otra componente más del séquito de la divina, aparecieron en la pista con sus almuerzos saludables. Caminaban supererguidas, como si, y con perdón por la grosería, se echaran bombones en vez de pedos. ¿Saben cómo es esa gente que camina como si se echara gases de chocolate suizo? Pues esas tres eran así. Pude escuchar toda su conversación. Además, creo que su majestad, Valentina, la ladina, habló en tono muy alto a propósito.

—¿Nos sentamos aquí? —preguntó Laís.

—¿Cerca de esa chica tan horrible? ¡Dios me libre! ¡Esa boba apesta! —exclamó la siempre afectuosa Valentina—. ¡Mientras no deje de usar perfume de granja!

—¡Pero, chica, si está sentada cinco gradas más arriba! —le contestó Laís.

—Pues hasta aquí llega la pestilencia.

¡Qué mentirosa! ¡Yo no olía mal, lo juro!

Laís y Bianca se carcajearon siguiendo el juego a su reina y fueron detrás de ella rumbo a la otra punta de las gradas. Unos chicos no tardaron en levantarse para ceder sitio al trío.

Se me fue el hambre al momento.

—Tetê, no me digas que vas a dejar de comer por culpa de Valentina. Aunque, en realidad, yo pensaría seriamente en dejar de alimentarme con esas porquerías. Tienes que comer mejor, querida. Ya no solo por el aspecto, sino por la salud, ¿sabes? No es bueno atiborrarte de salchichas y pan todo el santo día.

—Tienes razón. Empezaré a traerme fruta en vez de gastarme el dinero en la cafetería.

—Eso, eso mis... ¡Muy bien, Erick! ¡Bravo! ¡Carajo! ¡Erick es buenísimo encestando! —exclamó Zeca.

—Espero que también lo haga así de bien en el trabajo de Historia... Aunque, normalmente, si se equivoca, los profesores lo suelen perdonar y le ponen buenas calificaciones. Adoran a ese muchacho —comentó Davi.

—¿En serio? —pregunté.

—Sí.

—No estoy cuestionando el hecho de que los profesores adoren a Erick, solo estoy sorprendida con la palabra *muchacho* —le dije.

—Es verdad, Davi, decir «muchacho» es un poco anticuado, pero en ti queda sofisticado, ¿sabes? ¡Diste n el clavo! —Zeca entró en la broma.

Nos reímos juntos y, luego, volví a fijar la vista en la pista.

—¿Y quién no adora a Erick? —suspiré, con los ojos en forma de corazón.

—Yo —rebatió Davi.

—Yo —repitió Zeca—. ¡Mentira! ¡Es una broma! ¡Adoro a ese «muchacho»! —dijo, para provocar un poco a Davi.

Sonreí, contenta por sentirme acogida y querida. Y vale decir que recuperé el apetito acto seguido.

—¡Respira, Tetê! ¡Come despacio! Si no te tomas en serio la idea de la fruta, seré yo quien te traiga un almuerzo más saludable para que no te sigas comiendo esa porquería de la cafetería. Te pondrás estupenda, hecha una ninfa, con una piel increíble, con el pelo de anuncio de champú y, encima, dormirás mejor.

¿Cómo no iba a querer a Zeca?

El equipo de mi *crush* ganó el partido, y todos lo celebraron con vítores y aplausos, aunque creo que mi corazón era el único que realmente palpitaba de felicidad. ¡Qué cursi soy, pero es la pura verdad! Me sentía tan feliz de que Erick hubiera ganado en un simple partido de baloncesto de la escuela que mi corazón se disparó. Además, así, sudado, ¡estaba tan atractivo!

Ni siquiera tuvimos que abandonar la pista, la clase de Educación Física (¡puaj!) era allí mismo. El profesor Almir era un panzón de ojos claros y ademanes de general. Hablaba de manera incisiva y sin preámbulos, sin decir ni buenos días, y directamente nos mandó calentar corriendo alrededor de la pista. Samantha se puso a mi lado. No estaban ni Zeca ni Davi (la clase de los chicos estaba separada de la nuestra) y había perdido a *Casimiro*, pero percibí que quizá podría hacer una amiga nueva. El lunes no estaba siendo tan malo.

Al cabo de unas ochocientas vueltas (bueno, fueron menos, ya sé que soy una exagerada) y diez flexiones (solo tuve fuerzas para dos), Almir dividió la clase en dos equipos. No dejó que nadie escogiera, él mismo formó los grupos y decretó:

—¡*Handball*! ¡Quiero ver fuerza, estrategia, concentración! ¡Vamos! ¡A jugar!

Sí, dijo «vamos» y «a jugar». Y lo acompañó con unas sonoras palmadas. Quería ser un Ambros Martín. Me colocó en el equipo de Samantha, mi más reciente y posible futura amiga, y en la portería (¡a mí, que soy la mayor torpe con las manos de todos los tiempos!). ¿Por qué aquel profesor me estaba exponiendo al ridículo de defender la portería? ¿Tanto le costaba dejarme en el banquillo? Empecé a sudar antes incluso de tocar la pelota. Puro nerviosismo. Justo lo peor para que se me escurriera de las manos.

—¡No me hagas eso, profe! ¡Mi equipo perderá! —le imploré.

«¡Y todavía me odiarán más!», quise añadir.

—Quiero que todo el mundo juegue en todas las posiciones. En la próxima clase estarás en el ataque.

—No quiero... —lloriqueé.

—¿Cómo que no quieres? ¡Diez flexiones, entonces! —ordenó el general.

Le encantaba representar el papel de malo.

—Perdona, solo lo pensaba, mi intención no era decirlo en voz alta —le confesé, mientras me dirigía a la portería.

Empezó el partido. Laís le pasó la pelota a Bianca, que se la pasó a Valentina, que se la pasó a Laís de nuevo, que se la pasó a Fafá, que regateó a Samantha y metió el primer gol contra mi equipo. Me llevé el regaño de mis compañeras y prometí estar más atenta y esforzarme al máximo. No tardé mucho en encajar otro gol, y otro más. Estaba roja de vergüenza, me sentía la peor portera del mundo. ¡Nunca he querido ser portera! Mentalmente me repetía el siguiente mantra: Voy a pararlas todas, voy a pararlas todas, cuando de pronto oí una desagradable frase.

—¡A ver si paras esta, foca, cara de caballo!

Después de la agresión verbal, Valentina, la dañina, me dio un pelotazo en el pecho con todas sus fuerzas que casi me arranca el alma del cuerpo. Estuve unos segundos sin poder respirar.

Incluso dolorida, lo celebré. ¡Sí! ¡Había parado una! ¡El balonazo de Valentina, cara de inquina! ¡Me hubieran hecho falta mil exclamaciones para poder expresar mi alegría! ¡Por primera vez en la vida había parado un gol! Y empecé a saltar, desencajada, con los ojos cerrados, como si no hubiera un mañana.

—¡Gorda! —gritó Valentina, siempre tan fina.

—¡Gorda pero feliz porque sé jugar!

No, por supuesto que no tuve el valor de decírselo. Pero lo hice en el pensamiento y eso ya me alivió muchísimo.

Por otro lado, Samantha inició el coro más adorable del mundo:

—¡Te-té! ¡Te-Té! ¡Te-té!

Buf... Menos mal que nadie coreó mi nombre aparte de ella. Aunque lo que cuenta es la intención.

La pelota estaba en juego nuevamente y nuestro equipo marcó un gol. ¡Yeah! En ese momento el marcador indicaba tres a uno. Valentina, la muy sibilina, estaba muy irritada. Se situaba cerca de la portería y me miraba con desprecio, diciéndome cosas tales como «¡Te vas a enterar, Teanira!». A continuación recibí otro pelotazo suyo, esta vez en la cabeza. ¡Qué daño me hizo!

—¡Ay!

—Ay, ¿qué? ¡Deja de quejarte, gorda! —me dijo, tan cariñosa como siempre.

Cuando mi equipo ya le había dado la vuelta al marcador (no es que estuviéramos ganando por mérito mío, es que las chicas del equipo contrario no sabían meter goles, la verdad. ¡Menos mal!), recibí otro ataque de Valentina. Esta vez entró casi con la pelota y toda su fuerza en la portería y metió directamente la cabeza en mi boca. Para defenderme, le di un empujoncito, lo justo para que se apartara y yo pudiera llevarme la mano a la boca y comprobar si estaba sangrando. ¡Claro que sangraba! La mezcla de encías, cabezazo, fuerza y *brackets* no podían provocar otro resultado.

—Deberías agradecérmelo, foca. Seguro que te enderecé esos dientes tan horrorosos que tienes.

—Valentina, ¿por qué me tratas así? —dije en un intento sincero por dialogar con ella.

—¿Quééé? ¡Repite eso si te atreves! —Empleó todo el potencial de su garganta para gritar.

Almir pitó al percatarse del escándalo que estábamos armando y corrió hacia nuestra dirección.

—En serio, no lo entiendo. Yo no te hice nada...

—¿Ah, no?

—No —respondí con todo el valor que encontré dentro de mí.

—Y qué es todo lo que vas diciendo de mí por ahí, ¿eh? ¡Eres una falsa, loca!

Y entonces se abalanzó sobre mí. Y empezó a jalarme del pelo, a arañarme, incluso me dio puñetazos en el vientre. Y yo solo le pedía que parara, pero no servía de nada. Y me hacía mucho daño, pero lo que más me dolía era la injusticia. Mi consuelo era la esperanza de que el profesor Almir llegara y tomara medidas al ver aquel teatro ridículo. No veía el momento en que Valentina se metiera en un problema. Y se lo merecía, se había tirado encima de mí porque sí, había fingido un ataque verbal que yo nunca había cometido...

—¡Basta ya de tanta payasada! —Almir puso orden en la pista.

¡Uf!

—¡Las dos a dirección! ¡Ahora!

—¿Las dos? —repetí, sorprendida y sorprendida, con una indignación en el pecho imposible de describir.

—¿Cómo? Ella me atacó primero, me insultó, me dijo cosas horribles, ¿no lo viste? —dijo Valentina, la intestina—. ¡Yo solo me defendí!

¡Carajo! ¡Qué mentirosa! No podía creerme que fuera capaz de hacer tanto teatro.

—Yo..., yo...

—¡Vamos, Tetê! ¡Cuéntale a Almir por qué empezaste! —La muy falsa quería provocarme.

—Yo..., yo... —No sabía qué decir.

—¡Quien manda aquí soy yo y las dos irán a dirección! —sentenció el profesor.

Nunca había sentido tanta vergüenza, ira y tristeza.

12

—¡NO PUEDO CREERLO, HIJA! —me regañó mi padre—. ¿El segundo mes de clases y ya recibiste un reporte en la escuela?

En casa, a la hora de comer, con mi padre, mi bisabuelo y mis abuelos en la mesa me vi obligada a entregar aquel maldito papel que era la prueba de una injusticia más que había sufrido en la vida por culpa de una cretina que había decidido meterse conmigo sin que yo ni siquiera supiera por qué.

—¿Quién dices que ha perdido la conciencia? ¿En qué parte? Qué pena, ¿no?

—¡Pero qué dices, papá! —replicó mi abuela—. Lo que comentamos es que tu bisnieta ha recibido un reporte.

—¿Por qué, cariño? —preguntó mi abuelo.

—Porque se peleó con alguien, señor José —le explicó mi padre—. En el otro escuela era tranquila y en esta se mete en problemas. ¿Qué problema tienes, Tetê?

—Calma, Reynaldo. Deja que la niña explique lo que ocurrió. Estoy seguro de que no fue culpa tuya, cariño. Sé perfectamente la nieta que tengo —dijo mi abuelo.

Lo quiero tanto... Tanto, tanto... Entonces, les conté que estábamos jugando un partido de *handball*, que me dieron varios pelotazos y que lo único que hice fue defenderme, que la otra chica me insultó y me llamó «gorda» y que hizo teatro para justificar las agresiones...

—No estás gorda, solo rellenita, te lo he dicho mu...

—Abuelo, mi peso es lo último que me incomoda de este cuerpo ridículo que tengo...

—¡No hables así nunca más, Tetê! ¡Hablar así es pecado! Tienes salud y eso es lo que más importa —me reconfortó mi abuelo (¡siempre él!).

—Amor mío, esa compañera tuya es una desconsiderada. Ha simulado una discusión para incriminarte. Creo que valdría la pena que fueras a la escuela a poner los puntos sobre las íes, Reynaldo Afonso —sugirió mi abuela.

—¡No! ¡Por favor, no! Si lo hace, empeorará las cosas. Parecerá que soy una cobarde que necesita a su padre para ser alguien.

—Entonces, dile que venga aquí para que le dé una bofetada —dijo mi bisabuelo, bromeando—. Solo así aprenderá.

Mi padre, contrariado, firmó el reporte, y yo, más contrariada todavía, lo guardé en la mochila para entregárselo a la directora al día siguiente. Y me pasé el resto de la tarde encerrada en mi habitación leyendo, lamiéndome las heridas, escuchando *Clocks*, de Coldplay, varias veces seguidas. (*«Am I part of the cure? Or am I part of the disease?»*, dice la letra. ¿Y yo? ¿Soy parte de la cura o de la enfermedad? De la enfermedad, seguro, concluí sin titubear.) Me sentía triste por lo que había pasado, triste por el rumbo que estaban tomando las cosas, triste por el futuro incierto. Pero ¿existe un futuro cierto?

Al día siguiente hice todo lo posible por no intercambiar ninguna mirada con Valentina, la canina, y evité al máximo estar en el mismo espacio que ella durante las pausas de las clases. A la hora del recreo tuve la mala suerte de toparme cara a cara con esa persona odiosa llamada Valentina, la violentina, justo al salir del baño. Me miró fijamente a los ojos y me dijo:

—No te parto esa cara horrenda que tienes porque no quiero ensuciarme las manos con un ser despreciable como tú.

No pude contenerme. No podía dejar que esa cínica se saliera con la suya y, encima, que creyera que le tenía miedo. Respiré profundamente, me armé de valor y fui detrás de ella. De verdad que fui, ¡eh! Y la llamé:

—¡Valentina! ¡Valentina!

Pero la estúpida ni se inmutó. Siguió caminando por el patio. Y le grité:

—¡Deja de fingir que no me oíste! ¡Mírame!

Se volteó y puso la cara más engreída del mundo, con ese

pelo de anuncio de champú que tiene, y no dijo ni mu. Seguí detrás de ella, convencida de que estaba haciendo lo correcto, y le pregunté:

—¿Por qué me tratas así?

—¿Es que todavía no has entendido nada? Pues mira, por caridad voy a explicártelo. Los motivos son varios. El primero: vas detrás de mi novio descaradamente desde el primer día de clase. El segundo: apestas. El tercero: eres fea. El cuarto: eres una sinvergüenza. El quinto: me das asco. El sexto: tus dientes me ponen enferma. Y hay muchos más motivos, pero no voy a perder el tiempo explicándotelos.

Y la única frase que fui capaz de pronunciar después de todas esas agresiones fue:

—¿Qué te pasó para que estés tan amargada?

—¿Amargada yo? ¡Largo de aquí, chica! ¡Que no quiero que nadie me vea hablando contigo! ¡Eres lamentable!

Y se puso a caminar delante de mí. Podía notar su odio en cada célula de mi cuerpo. Si hubiera podido, seguro que me habría dado otro pelotazo en el pecho. Me quedé paralizada en medio del patio pensando en lo que podría hacer para revertir aquella situación. ¿Acaso las personas populares me iban a rechazar siempre? ¿Qué era lo que yo hacía mal? De pronto oí una voz:

—No le des importancia, aunque en realidad Valentina no está amargada.

Me llevé un susto.

Era Samantha.

—¡A ver, chica, no te entiendo! —proferí—. Si eso no es

amargura, dime qué es. Dulzura seguro que no, ¡por el amor de Getúlio!

—¿Quién es Getúlio?

—Da igual, es una larga historia —le respondí, con una parte de mí satisfecha porque se me había pegado la expresión de Zeca, pero intrigada con lo que Samantha me había dicho—. Explícame, ¿por qué la defiendes tanto?

—Porque hubo un tiempo en que más o menos todo el mundo se metía con ella, ¿sabes? —me explicó Samantha, para mi sorpresa.

—¿Que se metían con ella? ¿Con Valentina, la divina? —dije, sin poder creer lo que acababa de oír.

—Siempre ha sido muy guapa, pero un poco solitaria también...

—¿Cómo que un poco solitaria? —pregunté.

—Bueno..., muy taciturna, en plan encerrada en sí misma, no tenía amigas... Los compañeros la aislaban completamente. Solo los chicos se acercaban a ella, entonces unas chicas empezaron a decir de ella que... que era una... Ya sabes...

—¿Que era qué? ¿Una buscona que mandaba fotos posando desnuda, una prostituta, una arpía, una hermafrodita, una víbora? —ironicé.

—Por ahí va la cosa. La palabra tiene que ver con un animal... —Samantha no se atrevía a decírmelo.

—¿Es lo que estoy pensando? ¿La gente decía de ella que era una... zorra? —Pronuncié la última palabra en tono más bajo.

—Justamente eso. Tenía muy mala fama, andaba triste por los rincones, lloraba escondida en el baño. Hasta su padre vino a la escuela y todo, porque ella le pidió cambiar de escuela cuando empezó a sentirse excluida.

—¿Y después?

¡Vaya! ¡Estaba en ascuas por saber el final de la historia! Aquel asunto me interesaba sobremanera. No tenía ni idea de que las personas guapas también podían sufrir *bullying*. Entonces, si Valentina sabía lo que era sentirse rechazada, ¿por qué hacía lo mismo conmigo y con otras personas? ¿Valentina, la mezquina, no habría aprendido la lección?

—Pues que no sirvió de nada, pero...

—Pero ¿qué? ¡Déjate de suspenso, Samantha, y cuéntamelo todo de golpe! —le pedí, curiosa en extremo.

—Pues que la suerte de repente se puso de su lado y ella empezó a salir con Erick el año pasado. Todo el mundo comenzó a *shippearlos*. Ericktina o Valenterick, como tú prefieras.

Evidentemente, no fue Samantha la que dijo eso.

—¡Zecaaa! ¿Estabas espiando nuestra conversación? —le dije bromeando y riéndome.

—¡Pues claro! En el chisme del bueno es donde hay que poner la mayor atención, para ver si la versión tiene alguna actualización.

—¿Y la tiene?

—No. Después de eso, Valentina empezó poco a poco a enseñar de que pie cojea y se convirtió en la reina de la escuela. Erick ya era el rey, lo único que pasa es que él siempre ha sido humilde y, por eso, todo el mundo lo aprecia. En cambio, a Valentina, la sibilina...

—No entiendo cómo alguien que sufrió acoso no aprendió la lección. Debería ser más buena persona —pensé en voz alta.

—Es insegura, me da la impresión de que ataca para defenderse, para evitar ser de nuevo el blanco de las burlas, ¿sabes? —teorizó Samantha.

—Samantha, pues yo no te entiendo. Eres demasiado buena gente, ¿no crees? Esa chica era tu amiga y dejó de serlo de la noche a la mañana, hoy te agrede y ¿sigues defendiendo a esa cretina? —preguntó Zeca, atacándola.

—No me gusta hacer daño, juzgar a nadie... Soy así... —argumentó la compasiva Samantha.

En ese instante sonó su celular. Era su madre.

—Tengo que contestar la llamada, ahora vuelvo, si no, nos vemos en clase.

Zeca hizo una mueca rara y cómica, como todos los gestos que hacía. Era un exagerado, gesticulaba mucho.

—¿Qué pasa? —le pregunté.

—Que esta chica no es ninguna santa, ¿está bien, Tetê? Creo que también tuvo algo con Erick...

—¿Me lo dices en serio? ¿Cuando él ya salía con Valentina? ¿Le puso los cuernos? ¿Fue antes o después de que salieran juntos? ¿Quién engañó a quién? ¿Cuándo fue? ¿Cómo fue? —pregunté, con los ojos muy abiertos por la sorpresa.

El recreo en la nueva escuela era lo más animado que me había ocurrido en la vida.

—¡Ay, Tetê, haces demasiadas preguntas! En realidad, no sé nada de nada... ¡No me comprometas! Solo sé que se enojaron y que se distanciaron. Aunque no creo que ninguna de ellas sea ni la heroína ni la villana en esta historia, ¿sabes? ¡Abre los ojos!

Nos pusimos a reír. Sonó el timbre y yo me quedé con la duda.

YA ESTÁBAMOS A MEDIADOS de abril cuando un día llegué a casa y no pude creer lo que me estaba pasando. Me llevé la mayor sorpresa de los últimos tiempos. La alegría más grande del mundo, el mejor momento...

¡Mejor que el pastel de limón!

¡Mejor que una fuente de papas fritas con cátsup!

¡Mejor que mis macarrones con queso gorgonzola y nueces!

¡Mucho mejor!

Macarrones con gorgonzola y nueces

DIFICULTAD: SE PUEDEN HACER CON LOS OJOS CERRADOS

#loquelleva

Pasta al gusto (yo prefiero los tornillos) • un triángulo grande de queso gorgonzola • de 30 ml a 50 ml de agua • un puñado de nueces

#cómosehace

1. Pon la pasta a cocer en una olla con bastaaaante agua. Tarda unos 10 minutos en quedar *al dente*. **2**. Mientras los macarrones están en la olla, parte las nueces con las manos. Cuidado con salpicar toda la cocina, a mí me pasó y me llevé un regaño, por eso te aviso. **3**. Deja las nueces a un lado y pon el queso en un cazo al fuego para que se derrita; ve añadiéndole el agua poco a poco. **4**. Cuando el queso se haya derretido y tenga la consistencia de una salsa, debes retirarlo del fuego. Añade después las nueces y vuélcalo en la pasta. Estos macarrones son realmente deliciosos. Todo el mundo me dedica mil elogios cuando se los ha comido.

Al abrir la puerta de la habitación, sonó el timbre de un mensaje en el celular. Lo miré y ¡caramba! ¡Era una invitación! ¡Para mí! ¡Una invitación personal! ¡Sí! ¡Absolutamente sí! Era la primera vez en la vida que recibía una invitación. ¡Y no era una equivocación! Es más: ¡no era la invitación de una tienda anunciando rebajas! ¡Qué va! ¡Era una fiesta! ¡Sí! ¡Me invitaban a una fiesta!

¡Hola, Brasil! ¡Hola, mundo!

OREJA
Es mi cumple! Vienes? Club Piraquê, día 25 de abril, de las 21 h al amanecer. Te apuntas?

Grité.

Acto seguido apareció mi abuela para ver qué había pasado.

—¿Qué sucede, hija mía? ¿Te hiciste daño? —me preguntó desesperada.

—¡No, abuela! ¡Me invitaron a una fiesta!

—¿De verdad?

—¡Sííií!

—¡Oh, hija mía! ¡Dale un abrazo a tu abuela!

—¿Oí bien? ¿Te invitaron a una fiesta? —Era mi padre, que también acababa de entrar en la habitación.

—¡Sí, papá! ¿No es lo máximo?

—¡Lo máximo! —exclamó visiblemente feliz.

Las personas se dividen en dos categorías: a las que invitan a todo tipo de actos y a las que no invitan a nada. Yo, por supuesto, me incluyo en el segundo grupo. Soy del todo consciente de que una adolescente de quince años que está acostumbrada a asistir a cualquier tipo de evento jamás entendería mi inmensa alegría al recibir una simple invitación a un cumpleaños.

La única celebración en la que estuve una vez me marcó como una de las peores experiencias de mi vida. En realidad, ni siquiera me habían invitado. Una compañera de mi antigua escuela iba a organizar una fiesta de disfraces e insistió en que fuera. Todavía recuerdo el sofoco de felicidad que me subió por el cuerpo... Casi le doy un abrazo a Suzana, la compañera que me lo dijo. Me comentó que sería una fiesta en forma en un salón de fiestas de verdad. Fui vestida de Wonder Woman, me encanta ese personaje (siempre he querido tener un avión invisible para mí sola). Obviamente, la única persona disfrazada que apareció en el lugar fui yo.

Aquello fue una derrota. UNA DERROTA. Y, encima, ¡la cumpleañera no me había invitado! Ni siquiera sabía de mi existencia, pero mi aparición disfrazada de esa manera le vino como anillo al dedo porque así «divertía al personal». No pude quedarme ni cinco minutos. Me largué de allí hecha un mar de lágrimas mientras los invitados se desternillaban de risa. Nunca entenderé qué gracia tiene hacerle a alguien este tipo de bromas. Y Suzana ni tan solo me pidió disculpas. ¡Eso es tener muy mala leche! Es una maldad, ¿no? En fin... Seguro que Oreja no se atrevería a hacer nada parecido conmigo. Además, ahora sí que tenía cómo confirmar con Zeca, Davi, Samantha y... el chico bueno de mi *crush*, Erick, si la fiesta era de verdad.

Unos minutos más tarde mi abuelo entró en la habitación y me entregó un sobre.

—¿Qué es esto, abuelo?

—Es para ti. Para la fiesta, para que te compres ropa bonita. ¡Te lo mereces!

Corrí a abrazar con fuerza a ese hombre que era tan especial para mí. ¡No había nadie como él! ¡Qué suerte la mía de tenerlo en mi vida!

A la mañana siguiente en la escuela, para mi alegría y mi regocijo, toda la gente hablaba de la fiesta de cumpleaños de Oreja.

—¡Tenemos que hacer que dure hasta la madrugada! ¡Quiero ver quién aguanta! —repetía Oreja con una sonrisa permanente.

—¿A quién invitaste? —quiso saber ese encanto de persona que era la chismosa de Valentina.

—A todo el mundo. ¡Hasta a los profesores!

—¿A los profesores? ¡Mira! —exclamó Valentina, cara de bocina, haciendo una mueca.

—¿Cuál es el problema?

—¿Desde cuándo los profesores van a las fiestas de los alumnos, Oreja? —preguntó Laís.

—No entiendo cómo puedes querer quedar bien con todo el mundo —comentó la entrometida de Valentina.

—¡Porque soy estupendo! ¡Y no me molestes que a la mínima molestia cancelo tu invitación! —le rebatió Oreja sin pensarlo dos veces.

Y Oreja se convirtió allí, en ese mismo instante, en mi mayor ídolo.

—¡Qué grosero eres! —refunfuñó Valentina, la reina de las mezquinas.

—Una fiesta sin Valentina no es fiesta, Oreja —repuso Bianca.

—Te humillas mucho con esa chica. ¿Piensas que se merece tanta atención? ¡Para nada! Ya veremos si, el día en que Erick y ella dejen de salir juntos, vas a seguir tratando de agradarla —sentenció Oreja.

—¡Erick y yo estaremos juntos para siempre! ¿Está bien? ¡Envidioso! —dijo Valentina intentando salir ganadora.

—¡Yo no estaría tan segura! —afirmó Oreja, plantando en ella la semilla de la duda.

Valentina cambió de cara drásticamente.

—¿Por qué dices eso? ¿Te contó algo? Estamos de maravilla juntos y no... —Se vino un poco abajo al hablar, desconcertada.

—¡Claro que no, chica! ¡Estoy bromeando! —dijo Oreja, aunque nadie supo en realidad si bromeaba o no.

Y ya estaría. La duda se había instalado en Valentina, la toxina, y yo confirmaba toda mi admiración por Oreja.

Al día siguiente todo fue bien, aunque noté que Davi estaba disperso como nunca lo había visto antes. No participó en las clases, casi no tomó apuntes... Parecía que no estuviera presente. En una pausa entre clase y clase le pregunté si le pasaba algo.

—Más o menos. Mi abuelo no está muy bien... Hace poco que salió del hospital y ya está mal de nuevo...

—¡Demonios, Davi! No tenía ni idea. ¿Te puedo ayudar en algo? —me ofrecí.

—Gracias, Tetê. Supongo que se recuperará pronto, al menos eso espero. Pero su estado me pone triste. Mi hermano Dudu va a venir de Minas Gerais, consiguió que lo transfirieran de la facultad y ahora se va a quedar aquí, en Río de Janeiro, para ayudarme a cuidar a nuestros abuelos —me contó—. Cuando somos jóvenes no tenemos noción de nuestra finitud, pero al envejecer llama a nuestra puerta diariamente con un dolor, una enfermedad, un amigo que se va... La vejez tiene esas cosas, ¿verdad?

¿Cómo podía reaccionar ante esas palabras? Estaba deseando ayudar a mi amigo... No quería ver a Davi tan afligido, pero no sabía muy bien qué hacer en aquella situación.

—Sí...

Fue todo lo que pude decir. Soy una verdadera estúpida.

—¡Demonios, Tetê! ¿Qué te pasa en la boca? ¿Tienes herpes? —Zeca acababa de llegar para levantarnos el ánimo.

—¡Ay, Dios mío! ¡Qué dices! ¡No he tenido nunca! —Y me llevé la mano a la boca instintivamente.

Zeca se acercó a mí, me apartó la mano y, sin ceremonias, me quitó algo de los labios.

—Por suerte era solo un poco de baba con restos de comida. Escúchame bien, mi amor, no sirve de nada que te depiles el bigote y las cejas si no te limpias las babas pegajosas de la comisura de la boca, ¿está bien? —me dijo—. Pues ahí lo dejo. ¡Ah! Y lánzate a mis brazos, que hoy por la tarde me voy a ocupar de ti. Ayer quedamos así, ahora no me vengas con excusas.

Me reí.

—¡Ya lo sé, loco! Ya avisé en casa de que hoy voy a comer fuera contigo.

Cuando salimos, dejé a Zeca que «se ocupara de mí», como dijo que haría. Se le había metido en la cabeza que me tenía que ayudar a vestirme para ir a la fiesta y para cuando hiciéramos el trabajo de Historia, que ya se aproximaba. Habíamos quedado en ir al centro comercial Rio Sul a comprar ropa para celebrar el cumpleaños de Oreja.

—Si hay algo que tengo desde que nací, además de mi infinita belleza, es buen gusto y sentido común, Tetê —afirmó la persona más divertida y menos modesta que he conocido en la vida—. Por eso no podría soportar verte desaliñada y mal vestida en la fiesta de Oreja. Si aparecieras toda vulgar con un vestido hippy equivocado, te correría a patadas...

—¡Carajo, chico , qué delicado de tu parte! —exclamé, muriéndome de la risa.

¿Cómo no iba a caer en las redes de un chico tan divertido como Zeca? Me imaginaba que el plan iba a resultar un tanto inútil, pero solo el hecho de pensar en pasar la tarde entera con un amigo en un centro comercial ya era un sueño para mí. Así que me animé enseguida. Llegamos a Rio Sul y le sugerí que entráramos en un McDonald's, pero Zeca volvió a ignorarme y acabamos comiendo en un restaurante de comida saludable por insistencia suya. Y, nada más pasamos por enfrente de una peluquería, Zeca me tomó de la mano y me metió dentro.

—¡Sorpresaaa!

—¿Cómo? ¿No íbamos a comprar ropa?

—¡No podemos comprar ropa con ese bisoñé que luces en la cabeza, mi amor!

—¿Qué es un bisoñé?

—¡El pelo, chica! ¡Basta ya! ¡Quítatelo! ¡Libérate de ese bisoñé al que no le debes fidelidad!

—Pero ¿no tendríamos que haber pedido cita antes?

—¡Ya la pedí, mi amor! Por eso te dije «sorpresaaa». ¡Ay, Tetê, despierta!

—¡Solo traje dinero para la ropa!

—¿De qué dinero me hablas? ¡Yo te lo regalo, muñeca!

Me entró un escalofrío... Aquel olor delicioso a champú profesional, el ruido de los secadores, todo el mundo alimentando su vanidad, enriqueciendo la industria de los cosméticos, cuidándose por fuera para sentirse mejor por dentro. Me quedé absorta en mis pensamientos.

—¡Eh, Tetê! ¡Ven aquí! Hice cita con Tiago, es el mejor. Confía en él...

—No sé si quiero...

—¿Que no quieres el qué?

—Ser igual que ellas.

—Ellas, ¿quiénes?

—Pues Valentina, Laís, Bianca...

—¡Vamos ya! ¡Por supuesto que no! ¿Acaso te crees que te van a dejar igual que ellas?

—Pues no lo sé... Ellas representan todo lo que una chica, en principio, desea ser.

—Amor, ese eslogan es de la Barbie.

—¿Ah, sí?

—No tengo ni idea, pero debería. Tener su misma cintura y un Ken para ellas solas es el sueño de muchas chicas que se precien. Aunque, para mí, la Barbie tiene el pelo un tanto reseco.

Y siguió hablándome, ahora más serio, mirándome a la cara.

—Tetê, nunca vas a ser igual que ellas. Tu esencia es diferente. Relájate y disfruta.

Respiré hondo antes de decir lo que me rondaba por la cabeza:

—¿Quieres cambiarme para que me sienta aceptada? Porque eso no voy a hacerlo ni soñando, no quiero que...

—¡No! ¡Para! Quiero que mejores tu aspecto porque me caes bien y sé el potencial que tienes. ¡No quiero cambiarte! Solo quiero que entiendas que un corte de pelo bien hecho puede cambiarte la vida, mejorar la autoestima. Te sentirás mejor ante el espejo, que sé que no te gusta mirarte.

—Ni siquiera me acerco.

—Por eso mismo. Y un espejo es lo mejor que hay en la vida, mi amor, lo que pasa es que tú todavía no lo sabes. ¡Ven a ser feliz a mi lado!

Tiago y Zeca parecían conocerse. Según Zeca, el peluquero era su «persona favorita del mundo». A mí me pareció adorable. Sentada en la silla, no abrí la boca ni un segundo. Solo observaba a los dos amigos comentando la forma de mi rostro y mi tipo de pelo. Y acepté que Tiago siguiera las instrucciones de Zeca, mi mejor amigo y, ahora, también mi estilista. Solo les advertí de que no quería hacerme nada parecido a un alisado japonés ni cosas por el estilo. Los dos me dijeron que no les había pasado por la cabeza semejante opción.

Como tenía el pelo largo y recto, pude donar un poco a una institución que hace pelucas para pacientes con cáncer. ¡Me sentí tan bien! Mi alma se derritió cuando vi que se me podían cortar casi dos palmos de pelo. Otras cabezas lo necesitaban más que la mía.

Un corte por aquí, un escalado por allá, un palmo de pelo aquí, otro allí, un flequillo para disimular mi frente ancha y los granos y... *voilà*. Ya estaba listo. Solo faltaba secarlo...

—¡Demonios, Tetê! ¡Estás guapísima! —me elogió Zeca, medio embelesado.

—¡Pareces otra, chica! —añadió Tiago.

—¿Tan mal estaba?

—¡Sííííí! —respondieron los dos al unísono.

¡Qué payasos!

—Si quieres, vuelve a finales de semana para que te haga unas mechas y te daré una crema hidratante de regalo —me ofreció Tiago.

—¡Gracias, eres un encanto! No sé qué decirte...

—Pues dime que sí. En esta peluquería soy el mejor haciendo mechas. Y fuera de aquí también.

—¡Vaya! ¿Dónde compraron Zeca y tú esa autoestima? ¿Todavía venden? —dije, bromeando.

—¡Mira querida, si no nos queremos nosotros mismos, la gente tampoco nos querrá! Así que ya lo sabes —sentenció Tiago—. Ven a hacerte las mechas, boba. El pelo te quedará todavía mejor.

—No sé... No quiero parecer rubia...

—¿Y quién ha dicho que vayas a parecer rubia? Tiago solo quiere iluminarte la cara.

—¡Oh, chicos...!

—¡Mírate al espejo y dime lo guapa que estás! Porque no me digas que no te ves guapa, ¿no? ¡Estás para comerte! —exclamó Zeca impresionado—. ¡Saca la cara al sol, Tetê! ¡Las niñas bonitas no se esconden!

Me puse como un jitomate.

—¡Mírate! ¡Hasta te ves más delgada!

—¡No exageres!

Me sentía tan bien, tan querida, me gustaban tanto aquellos halagos, aquella atención exclusiva hacia mí, aquella satisfacción de cuerpo y alma, que no le di importancia al resultado final. Todo lo que me estaba pasando tenía un valor tan grande para mí que presentí que mi vida nunca más volvería a ser la misma.

—A ver, ¿te ves guapa o no?

—No sé qué decirte, Tiago.

—¿Cómo que no lo sabes? ¡Mírate bien al espejo, chica! —me ordenó Zeca.

Entonces me decidí a analizar mi reflejo al detalle. ¡Dios mío! ¡Estaba superdiferente! El corte de pelo me había cambiado hasta las facciones de la cara. Me sentía más ligera, con menos ganas de pasar desapercibida... Incluso se me veían más las cejas. En definitiva, me sentía más feliz. ¡Qué barbaridad...! ¿Cómo podía ser? Un simple corte de pelo tenía el poder de cambiarte por dentro y por fuera. Es cierto que me veía mucho mejor. Y nunca antes me había sentido así. Aquello me proporcionaba una confianza que no había imaginado que tendría jamás. Desplegué una sonrisa dejando a la vista todos mis dientes torcidos y... lloré. Sí, me eché a llorar. Lloro hasta en los anuncios malos de detergentes, así que ¡cómo no se me iban a saltar las lágrimas al ver el cambio que un corte de pelo había producido en mí, y más aún siendo el regalo de un amigo tan especial como Zeca!

Los dos me abrazaron con exclamaciones en plan oooooh, woooow, na-na-na-na, yaaasss...

—¡Qué *swag* tienes con este nuevo look, Tetê! —soltó Zeca—. ¡No quiero verte llorar! —dijo, enjugándose también una lágrima, sí, que yo lo vi—. ¡Todavía tenemos que comprar el vestido! ¡Vamos, dime! ¿Te ves guapa sí o no?

—Bueno..., guapa creo que no me veré nunca...

—¿Estás guapa sí o no?

—Nunca me...

—¿Estás guapa sí o no, idiota? ¡Dime! —insistió Zeca.

—Vamos, di algo ya, Tetê, que, si no, no te dejo salir de aquí —pidió Tiago.

—Sí —dije en voz baja.

—¡No he oído nada! ¡Quítate la papa de la boca y habla claro, chica! —dijo Zeca haciendo una gracia.

—¡Sí! —respondí en alto.

—Sí, ¿qué?

¡Carajo! ¡Qué difícil era verbalizar lo que Zeca quería que verbalizara! Me empezaron a sudar las manos.

—Sí, ¿qué? ¡Anda, Tetê, habla claro!

—¡Está bien! Estoy guapa.

—¡Otra vez! —insistieron los dos juntos.

—¡Estoy guapa!

—¡Más alto! —me ordenó Zeca.

—¡Estoy guaaaapa! —grité, llamando la atención de los clientes de la peluquería, que seguro que pensaron que estaba demente.

Y aquella frase fue tan mágica y liberadora, fue tan importante verbalizar aquellas palabras..., tan fuerte..., tan inédito..., que no podía articular palabra sin dejar de reír. Pero no de nerviosismo, no, sino de felicidad. Por todo: por haber tenido el valor de decir algo tan disparatado, por disfrutar de una tarde de atenciones con Zeca, por tener un amigo y por verme tan linda (guapa no, pero eso él no tenía por qué saberlo) por primera vez en toda mi vida.

Zeca y yo nos despedimos de Tiago y salimos abrazados por el centro comercial. Yo me sentía completamente feliz y emocionada. Parecíamos novios, de tan pegados y de la sintonía que teníamos. Aunque lo mejor de todo era que Zeca era mi mejor amigo. Mi súper mejor amigo.

Entramos en una tienda y Zeca eligió varios vestidos para mí. Sin embargo, para empezar, yo me decidí primero por uno bastante discreto y me llevé un regaño.

—¡Ah, no! ¡Este ni pensarlo! ¡Vas a parecer una auxiliar de enfermería con ese vestido! Estás demasiado blanca para usar ese tipo de color *nude*.

—¿*Nude?* Creía que era beige...

—¡Ay, Teanira! ¿En qué mundo vives? ¡Por favor!

—Está bien. ¿Y este?

—¡Uf! Eso no es un vestido, mi amor, eso es un burka, a ver si aprendes. Tetê, vamos a concretar: debes enseñar lo bueno que tienes. Mucha gente parece que no tiene el cuerpo bonito y no es verdad, no se ve bonito porque la ropa que elige no es la que le queda bien.

—Pues, chico , yo no lo tengo bonito en absoluto.

—¡Qué va! Eres muy atractiva, estás proporcionada, tienes cuerpo de guitarra. Solo estás un poco por encima de tu peso, pero nada más. Eres guapa, eres una diva, estás muy buena.

Y así, después de escuchar tantas palabras motivadoras salidas no de la boca, sino directamente del corazón de Zeca, entré al probador e incluso me atreví a desfilar con todos los vestidos que me probé. Y puse hasta caras y besitos, y Zeca me sacó fotos con el *outfit* completo: vestidos, aretes y zapatos. ¡Ay, qué tarde tan maravillosa estaba pasando!

—¡Me encanta todo esto! Me siento como Julia Roberts yendo de compras por Rodeo Drive, la calle más cara del mundo, en la película *Pretty Woman*. ¿Has visto la película, Zeca?

—¡Por supuesto! ¡La adoro! El sueño de mi vida es tener un novio millonario que me pague la ropa y el caviar y el champán también. ¡Yass!

—En serio, Zeca, eres genial y me está encantando pasar la tarde contigo. ¡Y, para mí, no tienes que ser millonario!

—¡Estás lunática! ¡No tienes remedio! ¿Seguro que al nacer no te diste un golpe en la cabeza?

—¡Lo digo en serio! ¡Eres mucho mejor que cualquier plan de cambio de look!

Fue una tarde inolvidable. Sé que soy una exagerada, pero para mí lo fue. Escogimos al final un vestido de color verde musgo muy bonito. Como se me verían las piernas, Zeca me hizo prometer que me depilaría. El vestido me marcaba la cintura y tenía un escote redondo que, según él, me resaltaba el pecho.

Ni Zeca ni yo teníamos ni idea de lo que viviríamos días después en la fiesta de Oreja.

14

CUANDO LLEGUÉ A CASA, mi familia celebró mi nuevo aspecto por todo lo alto. A todos les encantó y elogiaron mi corte de pelo y el vestido que me había comprado. Y sintieron una gran curiosidad por conocer a Zeca, para quien estaba preparando una de mis especialidades gastronómicas: dulce de chocolate a la italiana. Tenía que agradecerle tanto cariño con comida (¡lo mejor de la vida!) y se lo llevaría como regalo sorpresa a la escuela.

Sin embargo, el gran impacto de mi nuevo look tuvo lugar al día siguiente, al llegar a la escuela.

Dulce de chocolate a la italiana

DIFICULTAD: EASY, BABY!

#loquelleva

1 lata de leche condensada • 4 cucharadas soperas de cacao en polvo • ½ cucharada sopera de mantequilla • 1 paquete de galletas maría

#cómosehace

1. Pon una cacerola al fuego y vierte la leche condensada, la mantequilla y el cacao. **2**. Mézclalo todo hasta que empieces a ver el fondo de la cacerola (sí, es como si hicieras trufas). **3**. ¿Ya lo viste? Entonces apaga el fuego, machaca las galletas (que no queden trozos demasiado pequeños) y vierte encima la mezcla caliente anterior. **4**. Mézclalo todo de nuevo y cómetelo con cuchara, todavía caliente. Cuando se enfría, también está bueno. Lo mejor, para mí, es comérselo con cuchara, ¿de acuerdo? ¡Calorías en vena!

Entré a clase y empecé a notar las miradas. No acusatorias o burlonas, sino de cierta sorpresa. Prácticamente todo el mundo se volteó hacia mí y se me quedó mirando cuando pasé por la puerta. No sé si porque pensaban que estaba guapa o porque YO me sentía mucho mejor que antes. En cualquier caso, tuve una buena sensación.

—¡Mírala! ¡Guau! Estás diferente, Tetê. ¿Qué te pasó? ¿Adelgazaste? —me preguntó Davi.

—¡No! ¡Qué va! —dije, sin darle importancia.

—¿Traes pantalones nuevos? —intentó adivinar.

—Tampoco —le respondí, la ceguera masculina me divertía.

—¡Se cortó el pelo, Davi! ¡Que no te das cuenta! —dijo Zeca en cuanto se acercó a nosotros.

—¡Ah, sí! Notaba algo diferente en Tetê, pero no sabía qué. ¡Estás estupenda!

—¡A mí me parece que está muy atractiva! —replicó Zeca.

—¡Estás guapa, Tetê! —exclamó Erick, adulándome.

¡Eh! ¡Hola, Brasil! ¡Hola, mundo!

¡Erick me acababa de piropear! Erick, el divo. El guapo. El perfecto. El dioso. Cuando me di la vuelta y vi que de su boca carnosa habían salido las palabras más sensacionales del planeta, me quedé muda. Con la boca desencajada y sin poder cerrarla.

—¡Gracias! —exclamó Zeca—. ¡Eso es lo que se suele decir cuando a alguien le dedican un elogio así, Tetê! ¡Vamos, chica!

—¡Ah, perdóname, Erick...! No me esperaba oír eso de... de...

—De buena mañana. La mañana es ese momento del día en que la gente se siente peor y no espera oír nada bueno sobre su aspecto. —Zeca entró en acción para ayudarme—. ¿Verdad que era eso lo que querías decir, Tetê?

—Sí... Sí, claro... Es que..., Erick, eres tan... tan...

—Amable. ¡Gracias, de nada! Y ahora ven conmigo ahí fuera, chica, que tengo que enseñarte una cosa —me pidió Zeca,tomándome de la mano y arrastrándome fuera de la clase.

Atónita, ni siquiera cuestioné la actitud de mi mejor amigo y dejé que me llevara al pasillo.

—¡Tetê, despierta y mírame! ¡Vamos, chica! ¡Mírame! —me ordenó Zeca, sacudiéndome como si estuviera bajo el efecto de la hipnosis.

Y es que debía de parecer eso mismo. Mi corazón latía en cámara lenta. El mundo giraba en cámara lenta. Todo a mi alrededor se movía despacio, como si el tiempo no quisiera pasar, como si mi pretensión fuera la de querer que la sensación de haber recibido un halago del chico más guapo del mundo durara lo máximo posible.

—¿Qué pasa? —pregunté cuando, por fin, el planeta recuperó su ritmo normal.

—¡Olvídate de Erick, el guapo! ¡Chica, que ya está bien de subirle el ego hasta allá arriba!

—¿No escuchaste lo que me dijo?

—¡Pero por favooor! ¡Pues claro que lo escuché, Tetê! Por eso te traje hasta aquí. Ahora tienes que ser más espabilada y dejar de adularlo. Ese bobo ya se dio cuenta de que estás loca por él.

—¡No estoy loca por él!

—¡Por supuesto que sí!

—Está bien, sí.

—Pues, entonces, escucha, confía en mí. A los chicos no les gustan las chicas empalagosas.

—¡Yo no soy empalagosa!

—¡Sí que lo eres!

—Bueno, yo...

—A ver, si quieres tener alguna oportunidad con Erick, ¡juega a lo seguro! Eso funciona desde el tiempo de mis abuelos. Y es increíble, pero sigue funcionando hoy en día.

Así que reprime el brillo de los ojos y la boca abierta que se te queda y que no para de adularlo.

—Zeca, eres muy buen chico, pero estás medio loco, ¿no? —le dije convencida.

—Puede que sea un lunático, pero loco no estoy.

—Yo creo que sí. Creo que estás loco de remate si crees que puedo tener alguna posibilidad con Erick. ¡Está saliendo con Valentina!

—¿La chica más aburrida del mundo? ¿Es eso? ¡Aprende a quererte, querida! Tú eres guapa por dentro y por fuera, sobre todo por dentro. Y lo sabes.

Solo pude suspirar. El profesor llegó y dimos por terminada nuestra conversación. Yo sonreía por fuera, mi pecho lo hacía por dentro, y el convencimiento de que nunca me había sentido tan feliz se veía reflejado en mi cara. Ciertamente, «la vida llega en olas», ya lo decía Vinícius de Moraes en una canción.

La semana pasó volando y el sábado, el día de la fiesta de Oreja, nos cayó encima. Zeca me convenció de hacerme las mechas que me iluminarían la cara y mi madre me imploró que me pintara las uñas. Así que fui de nuevo a ponerme en manos de Tiago.

Al llegar al centro comercial me encontré con Davi, que iba con un chico guapísimo, maravilloso, esplendoroso, lindííísimo.

—¡Hola, Tetê! ¡Qué casualidad encontrarte por aquí!

—¡Hola, Davi!

—Te presento a Dudu, mi hermano. ¿Te acuerdas de que ya te he hablado de él?

¡Demonios! Así que ¿ese chico era Dudu? Nunca me habría imaginado que Dudu tuviera ese aspecto. Dudu era alguien, en plan... ¡Guau! ¡Oh! ¡Mira! ¿Cómo es que Davi nunca me había dicho que su hermano era un pedazo de cielo? Los chicos no hablan de esas cosas, ¿verdad? Ya veo que no.

—Encantado —dijo, igualito que cuando Davi y yo nos conocimos.

—La encantada soy yo... ¡Dios mío...!

Sí, eso dije a modo de saludo la primera vez que vi a Dudu. ¡Me merecía que me expulsaran del planeta!

—Este... —El pobre se quedó prácticamente sin saber qué decir.

¡Para, Tetê! ¡No estropees las cosas!, me regañé a mí misma.

—¡Perdona! Yo... Quería decir «un placer, encantada». Perdona de nuevo.

—¡Ah, sí! Un placer... —Y me extendió la mano para saludarme.

—¿Viniste a comprar el regalo de Oreja? —me preguntó Davi, salvándome en el momento justo.

—Ya lo compré. Solo vine a la peluquería.

—¿A la peluquería? ¡No te hace falta! Así ya te ves estupenda... —me dijo Dudu.

¡Dios mío! ¿Qué me acabas de decir?, me dieron ganas de preguntarle.

¡Ah! Solo está siendo amable, seguro. Es un chico muy educado, pensé, respondiendo a mi propia pregunta. O es eso, o no ve bien. Debe de ser miope. O está loco, concluí.

—Perdona, estaba bromeando —corrigió, ante mi mutismo.

—Lo sabía... —pensé en voz alta.

—Bueno, en realidad no bromeaba... Quiero decir que... No en ese sentido...

—Ajá —se entrometió Davi—. Bueno... Yo le compré a Oreja un libro de física cuántica. Espero que le guste el tema. A quién no le gusta, ¿no? —preguntó.

¡Carajo! ¿Hay alguien en el mundo al que le guste que le regalen un libro de física cuántica en su decimosexto cumpleaños?

—¡Claro! ¡A todo el mundo le gusta! —mentí—. ¡A todo el mundo!

¡Soy patética! ¡Patética!

—Yo le compré una camiseta. Un acierto, ¿no?

—Sin duda —respondió Dudu, mirándome.

—¿Quieres que te acompañemos a la peluquería? —me preguntó Davi—. Vamos a comprar unos postres portugueses en la pastelería que hay en la misma planta.

—¿Postres portugueses? Vamos, no sabía que te gustaran...

—No, no me gustan —contestó Davi.

—Ni a mí. Son para nuestra abuela, para que se alegre un poco —completó Dudu.

¡Dios mío! ¡Qué chicos tan adorables! Tanto tanto que me dieron ganas de pellizcarles las mejillas. ¡Estoy demente! Menos mal que nadie se percató de mi casi perfecta imitación del portugués de Portugal.

—¡Está bien! ¡Vamos! —Acepté la invitación a que me acompañaran.

Los adorables hermanos me dejaron en la puerta de la peluquería. Le pregunté a Dudu si iría a la fiesta y me dijo que no lo sabía, que ya se veía algo «mayor» para ese tipo de celebraciones. Me sentí decepcionada e hice un gesto para animarlo.

—Tienes que ir para conocer a gente nueva. ¡Seguro que ya no tienes amigos aquí, en Río de Janeiro! ¿Cuánto tiempo has estado en Minas Gerais?

—Casi dos años, pero volví para quedarme.

—¡Mira, qué bien!

Sí. Dije: «¡Mira, qué bien!». Él apenas sonrió. Yo disimulé.

—Bueno, muchas gracias por la compañía. Espero verlos a los dos esta noche en la fiesta —me despedí, diciéndoles adiós con la mano, y entré a la estética.

Mis pensamientos se quedaron estancados en la imagen de Dudu. Y, aunque parezca raro, me entraron muchas ganas de volver a verlo, deseando todo el rato y a más no poder que se presentara en la fiesta. Solo me distraje cuando Tiago llegó para recibirme.

Mi segundo día de niña a la moda en la peluquería fue muy divertido. Me reí mucho con Tiago y con la chica que me hizo el manicure, Elza. ¡Qué persona tan graciosa! Cuando le dije que tenía un pelo muy bonito, me respondió:

—Querida, no es solo el pelo lo que tengo bonito, yo soy bonita. ¡Guapa y bonita! —me dijo. Puede que no todo el mundo la viera guapa y bonita, pero su buen humor la hacía muy especial.

Tiago insistió en alisarme el pelo para que las mechas «se vieran mejor». ¡Ay, ay, ay! ¡Estos peluqueros! Con el pelo más liso (no mucho, nunca me ha gustado muy liso, me da la sensación de que se me ve cara de bollo relleno), es cierto que las mechas se apreciaban más. Y pude llenarme la boca diciendo:

—¡Qué lindo quedó!

A continuación le di al peluquero más adorable sobre la faz de la Tierra un abrazo enorme y me fui a casa muy animada y segura de mí misma.

15

ESTABA ANSIOSA, efervescente. Había perdido el apetito durante la semana, algo inédito en mi vida (en verdad, me pareció fenomenal, adelgacé al menos un kilo). Había empezado a esmerarme en elaborar recetas más saludables, como me había aconsejado Zeca. Sustituí el pan normal de todos los días por una increíble tortita de mandioca *light*. Una delicia sana que me mantenía con energía y sin hambre hasta la hora del recreo.

Tortita de mandioca light a la manera de Zeca

DIFICULTAD: CERO DIFICULTAD (HASTA EN ESO ES *LIGHT*)

#loquelleva

2 cucharadas soperas bien repletas de fécula de mandioca • 1 cucharada sopera de semillas de chía • 2 huevos

#cómosehace

1. Mézclalo todo en un tazón con un tenedor y mételo en el refrigerador un rato. **2.** Pon un sartén a fuego medio y vierte el contenido del tazón como si hicieras una tortilla. Estará hecha al cabo de pocos minutos y es una verdadera delicia. Si quieres, puedes añadirle queso, jamón o lo que te guste, pero a mí me gusta así, simple. Sin gluten, sin lactosa, sin culpa, sin celulitis.

Era mi primera fiesta de verdad, con amigos de verdad. Tardé un buen rato en arreglarme. Me bañé con el mayor cuidado para no estropearme el pelo, me vestí con la ayuda de mi madre, que también me echó una mano con el maquillaje, algo que nunca había hecho. Le pedí que no exagerara para que no se me viera muy diferente de lo que soy normalmente, y me encantó el resultado. Todo aquello parecía un ritual y estaba disfrutando de lo lindo con cada minuto de felicidad por tener una fiesta a la que ir, porque me emocionaba prepararme, contar los segundos que me faltaban para divertirme con la gente de mi clase.

Cuando ya estaba a punto de irme, mi padre y mi madre decidieron llevarme (habían dejado de discutir y parecía que querían seguir juntos de verdad) y mi padre tuvo una ocurrente idea.

—Voy a entrar contigo en el club, ¿está bien, Tetê?

—¡Ni se te ocurra, papá! ¿Para qué? ¡No es una fiesta de niños pequeños! —repliqué enfática.

—¡Para ver el ambiente, Tetê! —exclamó mi madre.

—Mamá, el ambiente es el de gente de mi edad, no de la suya, ¡por favor! ¿Quieren dejarme en ridículo delante de mis amigos? Además, vamos a llevar también a Samantha y a Zeca, que están a punto de llegar, ya me mandaron un mensaje —insistí, muriéndome de vergüenza por el número que iban a protagonizar mis padres.

—¿Y si me quedo observando de lejos a la niña de los ojos de papá? ¿La niña rubia de papá?

—¡Calla ya, que no soy rubia! ¡Y ya puedes quitarte esa idea de la cabeza! —protesté.

—De acuerdo, pero que mi niña está preciosa es la pura verdad —me elogió mi madre.

Menos mal que desistieron rápidamente de aquella idea absurda. Respiré aliviada. Zeca llegó muy original, con tenis plateados, jeans acampanados y una camiseta divertida. ¡Qué estilazo tenía! Nada más me vio soltó una de sus perlas.

—¡Sujétame, que me desmayo! ¡Estás diviiiiiinaaaa! ¡Tu pelo va a desbancar todos los peinados de la fiesta!

Sonreí y entonces mi padre intervino, cortando el entusiasmo de Zeca.

—Así que tú eres el famoso Zeca.

—En carne, hueso y purpurina.

—¿Están saliendo juntos? Respeta a mi pequeña, ¿eh?

Dijo «mi pequeña». ¡Qué fuerte! Superfuerte. ¡Lo sé! ¡Soy consciente!

—¡Dios me libre! Yo cuido de su hija para que, no se sabe nunca, encuentre novio.

—¡Ah! Está bien, pero... ese «Dios me libre» no lo entiendo.

—¡Papá! —exclamé.

—No avergüences a los chicos, Reynaldo —intervino mi madre para aliviar la situación.

«Chicos», ¡es buenííísimo!

—Gracias por cuidar de nuestra hija. Está realmente guapa. Nunca la habíamos visto así —le dijo mi padre.

Desplegué una amplia sonrisa.

—¡Pero si hasta sonríe! ¡Has obrado un milagro, Zeca! —completó mi progenitora, absolutamente contenta por mi felicidad.

Cuando Samantha llegó y me vio, también hizo un griterío:

—¡Por el amor de Dios! ¿Quién es esta belleza? ¡Qué maravilla, estás increíble! ¡No pareces tú!

¡Aaaaah!

—¡Ay! Perdón por los gritos, pero es que estás cañón, chica, en serio. ¡Me gusta todo! La ropa, el pelo, el maquillaje.

—El maquillaje corre por mi cuenta —aclaró mi madre—. Suave, como tiene que ser. Tetê es todavía una niña. Por mucho que se haya puesto ese brasier con relleno, sigue pareciendo una niña de diez años.

—¡Mamá!

—Bueno..., de diez, no, de doce —dijo, riéndose.

Entramos todos en el coche y fuimos al club donde Oreja iba a celebrar el cumpleaños. Mi padre solo se fue cuando, ya desde dentro, le dijimos adiós con la mano. ¡Ay, los padres, esos seres siempre preocupados y superprotectores! Cuando entramos en el salón de fiestas nos dimos cuenta enseguida de que la noche sería muy animada. Pero fue mucho (muuuuucho) más que eso.

Llegamos pronto, todavía estaba casi vacío. Saltaba a la vista que los padres de Oreja tenían dinero, era un lugar chic pero sencillo. Me emociona quien puede ser chic pero sencillo a la vez. En mi próxima vida quiero ser así. Y con la cara de Angelina Jolie.

La fiesta era una oda al equipo de futbol del Flamengo: decoración, bandejas, camareros, pasteles, mobiliario. El cumpleañero vino a saludarnos rápidamente con su alegría habitual:

—¡Hola, peeeñaaa!

—¿Es una fiesta temática? ¿En serio? ¡Pensaba que solo los niños pequeños hacían eso! —soltó Zeca, para molestarlo.

—Mis padres me tratan todavía como si fuera un niño. ¿Qué le voy a hacer? Al menos me dejaron llamar a unas bailarinas de *pole dance*.

—*¿Pole dance?* —pregunté extrañada.

—El baile que suelen hacer las *strippers* en una barra vertical, Tetê —me explicó Zeca—. ¡Chica, qué ingenua eres!

—Yo tampoco sabía lo que era —reveló Samantha.

—¿No habrá por ahí unos *boys* bailando también? ¡Qué mal te portas conmigo, Oreja! —bromeó Zeca.

—¡Exacto! Ya puestos, también debería haber, ¿no? —Me sumé a la broma.

—¿A tus padres les habría parecido normal que hubiera mujeres bailando en pantalones cortos y camiseta del Flamengo? —preguntó Samantha.

—¿Y medias y botas de futbol? ¡Pues claro que no! Bueno, a mi padre le hubiera parecido genial, pero a mi madre... —dijo Oreja, muriéndose de risa.

Oreja insistió en presentarnos a sus padres y sus abuelos (todos adorables y simpáticos como él) antes de salir para ver las vistas. ¡Y qué vistas! La laguna Rodrigo de Freitas estaba allí, a nuestros pies, entregándose a nosotros. ¡Dios mío! ¡Qué bonito es Río de Janeiro! Era una noche preciosa, había luna llena.

—¡Le ordené a la luna que se pusiera así para ustedes! ¡Soy un romántico! —exclamó Oreja, haciendo una gracia.

Nos quedamos allí un rato hasta que el cumpleañero dijo una frase que me paralizó:

—¡Miren quién acaba de llegar! ¡Holaaa, Erick!

No me volteé. No quería ver a mi *crush* llegando con Valentina, la cretina. Un hueco ocupó el lugar donde está mi corazón. El vacío más extraño que había sentido nunca. Era impresionante. El simple hecho de saber que él y yo estábamos en el mismo recinto me conmovía.

—¡Hola, Oreja! ¡Hola, Zeca! ¿Qué tal? —saludó mi *crush*.

Yo seguí mirando la laguna con el cuerpo ardiendo y el corazón latiendo a mil por hora, intentando desacelerar y aparentar normalidad—. ¡Hola, Samantha! ¿Cómo estás?

—¡Hola, Erick! Todo bien, ¿y tú? —Samantha le devolvió el saludo.

—¿Quién es esa chica? ¿Es amiga tuya? —preguntó Erick mirando en mi dirección.

¡Demonios! ¡Erick no me había reconocido de espaldas! ¡Dios mío! ¡Mil veces Dios mío!

—¡Es amiga nuestra! ¡No me digas que no sabes quién es! ¿En serio? ¡Me dejas loco! —exclamó Zeca sorprendido.

Y entonces me di la vuelta. Sofocada, pero segura de mí misma. Segura de mí misma como nunca antes en mi vida.

—¿Tetê? *¡Wow!* ¡Estás preciosa!

Erick dijo *«wow»*. ¡Hola, Brasil! ¡Hola, mundo! Erick, el guapo, acababa de decir *«WOW»* para piropearme. Me ruboricé.

—¿Yo? Bueno..., esto... Tú sí que estás...

—¡Guapos estamos todos, aunque no hay nada más bonito que estas vistas! Eso sí que es la definición de belleza —filosofó Zeca, para cortar mis palabras e impedir que adulara de nuevo a mi *crush*.

—Pero tú estás preciosa, en serio, Tetê.

Erick parecía verdaderamente impresionado, por la cara que ponía.

—El cumpleaños es mío, pero aquí quien se lleva todos los honores es ella, ¿verdad, Erick? —dijo Oreja, bromeando.

—Sí, está...

Puede que parezca una exageración, pero Erick ni parpadeaba. Parecía estar realmente encantado. Apenas podía articular palabra.

—Ha habido... Perdón. Nada, nada... —empezó diciendo Erick.

—¿Cómo? Esto..., yo..., dime... —le pedí.

¡Qué idiota me sentía delante de él!

—No quiero que te lo tomes a mal, pero es que estás, no sé..., en plan... Estás diferente. Aquí ha habido una transformación, ¿no? —Trató de ser delicado al hablar.

—¡Pues claro! Un corte de pelo, unas mechas, el manicure, las piernas depiladas, maquillaje, un vestido maravilloso... He intentado demostrarle a esta chica que no hay mujeres feas, que lo que existe son amigos que dan buenos consejos —explicó Zeca.

—Imagínate... Nunca antes había tenido un buen amigo... Ni para que me dieran buenos ni malos consejos —dije, y bajé la vista.

—¡Estás bellísima, Tetê! —me dijo Dudu.

¡Sí! Dudu acababa de llegar con Davi.

Me quedé asombrada. ¿Tanto piropo así, de la nada? ¿Estaría realmente tan guapa? ¿O sería un sueño maravilloso?

—Es justo lo que acabo de decirle yo, Dudu —comentó Erick.

—¡No, no! ¡No creo! Tú le has dicho que estaba preciosa, no bellísima.

«¿Sí o qué?», estuve a punto de decir en voz alta, pero por supuesto no lo hice. Quien lo hizo fue Zeca.

—¡Qué error tan grave, entonces! ¡Estás bellísima, Tetê! —corrigió Erick, con las mejillas algo sonrosadas—. ¡Bellisima! —enfatizó, mirándome profundamente a los ojos durante unos interminables y sensacionales segundos.

¡Párate, mundo, que me quiero bajar! ¿Dos dioses diciendo que una gordinflona y feúcha como yo está bellísima? ¡No puede ser, aquí hay algo que no funciona!, pensé.

—¡Está hecha una diva del universo! ¡Así es como está, chicos! —exclamó Zeca, haciendo que todo el mundo riera, hasta yo.

—Gracias, gente... —les agradecí a todos—. ¿Dónde está la canina? ¡Glups! ¡Perdón! ¡La dañina! ¡Ay, mil perdones! ¡Valentina, quería decir! ¡Carajo! ¡Perdona, Erick! ¡Perdona!

¡Qué imprudente era! Seguro que ahora Erick, el guapo, me odiaría para el resto de su vida, pero, para sorpresa general, se echó a reír.

—¿Canina? ¿Dañina? Nunca se lo voy a contar, pero me hizo gracia. Y ustedes tampoco le digan que me reí de esos apodos, ¿eh? —nos pidió, sin parar de carcajearse—. Serpentina. Culebrina. Toxina —completó.

Zeca me miró con cara rara, por un lado, queriendo reírse, por otro, queriendo molestarme. Parecía que nos conociéramos de toda la vida. Sabía lo que quería decir con solo mirarlo a la cara.

—¿Quién es esa? —preguntó Dudu.

—La novia de Erick —respondió Davi, que iba súper a la moda vestido con un polo negro, pero adorable...

Y cuando todavía creía estar soñando, la realidad me dio un escarmiento en la cara.

Valentina, Bianca y Laís entraron en la fiesta. Lindísimas. Delgadas. Impecables. Indefectibles. Ligeras. Como plumas desfilando por la sala de fiestas. ¡Dios mío! Atravesar la sala así es horroroso, es de mal gusto. Sin embargo, ellas estaban lejos de parecer ordinarias. Cuando vio a Erick, Valentina corrió en cámara lenta hacia él con los brazos abiertos y la sonrisa más reluciente del mundo. Lo estrechó muy fuerte. ¡Hacían una pareja estupenda! ¡Ay! Me corroyó la envidia, lo confieso.

—¡Estás guapísimo, mi amor!

—¡Guapa estás tú! —le devolvió Erick, muy enamorado, partiéndome el corazón—. ¿Estás segura de que quieres seguir saliendo conmigo? A tu lado parezco un vagabundo.

—¡Te quiero para siempre!

—¡Para siempre es mucho tiempo! —exclamó Zeca para molestarla.

Valentina, la mezquina, le sacó la lengua a mi amigo.

—¡Tetê! ¡Qué sorpresa! No te reconocí. ¿Qué te hiciste? ¿Una liposucción? ¿La cirugía estética? ¿Te pusiste bótox? ¿Un alisado japonés? ¿Una reconstrucción total? —me preguntó la novia de mi *crush*, tan simpática como siempre.

—Nada de eso. ¡Solo intervino un hada madrina! ¡O sea, yo! —respondió Zeca—. Y si yo fuera la tuya, te habría dicho que Dios es justo, pero que tu vestido lo es más todavía; ¿no te parece, Valentina?

—Lo que se tiene bonito hay que enseñarlo, ¿no? —replicó Valentina irritada.

—Valentina tiene las piernas más bonitas del mundo, lo que debe hacer es enseñarlas —comentó Laís, la mayor aduladora de Valentina.

—¡Ay, me encanta esa canción! ¡Vamos a bailar! —pidió Bianca.

—¡Vamos! —dijeron todos.

¡Aquí no vuelvan!, imploré con el pensamiento, sin éxito. Yo bailo horrible. ¡Solo lo hago en casa, desencajada, parezco un hipopótamo cojo!

—¡Tetê, ven!

—¡No, Zeca, me quedo aquí!

—¡Buf, menos mal! ¡Qué alivio! Yo también me quedo. No soporto esa canción —dijo Samantha, para mi inmensa alegría.

Cuando ya se habían ido todos, Samantha me llevó a un rincón y me susurró:

—Oreja me ha dicho que allí hay vodka. ¿Te animas?

—Ni un poquito, soy cero alcohol.

—Pero si es muy poco... Y hay una ambulancia a la salida, en caso de que alguien se emborrache.

—Gracias, pero yo paso de beber. No soporto el olor a alcohol.

—¡Ay, Tetê, no seas niña! —exclamó Samantha con desdén—. Al menos acompáñame al bar, ¿no?

—¿Te van a servir vodka?

—¡Pues claro! Solo hay que saber cómo pedirlo y decir que tienes dieciocho años.

¡Demonios! ¡Qué sorpresa! ¡Y yo que creía que Samantha era una chica supermodosita! Primero se pidió una caipiriña de piña con vodka y mucho hielo. Después, otra de maracuyá. Las dos «poco cargadas», según ella.

—Son como dos jugos —decretó, después de beberse casi

de un trago las dos copas—. Ahora ya estoy preparada para bailar. ¿Vamos a la pista?

Fui. ¿Qué otra cosa podía hacer? No me iba a quedar sola mirando la laguna. ¡Hasta Davi estaba bailando! Y muy bien, para mi sorpresa. Muy tímido, pero moviendo con gracia los brazos y las piernas, cantando las canciones. ¡Qué lindo!

—¡Uuuuhhhh! —gritó Samantha al entrar en el espacio donde estaban Davi, Dudu y Zeca.

Al lado, Valentina bailaba prácticamente colgada del cuello de mi *crush* (¡cómo la odio!) y Bianca y Laís hacían poses y hacían besitos como si estuvieran posando para un fotógrafo.

Todos se quedaron mirando a Samantha, que estaba más contenta de lo normal. Entonces Valentina, la tontina, la miró con enorme desprecio.

—¡Odio a esta chica! —le dijo a Erick gritando, para que más gente la oyera.

—¡Yo también te quiero, guapa! —replicó Samantha ironizando, dando un beso a su archienemiga en la mejilla.

Las miradas, desconfiadas y asombradas con la escena que presenciaban, recayeron sobre mi amiga, (más) animada de lo normal, un tanto descontrolada y loca por perrear con alguien. ¿Y quién fue la elegida? Eh, ¿quién?

—¡No! ¡Perrear, no! —protesté, casi llorando.

—¡Deja de ser tan boba, Tetê, el funk carioca ha de tener un poco de perreo! ¡Uuuh! ¡Vamos, vamos allá, novata! ¡Uuuhhh!

¡Uf!

La novata se puso roja de vergüenza, pero creyó que era mejor hacer caso a Samantha y mover un poco las nalgas con ella. (Me encanta la palabra *nalga*. Ahí lo dejo. Soy muy rara.)

—¿Qué le sucede a Samantha? —me susurró Zeca al oído.

—¿Bebió? —me susurró Davi en el otro oído.

—Ajá. Vodka que parecía jugo, según ella —respondí.

—Esto no va a acabar bien... —comentó Duduoh, el atractivo, tomándome la mano para que bailara con él y para salvarme de la loca de Samantha, que no paraba de perrear.

Me empezaron a sudar las manos. Y yo, con la cabeza agachada, superavergonzada, hice lo que correspondía: un pasito a la derecha, otro a la izquierda. Uno a la derecha, otro a la izquierda.

—Qué bien bailas, ¿no?

—¿Tú también bebiste, Dudu? —le pregunté con ironía.

¡Demonios! ¡Me sentía segura de mí misma y chistosa!

—¡No! ¡Yo no bebo! Solo quería decir que...

—Era una broma, Dudu. ¡Tranquilo! Lo que quise decir es que bailo muy mal, solo alguien borracho podría pensar que lo hago bien...

—¡Ah! Entonces, perdona. Soy un poco lento para captar las ironías... —me respondió—. Tienes las manos sudadas...

¡Carajo! ¡Lo había notado! ¡Claro que me sudaban! ¿Acaso pensaba que alguna vez en la vida un chico me había tomado de la mano para bailar en una fiesta? ¡Era mi primera fiesta!

—Es que el vaso de refresco que me tomé estaba helado... —intenté justificarme.

—No pasa nada, yo también sudo. Especialmente en la nuca. Y a ti, ¿también te suda la nuca?

Y entonces, de pronto me puso una mano en la nuca. Y se me puso la piel de gallina. ¡Por completo! ¡De la cabeza a los pies! ¡Dios mío! ¡Hola, Brasil! ¡Hola, mundo! ¡Una mano masculina descansaba en mi nuca!

—No, en realidad sudas más en las manos —diagnosticó, mirándome a los ojos profundamente y deslizando su mano de dedos largos y venas marcadas por mi cuello y mi brazo hasta llegar de nuevo a mi mano.

Me quería morir. Morir mil veces. No aguanté la presión de su mirada y desvié la mía, que cayó justo en los ojos ¿de quién? De Erick, que no me quitaba la vista de encima. ¿Y crees que él desvió su mirada de la mía? ¡Para nada, lindura! Siguió observándome mientras yo bailaba. Mirándome seriamente. Fijamente. Y me agradó mirarlo mientras me miraba. En plan... ¡La mejor sensación de mi vida! ¡No quería despertarme de aquel sueño tan bueno! Aun con Valentina, la pollina, colgada al cuello de mi *crush* y diciéndole cosas que no parecían hacerle mucha gracia, Erick solo tenía ojos para mí. En mi cabeza, hice hipótesis sobre su mirada:

- Alternativa A: se me rompió el vestido.
- Alternativa B: tengo mocos en la nariz.
- Alternativa C: tengo restos de comida en los dientes.

Solo podía ser una de las tres cosas, pensé. Desvié la mirada de los ojos de mi *crush* cuando Dudu, mi *crush* número 2, me echó hacia atrás. Y me caí. Sí, me caí en la pista. Con él. Todo el mundo empezó a morirse de risa, unas carcajadas interminables. ¡Dios mío! En realidad las caídas suelen dar mucha risa. ¡LOL y mil veces LOL!

—¡Perdón, Tetê! ¡Te pido disculpas! Quería poner en práctica un paso que aprendí en las clases de bailes de salón con mi exnovia.

—¡Pues vaya, Dudu!

—Como has podido comprobar..., no tengo talento para el baile.

—Pero ¿qué dices? ¡La que no tiene cualidades soy yo!

¡Sí, señoras y señores! Dudu y yo mantuvimos esa conversación sentados en la pista.

¡Dudu es genial!, pensé, sin darle la menor importancia al momento tan ridículo que acabábamos de protagonizar.

Cuando ya estaba de pie, una mano helada agarró la mía y jaló de mí. Era Samantha.

—¡Me siento mal, amiga! Muy mal. Quiero vomitar. ¡Acompáñame al baño, por favor!

—Es que eso no lo soporto. ¡Si veo a alguien que vomita, lo hago yo también! —la alerté, casi a punto de devolver solo con oír la palabra *vómito*.

—¡Amiga, ven conmigo, por favor!

Sin otra alternativa, cruzando los dedos para que no vomitara por el camino de la pista al baño, fui corriendo con ella. Para eso están las amigas, ¿no?

Cuando llegamos, había fila (sí, la fiesta de Oreja se estaba llenando de gente).

—¡No me aguanto!

—¡No, Samantha! ¡Que solo hay tres personas, aguanta un poco, por Dios! —le imploré, animándola porque en la fila había poca gente.

No lo conseguí.

Me tomó del brazo y me sacó del baño de mujeres.

—¡Amiga, estás loca! ¡Este es el baño de hombres! Yo ahí no entro contigo —susurré.

—¿Qué bebiste, Samantha?

La pregunta se la hizo Erick. El divo, el *dioso*, mi espectacular y guapo *crush* estaba saliendo en ese momento del baño de chicos cuando vio a Samantha queriendo meterme dentro.

—¡Vodka que parecía jugo! —respondí por ella—. ¡Quiere vomitar! ¡Odio ver a la gente vomitando! ¡No lo puedo soportar! —exclamé, rozando la desesperación.

—Ya me ocupo yo. Samy, ven conmigo, yo te ayudo. Tetê, vigila la puerta.

Atónita, asentí con la cabeza mientras los dos entraban en el baño de hombres a vomitar. ¡Puaj! Desde fuera, tensa, tuve que oír ese ruido típico de las arcadas y casi vomito yo la suculenta croqueta de pollo que me había comido antes. ¡Qué desperdicio! ¡No hay nada mejor que las croquetas de pollo!

Qué escena tan surrealista. Yo vigilando la puerta del baño de hombres para que mi amiga pudiera vomitar sin que la interrumpieran. De pronto dejaron de oírse las arcadas y ninguno de los dos salía. Me estaba poniendo nerviosa. ¿Se habría desmayado Samantha, golpeado en la cabeza y estaría muerta tendida en el suelo? ¿Estarían los dos muertos en el suelo del baño?

—¿Has visto a Erick? —me preguntó Valentina, la ladina.

—Sí, está dentro con Samantha. Lo estaba pasando mal y...

—¿Quééééé? ¿Dejaste que esos dos entraran juntos en el baño?

—Samantha se encontraba mal y él se ofreció a ayudarla porque le dije que yo no soportaba...

—¡Calla esa boca y déjame entrar por esa puerta!

—¡No, Valentina! ¡Samantha se encuentra mal!

—¡Lo dudo!

—¡Sí! ¡Se bebió dos vodkas!

—¡Eso es mentira!

—¡Es verdad! ¡La vi, yo estaba con ella!

—Acabo de escuchar cómo la madre de Oreja le decía a una amiga que puso agua en las botellas de vodka para que nadie consumiera alcohol.

Me quedé asombrada, sorprendida.

—Pero...

—¡Basta ya de ser tan ingenua! ¡Samantha está loca por Erick, siempre lo ha estado! ¡Más que tú y todo!

—¿Más que yo? Pero ¿qué dices? Yo...

—¡Cállate y ayúdame a echar abajo esta puerta, Tetê! ¡Erick, deja a esa chica y sal de ahí! ¡Erick! —Valentina gritaba golpeando la puerta repetidamente con todas sus fuerzas—. Samantha, ¡sé lo que estás haciendo! ¡Déjalo en paz! ¡Él no te quiere! ¡Nunca te ha querido! ¡Acéptalo y te dolerá menos! —fueron las palabras de Valentina.

Yo estaba completamente alucinada. Zeca llegó y enseguida preguntó:

—¿Qué pasa aquí? ¿Por qué das esos golpes en la puerta?

—Porque la disimulada de Samantha ha venido detrás de Erick para acostarse con él. ¿Me ayudas, Zeca? —le pidió Valentina.

Zeca me miró con cara de «¡Uf, qué mal asunto!». Le devolví la mirada con cara de «estoy emocionada con todo esto».

—¡Fingir que estás borracha es un golpe muy bajo! —gritó Valentina, la fina—. ¡Erick! ¡Erick! —gritaba dando golpes cada vez más fuertes a la puerta.

De repente la puerta se abrió.

SAMANTHA TENÍA muy mala cara. Mala, no. Pésima. Y lo inesperado sucedió. Antes de que ninguno de los dos pudiera explicarse, Valentina, la regañina, se abalanzó sobre Samantha y empezó a jalarle el pelo. Cuánto le gustaban las peleas a esta chica, ¡eh!

—¡Buf, qué horror! ¡Hasta se me han ido las ganas de orinar! —comentó Zeca.

Lo miré mal.

—¡Ah, está bien, ya entendí! Tengo que ayudar a separar a estas chicas, ¿no?

—¡Sí! —respondí malhumorada.

Zeca y Erick intentaron, sin mucho éxito, separarlas. Samantha propinaba a Valentina unas cachetadas supersonoras a la vez que Valentina le jalaba el pelo con violencia.

—¡Basta! ¡Basta ya! —gritó Erick, mientras una vena se le marcaba en el cuello.

¡Dios mío! ¡Qué cuello tan espectacular!

—¿Qué hacían en el baño? ¡Vamos, dime, Erick! —le pidió Valentina, la toxina.

—¡Me encontraba mal!

—¡Eso es mentira, Samantha! ¡En la fiesta no hay alcohol, pusieron agua en las botellas! ¡Lo que bebiste fue solo jugo! ¡Eres una falsa!

—¡¿Cómo?! —dijo sorprendida mi amiga abriendo unos ojos muy grandes—. ¡No puede ser! ¡Me cayó mal de verdad!

—¡No digas mentiras! ¡Simplemente has estado esperando a que Erick se fuera de mi lado para salir corriendo detrás de él con esa excusa tan falsa!

¡Qué fuerte! ¿Samantha era ese tipo de persona tan falsa? ¡Alucinante!

—¿Cuándo vino Erick al baño? —le pregunté a Zeca en voz baja.

—Poco después de caerte con Dudu. Al menos, le dio tiempo de presenciar la caída del siglo —respondió el gracioso de Zeca, saciando mi curiosidad.

El ambiente estaba tenso. Muy tenso.

—¡Valentina! ¿Qué pasa? ¡Hace un siglo que te estoy buscando! ¿Va todo bien? —preguntó Laís, que llegaba muy agitada.

—¡No, Laís, va mal!

—Valentina, Samantha se encontraba mal y la ayudé. Nada más —insistió Erick.

—¿Se encontraba mal porque se bebió un jugo? ¿En serio? ¿Crees que me chupo el dedo?

—¡No tengo por qué mentirte!

—Entonces ¡¿por qué lo haces?! —gritó Valentina escandalosamente.

—¡No te miente! ¡Es la pura verdad! —exclamó Samantha.

¿Samantha sería una falsa o una mujer enamorada? ¿O ninguna de las dos opciones? Me tenía confundida.

—Si lo que me bebí no tenía alcohol, entonces me cayó mal alguna otra cosa. Te juro que vomité. ¿Acaso crees que iba a intentar ligar con Erick haciéndome la borracha?

—¡Es muy propio de ti! —le dijó Valentina, la serpentina, con todo descaro.

—¡Yo también lo creo! —coreó Laís.

—¡Vamos, cariño! Está bien. —Erick quería acabar con aquel mal rato.

—¡No me llames «cariño», Erick Senna d'Almeida! ¡No hay explicaciones que valgan, y encima yo no oí vomitar a nadie!

—Yo sí, Valentina. Y casi vomito aquí fuera también —dije, defendiendo a mi amiga.

¿Era de verdad mi amiga? ¿O se había acercado a mí para intentar ligar con Erick al ver que el divo de mi *crush* era tan amable, educado y afectuoso conmigo? Como diría Zeca..., ¡qué peste! Yo podía jurar verdaderamente que había oído unas cuantas arcadas...

—No vamos a discutir aquí, Valentina. Es la fiesta de Oreja y no le vamos a estropear el momento.

—¡Pero si ya habíamos empezado a discutir en la pista! ¿Qué diferencia hay? ¡Estaba escrito que hoy tú y yo nos íbamos a enojar! —exclamó ella rabiosa.

—Vamos fuera, pero sin gritos, por favor —le pidió Erick, conduciendo a su novia por el brazo.

Valentina se volteó y, enigmática, soltó las siguientes frases:

—Sé quién eres, Samantha. Sé de lo que eres capaz.

¡Dios mío ¡Mil veces Dios mío! ¡Qué fuerte! ¡Esa manera de acabar con la pelea fue mejor que una escena de telenovela! Zeca y yo nos quedamos paralizados, boquiabiertos.

—¡Anonadado me hallo! —dijo el exagerado de Zeca—. Compañerossss..., ¿qué ha querido decir?

—¡Qué vergüenza! ¡Qué vergüenza! —exclamó Samantha, llorando.

—No te pongas así. No tienes culpa de nada... —le dije para consolarla.

—¿O sí que es culpa tuya? —le dijo Zeca.

Samantha lo miró con odio.

—No puede ser verdad que TÚ, Zeca, puedas creer que inventé una situación así para acercarme a Erick. Que lo piense Valentina, está bien. Pero ¿tú? ¡Qué decepción!

—¡Eh, Samantha! Esta historia es superrara. Además, creo que Erick y tú ya tuvieron algo el año pasado, ¿no? —preguntó Zeca.

—¡No es verdad! ¡Nunca hemos tenido ningúna relación! —respondió Samantha, llorando—. Quiero irme de aquí. Voy a llamar a mi padre para que venga a buscarme.

—¡Ay, Zeca, para ya! Samantha ya te dijo que no ha tenido algo nunca. Y si ella lo dice, habrá que creerle, ¿verdad, Zeca? —dije, con los dientes apretados para consolarla—. Además, Erick no haría una cosa así. No le pondría los cuernos a su novia. Es un chico decente —ponderé.

—Está bien, Samantha, es verdad. Perdóname. ¡Ahora vuelvo! Me regresaron las ganas de orinar otra vez —dijo Zeca, entrando por fin en el baño de hombres.

A solas con Samantha, le tomé la mano.

—¿Quieres que hablemos?

—Quiero llorar. ¿Puedo? ¿O tú también te vas a creer que mis lágrimas son falsas? —me dijo.

—Tranquila, que nadie va a dudar de nada más...

Y Samantha rompió a llorar unos minutos. Yo esperaba e intentaba consolarla dándole un abrazo. Cuando se calmó un poco, traté de iniciar una conversación.

Al poco tiempo apareció Zeca superanimado.

—¡Chicas! ¡No puedo creer que todavía estén aquí! ¡Vamos a bailar para olvidar el mal momento de antes! Me encaaaaanta esta canción —dijo, como si surgiera de una nube de purpurina.

Y fue jalando de nosotras, jugueteando y separando nuestro abrazo hasta arrastrarnos a la pista, donde todo el mundo bailaba *Worth It*, de Fifth Harmony, como si no hubiera un mañana.

—Voy a lavarme la cara. Luego los veo.

—Está bien, Samantha. ¡Ven, Tetê!

Y Zeca (¡siempre él!) me jaló del brazo.

—¿Qué te pasa? ¿Por qué pones esa cara? ¿Te contó alguna cosa? —me preguntó el chismoso de Zeca.

—¡Cómo crees! Solo lloraba, la pobre.

—Ya, ya..., pero a mí esa no me engaña. ¡Vamos, está bien ya de ese asunto! ¡Vamos a bailar, Tetê!

Cuando llegamos a la pista, Dudu me esperaba con un vaso de refresco en la mano.

—¿Dónde estabas? Lo había tomado para ti, pero ya debe de estar caliente.

¡Dios mío! ¡El refresco era para mí! ¡Qué chico tan adorable! Y yo pensando en Erick y en todo lo que acababa de ver y oír.

—En cuanto pase un camarero, te consigo otro más fresco.

—Gracias...

—¿Qué te pasa? ¿Por qué de repente estás tan dispersa...?

—Nada... Es que... —No podía apartar la vista del exterior de la sala, donde Valentina y Erick discutían gesticulando mucho.

¡Cómo me hubiera gustado ser una mosca y revolotear a su alrededor para saber lo que estaban diciendo!

Dudu se volteó.

—¿Qué miras? ¿Esa pareja que discute atrajo tu atención?

—Más o menos... Perdona... Es que acabo de presenciar una escena muy loca y quería saber el desenlace.

—Si quieres ir fuera, te acompaño —dijo caballerosamente.

—Pues...

¿Qué iba a hacer yo fuera? ¿Por qué estaba deseando salir si lo que tenía dentro era tan bueno? Estaba tan obsesionada con Erick —y con Valentina, lo confieso— que no le había prestado atención suficiente a aquel chico tan atractivo, tan educado, que hablaba como un señor mayor, hermano de mi amigo Davi. Y que además era un encanto. Y me trataba con suma delicadeza... ¿Por qué somos así?

—Vamos a quedarnos aquí... Háblame de ti. ¿Cómo te ha ido en Minas Gerais?

—Ha estado bien, aunque todo acabó un poco mal. Pero prefiero hablar de eso otro día. ¿Y tú? Háblame de ti...

Entonces le conté muchas cosas. Por primera vez en la vida alguien parecía interesarse de verdad en mí. Y fue tan lindo... Hablamos de la vida, de las estrellas, del café con leche, de los flanes, del olor a lluvia, de música, de libros (él también había leído *Bajo la misma estrella* unas mil veces, ¡qué cool!), de los tratamientos para la alergia, de las lesiones cutáneas en general (sí, lesiones cutáneas), de la familia, de la caspa (sí, de la caspa), de granos (y como a él también lo mortificaron durante una época, yo no perdí la esperanza. ¡Incluso me dio el contacto de su dermatólogo!), de zapatos apretados, de impermeables empapados, de Netflix, de los interminables noventa minutos del futbol... ¡Cómo disfrutaba hablando con él! No me di ni cuenta de cómo pasaba el tiempo. Y tampoco me acordé de la existencia de los Valerick.

—¿Pensaste alguna vez en estudiar doblaje? Tienes una voz muy dulce —me dijo Dudu.

¡Demonios! ¿Dijo que mi voz es dulce? ¡Qué piropo tan original...!

—¡Qué bonito es lo que me acabas de decir! Gracias. Nunca nadie había hablado así de mi voz.

—¡Gran pandilla de insensibles! ¡De insensibles y sordos! —bromeó.

Y me reí como si me hubiera contado el chiste más gracioso del mundo. Dentro de mí estaba sucediendo algo. Algo extraño. Maravillosamente extraño. Extrañamente maravilloso.

—¿No vienen? —preguntó Davi, acercándose a nosotros.

—¿Adónde? —Dudu y yo preguntamos al unísono.

—¡A cantar el *Cumpleaños feliz* a Oreja!

—¿Ya?

¡Demonios! El tiempo se me había pasado volando.

Oreja era el cumpleañero más motivado del mundo. Se cantaba animadamente a sí mismo el *Cumpleaños feliz* y se sirvió el primer trozo de pastel.

—¡Ahora, sírvanse ustedes! —exclamó, antes de regresar a la pista—. ¡La fiesta continúa! Solo canté el *Cumpleaños feliz* para todos esos ancianos que ya quieren irse a dormir.

—¡Anciana será tu abuela, niño! —exclamó bromeando la abuela de Oreja, una señora rubia y muy elegante.

—¡*Sorry*, abuelita! —se disculpó Oreja.

¡«Abuelita»! ¡Me encantó que la llamara así!

—¡Se fueron! —anunció Zeca.

—¿Quién se fue? —pregunté sin entender nada.

—¿Cómo que «quién»? Erick, el guapo, y Valentina, la culebrina, que se pelearon.

—¿Peleado?

—Sí. Valentina jura y perjura que Samantha y Erick tuvieron algo en el baño, Tetê. Ella estaba furiosa. Fue una superpelea... —explicó.

—¿En serio? ¿Y dónde está Samantha?

—También se fue. Se fue a la francesa, no se despidió de nadie. ¡Carajo, chica! ¿No te enteraste de nada, Tetê? ¿Tan buena era la conversación con Dudu? —me preguntó con tono insinuante.

—Sí... —respondí sonriendo.

—Hum... Me parece que tu *crush* Erick ha salido perdiendo.

—¡Para ya! —le ordené, dándole un manotzo en la nuca.

—Estoy pensando en irme dentro de poco yo también. Dudu me dijo que me puede llevar a casa y yo ya hice el favor de aceptar por los dos, ¿está bien? De nada. ¡Tu nuevo *crush* sabe conducir, amor! ¡Un chico con coche vale por dos!

—¡Qué malo eres, Zeca!

En ese momento apareció Dudu con un pedazo de pastel para él y otro para mí. ¡Me había traído un pedazo de pastel! Casi me derrito. Fuimos a contemplar la vista mientras saboreábamos el sensacional pastel relleno de dulce de leche y albaricoque. La masa ligera, perfecta, sin grumos, que los odio, dulce sin ser empalagosa. De los mejores pasteles que he comido en la vida.

—¡Me la estoy pasando muy bien! Aunque me sienta como el padre de todos ustedes —comentó Dudu.

—¿Cómo que el padre, chico? ¡Si tienes dieciocho años con cara de dieciséis! —manifestó Zeca.

—¿Lo ves? Nadie lo cree cuando digo tu edad. Tienes carita de niño. Hasta yo parezco mayor que tú —dijo Davi.

—¡No exageres, Davi! —bromeé.

¡Estaba tan ocurrente y dicharachera! ¡Qué noche tan increíble!

A la hora de irnos, Zeca, Davi, Dudu y yo fuimos al estacionamiento a buscar el coche. Me quedé deslumbrada cuando Dudu me abrió la puerta para que entrara. ¡Sí! ¡Es ESE tipo de chico! E hizo que me sentara delante, a su lado. ¡Luciérnagas doradas salieron de mi estómago! ¡Ay, qué sensación tan alucinante! ¡Qué sensación tan inédita!

Nada más entró en el coche, Davi se quedó dormido en el asiento de atrás. Dormía y babeaba como si estuviera en la cama. Me muero de envidia cuando veo a alguien dormirse así, tan rápido. Me muero. Primero, Dudu dejó a Zeca, después me tocó el turno a mí. Paró delante de mi casa y me miró.

—Ha sido un placer conocerte mejor, Tetê —me dijo.

—El placer ha sido mío...

—Espero verte más veces.

—Yo también. Esta semana seguro que nos vemos. Tenemos que hacer un trabajo con tu hermano en tu casa.

—¡Mira, qué bien!

¡Dios mío! ¡Había dicho «qué bien»!

Solo sonreí. Poco a poco iba aprendiendo que, cuando no tenemos nada bueno que decir, es mejor quedarse callado.

—Buenas noches, Dudu —me despedí sonriendo.

—¿No vas a darme un beso?

¿Hola? ¿Qué? ¿Cómo? ¿Dónde? ¿Qué pregunta es esa? ¡Virgen del amor hermoso, ayúdame! Se me subió la sangre a la cabeza e, incluso con el aire acondicionado del coche, sudaba a mares. ¡Por el cuerpo, la cabeza, la nariz, las plantas de los pies! ¿De qué beso me habla? ¿Este chico quiere besarme? ¡Pero si nunca me han besado! ¡Completamente no besada!

Se acercó a mí. ¡Ay, no! ¡No! ¡No estoy preparada! ¡No sé si quiero! ¡Sí que quiero! ¡No, no quiero! ¡Sí! ¡Ay, qué vergüenza! ¿Cierro los ojos? ¿Pongo la boca en forma de pico? ¿Abro la boca? ¿La cierro? Entonces, me tapé la boca con la mano. Sí, hice eso y no me gustaría tener que explicar aquí este tema porque me... da vergüenza.

—¿Qué te pasa?

—¡¿Cómo?! —pregunté, sin poder disimular mi sorpresa mezclada con nerviosismo, todavía con la boca tapada.

—¿Por qué te llevaste la mano a la boca? ¿Creías que te iba a besar sin tu consentimiento?

—¿No ibas a darme un beso?

—Solo quería despedirme. Aquí, en Río de Janeiro, la gente todavía se da dos besos al despedirse, ¿no?

¡Tetê, eres patética! ¡Estás chiflada! ¡Loca de remate!, me grité mentalmente. Es obvio que solo quería darme dos besos en la cara. ¡Solo una loca como yo podía pensar que aquel proyecto de Ashton Kutcher pretendía besarme en la boca horrorosa que tengo!

—Claro, eso mismo quería decir, darme un beso para despedirte..., pero es que... me dio un repentino dolor de muelas —fue la mejor excusa que se me ocurrió al vuelo.

—¿De verdad? ¿Quieres que te lleve a una farmacia de guardia para comprar un analgésico?

¡Dios mío! ¡Cómo podía ser tan amable!

—¡No, no hace falta! Gracias... Tengo en casa. Un beso, chao —dije, tragándome las palabras y la vergüenza, y salí del coche apresuradamente.

Pero la cosa no acabó ahí. Claro que no. La cosa tiene que ver conmigo, con Tetê, la adolescente despistada.

Al salir del coche tropecé y me caí en la banqueta (sí, me caí de bruces al suelo) de tan aturullada que estaba.

¡Carajo! ¡Todo me sale mal! ¡Siempre hago el ridículo! ¡Vaya porquería!

Dudu salió del coche enseguida y vino a socorrerme. ¡Es tan lindo!

—¿Estás bien? ¿Te hiciste daño?

—¡No! Estoy bien. Creo que me rompí un diente, pero como ya me había empezado a doler antes...

—Te diste un golpe en la cara, ven, déjame verte —me pidió, acercándose a mí y tomándome la cabeza con las dos manos.

Podía notar su respiración. Estábamos literalmente respirando cada uno el aire del otro.

Estaba temblando por dentro.

—Ha sido solo un susto —dijo—. Tu cara sigue bonita e intacta.

—Gracias...

—Vete, esperaré hasta que entres.

Y corrí hasta la entrada como Cenicienta antes de medianoche. La sensación que tenía era la de estar flotando.

Y de pronto ya estaba en la sala de mi casa y ni siquiera sabía cómo había llegado allí. No vi el elevador, no vi cómo abría la puerta, no vi nada más. Solo desperté de mi trance cuando oí la voz de mi padre, que me recibió con un pequeño regaño:

—¿Tetê? ¡Tardaste mucho!

—¡Qué susto me diste, papá!

—¿Puedo saber por qué no me llamaste? Habíamos quedado en que me llamarías para que fuera a recogerte.

—Pero regresé con el hermano de Davi. Tiene dieciocho años y tiene coche. Y no bebe.

—Está bien, pero no lo vuelvas a hacer. Estaba preocupado.

—Perdona... Fue mi primera fiesta, papá...

—Lo sé.

—¿Sabes que hasta bailé y todo?

—¿Tú? ¿De verdad?

—Voy a bañarme y a dormir. Me muero de sueño. Buenas noches, papá.

Di unos pasos en dirección al baño y me detuve.

—Papá..., ¿me das un abrazo?

—Claro, amor mío...

Y nos quedamos un buen rato así, abrazados. Un fuerte abrazo. Un abrazo muy reconfortante... Como hacía mucho tiempo que no nos dábamos. Y el abrazo me hizo recordar cuando era pequeña y él me protegía de mis miedos, del peligro, de la oscuridad, y me daba cariño a cambio de nada. ¡Qué sensación tan maravillosa!

—El lunes tengo una entrevista. Cruza los dedos para que me den el trabajo. No quiero ser un inútil. Y quiero darte una vida digna de nuevo, que vuelvas a tener una habitación para ti sola...

—¡Oh, papá! Ya lo sé..., pero tienes que dejar de apostar a los caballos, eso no está bien.

—Lo sé, cariño. Puedes estar tranquila. Aprendí la lección. Nunca más pienso pisar un hipódromo —afirmó—. ¿Vas a cruzar los dedos para que me den el trabajo?

—Va a salir bien. Ya ha salido bien —lo motivé—. Te quiero, ¿lo sabes?

—Yo también te quiero.

En la regadera, el agua caliente corría por mi cabeza y templaba mi corazón.

¡Qué noche! ¡Qué noche...!

17

EL DOMINGO me desperté con la esperanza de recibir una llamada o un mensaje de Dudu. No ocurrió ni lo uno ni lo otro. Bueno, no pasa nada, pensé. ¿Por qué iba a llamar a una loca que se tapa la boca y se estampa contra el suelo y solo dice tonterías? La verdad es que no podía dejar de pensar en él. Y cada vez que pensaba en él me entraba un escalofrío en el vientre. Pero como Erick también estaba en mis pensamientos, me puse a cavilar si habría terminado con Valentina y si, por fin, se habría librado de aquella cretina. ¿Tendría algún día la oportunidad de salir con él? ¡Dios mío! ¡Cuántos sentimientos mezclados!

Me senté en la mesa a desayunar y mi familia estaba toda reunida. Parecía que me estuviera esperando para empezar un interrogatorio.

—Hija, ¿qué tal fue la fiesta? —preguntó mi madre.

—¡Maravillosa! —respondí, feliz como una lombriz.

—Estás radiante, cariño... —dijo mi abuelo querido.

—¡Hecha un bombón! —ratificó mi bisabuelo.

—Gracias, pero que me lo digan ustedes es sospechoso.

—¡No necesitas ponerte más pecho, no digas tonterías, niña! Ni se les ocurra hacerle ese regalo a la chiquilla, ¡eh! ¡El pecho de silicón es muy artificial! —dijo mi bisabuelo, haciendo que todos nos riéramos.

—¿De qué pecho hablas, papá? ¡Tetê ha dicho que SI SE LO DECIMOS NOSOTROS ES SOSPECHOSO!

—¡Aaaah! —exclamó—. Ahora sí que tiene sentido.

—Mamá, conseguí el teléfono de un dermatólogo muy bueno. ¿Puedo pedir cita?

—¡Por supuesto, hija! Si quieres, te acompaño.

—¡Qué bien! ¡Por fin te vas a librar de esas protuberancias tan feas! —Mi abuela entró en la conversación.

—¡Mamá! ¡No hables así! ¡No es la primera vez que Tetê lo intenta!

—Era una broma, Helena. Entonces ¿ayer tuviste algún amorío?

—¿Amorío? Abuela, eso es lo que tú querrías —le dije.

—¡¿Cómo que la que quiere soy yo?! No desvíes el tema, vamos. ¿Algún escarceo? ¿Y un besuqueo?

Suspiré poniendo los ojos en blanco.

—¡NO, abuela!

—Y esos ojos brillantes, ¿qué significan? —preguntó mi abuelo.

Me puse azul de vergüenza.

—¡Vaya, vaya! ¡Mira qué bien! Intentabas disimular pero, por lo que se ve, la fiesta estuvo muy bien, ¿eh? —adivinó mi abuelo.

—¿Te besaste con alguien? —me preguntó mi madre.

—¿Has ligado? ¿Has ligado con un chico? ¿Una aventura? ¿En serio?

—¡No, papá!

—¿Te besaste con lengua?

—¡Que no, abuela! ¡No ligué con nadie, no me besé con nadie! Ay, cómo son, ¡eh! Vamos a cambiar de tema, por favor. Gracias, de nada.

¡La familia...!

En ese momento me llegó un mensaje al celular. Di un salto. ¿Sería Dudu? ¡Ay, madre! El estómago se me encogió y el corazón se me disparó.

No era él.

SAMANTHA
Oye! Puedes hablar?

TETÊ
Claro! Ayer desapareciste.

—¡Hija, el celular en la mesa, ni se te ocurra! —me regañó mi madre.

TETÊ
Te llamo en breve, cuando acabe de desayunar.

¡Carajo! Estaba ansiosa por saber qué había pasado, si Samantha tenía noticias de Erick y Valentina. Aunque debo reconocer que con la entrada de Dudu en escena me había olvidado de los dos, justo en ese instante me volvió a invadir la curiosidad. Acabé de desayunar y fui corriendo a la habitación.

TETÊ
Ya puedo hablar. Nos llamamos?

SAMANTHA
Ahora, la que no puede soy yo. Voy de excursión a la sierra con mis padres y mis hermanos y escribiendo me mareo. Hablamos el lunes.

TETÊ
El lunes?

Me hubiera gustado poner el emoji de asombro después del signo de interrogación, pero creí que Samantha pensaría de mí que soy una chismosa. Pero es que... ¡Carajo! ¡Tener que esperar hasta el lunes!

SAMANTHA
La cobertura aquí es horrible...

TETÊ
Ah! OK.

¡Demonios! ¿Cómo iba a poder matar la curiosidad? ¿Me tenía que esperar al lunes para saber qué había pasado?

¡Qué injusto y cruel es el mundo! ¿Cómo podría enterarme de si Erick y Valentina habían cortado o no?

Decidí leer un poco, pero el recuerdo de las escenas de la noche anterior me impedía concentrarme. Y una sonrisa de embobada me asomaba a la cara. Dormí un poco la siesta y por la tarde fui al teatro con mis abuelos (sí, me gusta ir al teatro). En mitad del espectáculo sentí que el celular vibraba.

¡Ah! Debe de ser Samantha, que ya tiene cobertura, pensé. ¡Al final sí que voy a tener noticias!

Sin embargo, la buena noticia era otra.

DUDU
Hola, qué tal? Solo quiero saber si la señorita está bien o si le salió algún chichón...

Se me disparó el corazón. ¡Era Dudu! ¡El espectacular Duduoh! ¡El encantador e inteligente Dudu! ¡El galán-que-abre-la-puerta-del-coche!

Casi me muero.

TETÊ
Ningún chichón, solo tengo granos. 

DUDU
Mejor sin chichón! Te molesto?

TETÊ
Estoy en el teatro con mis abuelos.

DUDU
Perdón. OK. Hablamos más tarde.

TETÊ
No! Puedo hablar ahora! Todavía no ha empezado!

Demasiado tarde. Perdí a Dudu. ¡Carajo! Y lo perdí para siempre porque no me volvió a contactar. Debió de haberse arrepentido de intercambiar mensajes conmigo. O puede que tuviera mil cosas mejores que hacer que whatsapearse con una chiflada. Me pasé el resto de la tarde y de la noche esperando un mensaje suyo que nunca llegó. Y no podía quitármelo de la cabeza.

El lunes todos los comentarios en la escuela eran sobre la fiesta de Oreja. Y sobre la pelea de Valentina, Samantha y Erick, obviamente. No sé cómo había podido enterarse todo el mundo del número que hicieron en el baño. Toda la escuela se hacía la misma pregunta: ¿al final, Erick y Samantha habrían tenido algo de verdad o era tan solo una suposición de Valentina?

—¡Todos los compañeros están hablando del espectáculo! —chismeó Zeca—. ¡Quieren saber qué pasa con Valerick!

Iba a dar mi opinión cuando de repente me llegó un mensaje en el celular.

DAVI
Tetê, no voy a poder ir a la escuela, pero todo bien para que vengan a casa esta tarde. OK?

TETÊ
Está bien, pasa algo?

DAVI
Ayer por la noche mi abuelo se puso mal y está en el hospital. Edema pulmonar otra vez. 😢

¡Demonios! Por eso Dudu ya no me volvió a escribir... ¡Pobres hermanos! Los dos solos tienen que hacerse cargo de sus abuelos y resolver un montón de problemas. ¡Son tan jóvenes! Yo no sé si sería capaz.

TETÊ
Vaya! Necesitas ayuda?

DAVI
Gracias! Mi hermano está conmigo. Hablamos más tarde. Besos.

¡Ay, Dudu estaba con él! Y me volví a perder en mis pensamientos.

De pronto Erick entró en clase y tuve la sensación de que todo el mundo contenía la respiración. ¡No llegaba solo! Llegaba de la mano de Valentina, que se mostraba más engreída que nunca. Así que ¿seguían juntos? ¿No se habían peleado ni habían cortado?

Qué decepción...

La pareja ideal se sentó al final de la clase, como de costumbre. Y parecían estar más enamorados que nunca. Aunque, al contrario que otras mañanas, estaban silenciosos. Ni siquiera se oía el murmullo de la voz estridente de la divina. Qué raro...

Samantha no tardó en llegar y se adentró en la clase con Oreja. ¡Demonios! ¡No podía ser que salieran juntos! ¡Solo estaban entrando a la misma hora! De nuevo, a todo el mundo se le cortó la respiración. Los compañeros miraban sin pestañear a los Valerick y a Samantha. A Samantha y a la pareja...

Valentina dio media vuelta y abrazó a Erick. A Samantha se le veía bien. Sin culpa, sin resentimiento. Se sentó a mi lado.

—¡Hola! ¿Qué tal el domingo? —me preguntó, como si no hubiera pasado nada.

—¿El domingo? Pues bien. ¿Y el tuyo? —respondí, intentando aparentar naturalidad.

—Mejor imposible. Me encanta ir a la sierra cuando hace calor. Se me quedó hasta la marca del bikini. ¡Mira!

—¡Ah, sí! Ok. —No me resistí y fui directa al grano—: Todo el mundo habla de tu pelea con Valentina...

—Lo sé. Pero tengo que disimular y fingir que no estoy muerta de vergüenza ni destruida por dentro. Y tú, como amiga mía, tienes que ayudarme a parecer que todo es natural —me dijo, mostrándome una madurez que ya había observado en ella antes.

—¡Ah, claro!

—¡Pues ríete!

—¡¿Qué?!

—Que simules que te conté algo divertidísimo, Tetê. ¡Vamos! ¡Ríete! —me imploró en voz baja.

Y yo solté una carcajada que, sinceramente, se hubiera merecido el Oscar a la mejor risa falsa. Arrasé. Y descubrí en ese momento que tenía un don innato. ¡Había nacido para soltar carcajadas falsas! Incluso le di un golpe a la mesa y todo. La historia que me había contado Samantha era supermegadivertida. ¡Qué éxito! En aquel momento descubrí que podría ser una actriz excelente.

—Un poco menos exagerada, Tetê. ¿Estás loca? —me regañó Samantha.

Está bien, si por ella fuera, no ganaría el Oscar a la mejor risa falsa. Así que escribí en mi libreta: *#gruñona #insensible*. Se lo enseñé y me hizo una mueca. El profesor llegó y el ambiente tenso y molesto de la clase se relajó enseguida. Aquella mañana el reloj avanzaba a paso de tortuga.

18

—¿VAS A IR SOLA a casa de ese compañero, Tetê?

—Sí, ¿qué pasa, papá? Solo vamos a hacer un trabajo en grupo. No me voy a quedar allí para siempre.

—¿Sus padres están en casa? Quiero hablar con ellos... Eres la única chica en ese trabajo de Historia... Quiero saber dónde te metes y que sepan que tienes unos padres, una familia...

Sonreí sin enseñar mis dientes torcidos. Una sonrisa pequeña, a mi manera, aunque reconozco que la preocupación de mi padre me alegraba. Era la primera vez que se inmiscuía en mis problemas, en mis estudios, en mi vida. Era la primera vez que sentía que mi padre era... mi padre.

¡Qué curioso! Incluso con menos dinero, viviendo gratis en casa de mis abuelos, mis padres parecían más tranquilos, más felices. Hasta su relación parecía haber mejorado. ¿Cómo era posible? Que algo así pudiera pasar era estupendo. Seguía teniendo la misma familia loca, pero cada día estaba más acostumbrada a aceptarla tal y como es. Incluso me estaba habituando ya a dormir con los ronquidos de mi bisabuelo.

—Está bien, ahora te doy el teléfono de Davi. Vive con sus abuelos y, por lo que cuenta, son encantadores —le conté—. Pero su abuelo está ahora en el hospital, en casa solo estará su abuela, doña Maria Amélia.

—De acuerdo, dame el teléfono para que hable con ella. He decidido con tu abuela que ella te acompañará a casa de ese chico, ¿está bien?

—Papá, ¿no crees que eres un exagerado?

A él le parecía que no. Y, cuando ya estábamos a punto de irnos, mi abuela le pidió a la vecina de arriba, Zélia, que nos acompañara también a casa de Davi. Así ellas aprovecharían para actualizarse en de sus cosas.

Subimos al piso de arriba, recogimos a Zélia y, cuando se abrió la puerta del elevador, nos encontramos con Lucinha, una chica que vivía en el edificio y que debía de tener unos dieciocho años.

—¡Hola! ¡Cuánto tiempo! —dijo mi abuela, sonriendo de oreja a oreja.

—¡Qué guapa estás, Lucinha! —la saludó Zélia, más simpática que nunca.

—¿Vas a aprovechar esta tarde soleada? Hoy hace un día muy agradable, ¿no? —dijo mi abuela para iniciar la conversación.

—¡Sí, es un día estupendo! Voy a tomarme un agua de coco con mi novio a la playa y después vamos a ir al cine.

—¡Mira! ¿Tienes novio?

Lucinha bajó la mirada, avergonzada, y asintió con la cabeza.

—¡Qué bien, querida! —lo celebró Zélia—. ¡Y qué suerte tiene él!

—Tener una novia como tú es una gracia de Dios hoy en día. ¡Viva el amor! —gritó mi abuela, exagerando descaradamente.

—¡Viva...! —repitió Lucinha muy bajito, un poco asustada por el entusiasmo vespertino de las dos mujeres—. Adiós. Es Tetê, ¿no?

—¡Pero, bueno! Mira, Tetê, Lucinha se sabe tu nombre y todo. ¡Qué bien! ¿Viste? Poco a poco la gente va sabiendo de tu existencia, ¡cosa linda de la abuela!

En ese instante me hubiera gustado tapar la boca a mi abuela con un trozo de cinta adhesiva transparente, pero en vez de eso me limité a saludar a Lucinha con la mano.

La puerta del elevador se abrió. Salimos las cuatro y, en cuanto Lucinha se distanció de nosotras, mi abuela y Zélia iniciaron un diálogo surrealista.

—Qué mal, ¿eh, Zélia?

—¡Qué mal, Djanira!

—Qué mal, ¿el qué? —pregunté.

—¡Esa piel! ¡La tiene horrible! ¡Peor que tú, Tetê!

—¡Mucho peor! ¡Hasta es antihigiénica! —atacó Zélia.

—¿Cómo puede ser que esa chica tenga novio?

—No sé, Djanira. ¡Con la cantidad de chicas guapas y solteras que hay por ahí y ella, con esa piel y esa nariz del tamaño de un tranvía, tiene novio!

Estaba alucinando. Zélia y mi abuela eran dos viejas falsas, superchismosas y criticonas.

—¡Y tiene mal aliento! ¿Te diste cuenta? —preguntó mi abuela.

—¡Puaj! —reaccionó Zélia.

La lección que aprendí aquella tarde fue que las personas mayores también hacen *bullying*. El mundo está realmente perdido.

—La vida es una injusticia. ¡Una verdadera porquería! —decretó Zélia.

—¡Ya nadie vale la pena, nadie vale nada, nadie se toma nada en serio! —completó mi abuela.

Claro. El mundo entero no valía nada, solo ellas, con ese amor tan grande que tenían para dar. ¡Qué horrible! Ante mi silencio, mi abuela dijo:

—¿Viste lo bueno que es que Zélia y yo te acompañemos? Así platicamos, vemos el ajetreo de la ciudad y, encima, te diviertes. ¡Zélia y yo somos geniales! ¡Las mejores! —comentó, con cero modestia—. ¿No me digas que no es mucho mejor que vayamos contigo que haber ido tú sola caminando por Copacabana?

No, no lo era. No fue nada agradable ver a mi abuela renegando de todo y maldiciendo la vida y, encima, hablando mal de una persona tan inofensiva. Pero en silencio estaba y en silencio me mantuve.

Llegamos al edificio de Davi, me despedí de las dos (a

pesar de la insistencia de mi abuela por venir conmigo hasta la puerta del departamento de mi amigo) y subí.

La casa de los abuelos de Davi me pareció muy agradable, estaba llena de fotos de ambos en las paredes, enmarcadas con delicadeza. ¡Qué matrimonio tan adorable...! No pude reprimir un suspiro. Me abrió la puerta la abuela, doña Maria Amélia, me recibió con los brazos abiertos y le dedicó un halago a mi padre.

—¡Tu padre es muy simpático! ¡Hoy en día es poco habitual encontrar a unos padres tan preocupados por sus hijos! La juventud está tan desapegada de la familia...

Me puse contenta. Contenta, en plan... a punto de sonreír enseñando los dientes.

—Es un encanto... —corroboré—. ¿Llegué primero?

—Solo falta Erick. Zeca ya está dentro con Davi.

—Ah...

—Te acompaño a la habitación.

—Está bien. Y... ¿Y Dudu? ¿No está en casa?

—Ah, ¿conoces a Dudu?

—Lo conocí en la fiesta de Oreja.

—Mi Dudu es un chico tan bueno... Se quedó en el hospital con su abuelo para que yo pudiera descansar un poco. Aquellas camas para los acompañantes son un martirio para la columna.

—Ah...

La información me entristeció... ¡Qué pena me dio! ¡Y qué egoísta era! En vez de parecerme estupendo que Dudu se hubiera quedado haciendo compañía a su abuelo, yo solo pensaba en la pena que me daba que su mirada no se encontrara con la mía. ¡Qué ganas tenía de volver a ver sus ojos entrecerrados y matar la pena que sentía por no verlo...!

—Mis nietos son una bendición divina, Tetê.

—Davi siente adoración por usted.

—¡Hola, Tetê! —me saludó Davi, que apareció en la sala—. Veo que mi abuela y tú ya se conocen.

—Sí...

Y en ese momento sonó el timbre. Era Erick. ¡Erick, el guapo, acababa de llegar! Estaría unas cuantas horas cerca de él sin la mezquina de su novia rondando por ahí. Mi corazón se aceleró.

Entró, saludó a la abuela de Davi y después a nosotros. Cuando me dio dos besos en la cara, casi me desmayo. Y solo volví en mí con la voz escandalosa de Zeca, que se acercó al salón dando gritos:

—¡Erick, es una pena que no hayas venido con tu simpática novia! A todos nos cae divinamente...

Quise reírme muy fuerte, pero no lo hice. Me hice la educada y solo sonreí.

—¿Novia? ¿Qué novia?

¡Alto! ¡Alto ahí, mundo!

¿Qué novia? ¿Erick había dicho «qué novia»?

Si hubiera sido una telenovela mexicana, la música de fondo habría aumentado de volumen y el capítulo habría acabado con el primer plano de mis ojos muy abiertos. ¿Cómo que «qué novia»? Por la mañana los habíamos visto juntos y aparentemente muy enamorados.

—Pero ¿qué pasó, chico? Esta mañana en la escuela estaban superacaramelados. —Zeca, siempre él, dijo lo que me hubiera gustado decir a mí—. ¡Explícate, Erick Senna d'Almeida!

Bueno, está bien, ese «explícate» yo nunca habría tenido el valor de decirlo.

Y en ese momento me llegó un mensaje. ¿Quién sería? ¿Sería Samantha? ¿O Valentina, la culebrina, atacándome y echándome la culpa del fin de su relación seria a causa del incidente en la puerta del baño de la fiesta de Oreja?

¡Glups!

No, no era ni Samantha ni Valentina. ¡Buf!

Era el lunático de Zeca que, aunque estaba delante de mí, se las arregló para comentar conmigo aparte la situación. Y eso me encantó.

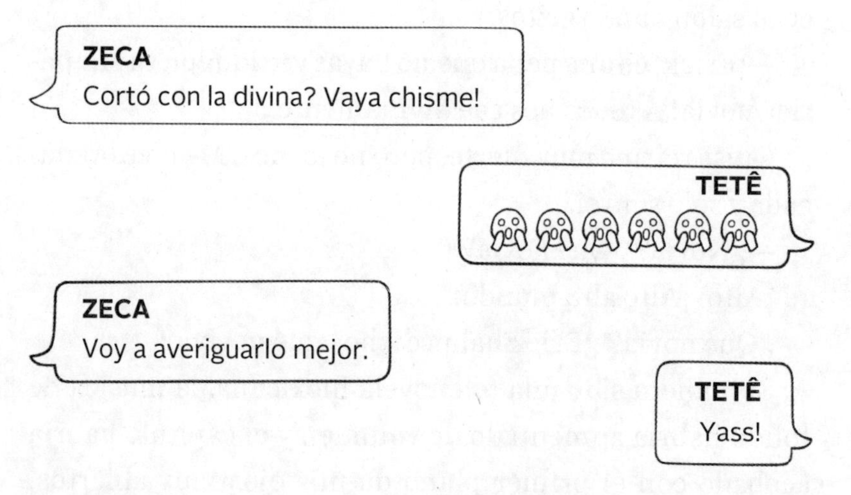

—¡Estoy en shock, Erick! ¡Cuéntanos ese asunto ahora mismo! ¿Por qué cortaste con Valentina, la divina? —Zeca hizo lo prometido, preguntando justamente lo que a mí me gustaría saber.

—¡Cortamos y punto! No voy a hablar más del tema, ¿está bien? —sentenció, con elegancia y discreción.

—¡Claro! —dijo Davi, más elegante todavía.

¡Me hubiera gustado matar a Davi! Y seguro que a Zeca también.

¡No! ¡No puedes dejarnos así!, exclamaba yo misma en mis pensamientos. Ese era el momento de que demostráramos preocupación por Erick y de ofrecerle nuestro apoyo. No queríamos únicamente chismear sobre su relación, aunque sí un poco. Solo cosas banales, en plan, «¿cómo cortaron?», «¿por qué?», «¿por WhatsApp?», «¿cara a cara?», «¿en una llamada?», «¿cuándo exactamente?», «¿a qué hora?», «¿dónde?», «¿qué dijeron?», «¿es definitivo o hay alguna posibilidad de que vuelvan?», «¿discutieron o fue civilizadamente?», «¿cuánto tiempo duró la conversación?», «¿cómo iban vestidos?», «¿lloró alguno de los dos?», «¿quién tomó la iniciativa de dejarlo?», «¿alguno de los dos se negaba a cortar?», «¿quedaron como amigos o enemigos para siempre?».

—¿En serio? ¿Nadie quiere saber nada más? —pregunté.

¡Ay! ¡No pude resistirme! ¡Soy humana, caramba!

—¡A algunos chicos no nos interesan este tipo de historias, Tetê! —exclamó Davi.

TETÊ
Qué aburrido ser un chico! ☹

ZECA
#LOL

TETÊ
Me muero de curiosidad!

ZECA
Pues igual que yo!

Y, así, de esa forma tan seca, el tema del fin-de-la-relación-seria-Valerick murió. Y allí se quedó, muerto, en el suelo del salón de Davi. Pero...

ZECA ha añadido a **SAMANTHA** al grupo **CONFUSIÓN Y GRITERÍO**

ZECA
Sabes algo, Samantha?

SAMANTHA
No sé de qué me hablas... Qué pasó?
Qué confusión y qué griterío?

ZECA
La cretina y Erick cortaron! Oéoéoé...

TETÊ
Erick te dijo algo?

SAMANTHA
No! Claro que no! 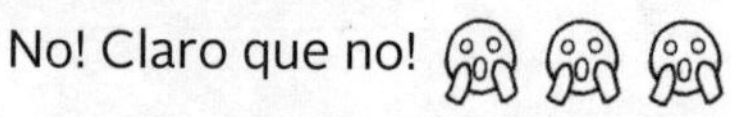

—¡Demonios! ¡Por favor, dejen ya el celular tranquilo y vamos a hacer el trabajo! —nos pidió Erick.

CONFUSIÓN Y GRITERÍO

SAMANTHA
Puedo añadir a Laís al grupo?

ZECA
Obvio que no, idiota! Es la mejor amiga de la divina!

SAMANTHA
Es muy reciente!

TETÊ
Está bien, cuenta, cuenta...

SAMANTHA
No sé nada, solo que ella ya cambió
su estado en el Facebook a soltera!! 😱

ZECA
Nada más? Ninguna indirecta para que lo moleste?
Nada relacionado contigo? O ni siquiera sabes eso?

SAMANTHA
No sé nada, pero creo que no. La fiesta
fue el sábado y hoy llegaron
superenamorados ala escuela...

ZECA
Eres muy mala detective. Malísima! Chao!

ZECA salió del grupo

¡Ja, ja, ja, ja, ja! ¡Me muero de risa con Zeca!

EMPEZAMOS A HACER el trabajo. Mientras nos concentrábamos en las diferencias entre las distintas democracias, yo no podía dejar de mirar a Erick y de pensar en que ya no salía con Valentina. Justo ahora que tenía a otro encanto de chico como Dudu en el pensamiento, el chico que había ocupado mis sueños hasta hacía poco estaba libre. ¡Libre total! Ya podía mirarlo de lejos sin sentirme culpable, sin el peso de que tuviera novia. Y, encima, una novia tan dañina como Valentina. ¡Qué locura! ¡Justo ahora que Duduoh había aparecido en mi vida!

¡Estoy chiflada! ¡Que Dudu no ha aparecido en mi vida, que solo vino de Minas Gerais para cuidar de su abuelo! ¡Que no quiere nada conmigo! A ver si te enteras, mi lado cuerdo se peleaba con mi lado irreflexivo. ¡Ninguno de los dos querrá nunca nada contigo!

Así, sin más ni más, cuando estábamos haciendo un listado de los principios de la democracia, Erick, el guapo, me dijo lo siguiente:

—¡Qué guapa estás, Tetê...!

—¡¿Cómo?! ¡¿Yo?! ¡¿El qué?! —dije, con cara de pasmada, sorprendida.

—En la fiesta de Oreja estabas preciosa, pero ibas maquillada, con un vestido muy bonito y así. Ahora, viéndote hablar aquí, tan bien educada y culta... No sé... Creo que tu inteligencia te hace más interesante de lo que ya eres.

¡Erick me encontraba guapa e inteligente! Guapa e inteligente, guapa e inteligen... ¡Alto ahí!

—¡Inteligente eres tú, que cortaste con esa cretina! —exclamé para, acto seguido, taparme esta gran boca que tengo con las dos manos.

Davi y Zeca abrieron unos ojos muy grandes.

¿Cómo se te ocurre decir eso, Tetê? ¿Por qué? ¡Arregla lo que acabas de decir antes de que Erick responda! ¡Tú no tienes nada que ver con su relación, tonta!

—Todo el mundo la odia, lo sabes, ¿no? —fue la frase que dije para intentar arreglar las cosas.

¿Qué dije? ¿Qué acabo de decir? ¡Dios mío! Necesito un médico urgentemente. ¡Qué vergüenza! ¿Por qué dije eso? Y, ahora, ¿qué digo? ¡Nada! ¡No digas nada, loca! Cuando estaba a punto de fingir un desmayo (sería mi única manera de escapar ilesa de la abrumadora sinceridad de la que estaba haciendo gala), Erick se manifestó:

—Lo sé. Lo que pasa es que yo no había visto cómo era Valentina realmente.

Silencio.

¡Qué frase tan fuerte! ¡Hola, Brasil! ¡Hola, mundo! ¡Estábamos todos en estado de shock!

Zeca rompió el silencio. ¡Menos mal!

—¿Y quién era la Valentina que tú no veías, Erick? —le preguntó con la precisión impecable de siempre.

—Alguien con una manera horrible de maltratar a la gente que me cae bien, especialmente a Tetê.

¡Me quería morir!

Y muerta me quedé cuando siguió con su explicación:

—No entiendo todo el odio que es capaz de sentir. Hoy, después de clase, trató muy mal a una mujer en el centro comercial. Se enojó porque yo cedí el paso a la señora para que entrara en el elevador. Después, me vino con el cuento de que lo que pasaba era que estaba con el síndrome premenstrual. Pero eso no tiene nada que ver con la falta de educación y la amabilidad, ¿no?

—¡Nada que ver! —respondimos en coro Zeca y yo, mirándonos con complicidad.

«¡Vamos, sigue hablando, chico bueno!», me hubiera gustado pedirle.

—¿Cortaron por eso? —preguntó Zeca en mi lugar.

—Nunca se acaba una relación solo por una cosa, Zeca. Fueron varios los motivos, fueron un conjunto de circunstancias que se han ido acumulando. Ya me cansé, ¿sabes? Y, encima, Valentina odia a mi madre, y ella nunca le ha hecho nada. Y siempre es muy grosera con ella, quien solo intenta agradarle... Creo que me había acomodado en la relación y por eso salí con Valentina más tiempo del que debía. Y, además, está el incidente del otro día con Samantha...

Era maravilloso que los ángeles de la lengua suelta hubieran oído mis súplicas y Erick se lanzara a hablar. ¡Gracias, angelitos!

Pero vamos a ver... ¿Y Samantha? Había mencionado a Samantha. ¿A qué incidente con Samantha se refería? ¡Zeca! ¡Zecaaaaa!

—¿Qué pasó con Samantha? —Zeca no falló al preguntar.

Gracias, Zeca, eres un lector de pensamientos maravilloso.

—¡Ah! Eran superamigas y, de la noche a la mañana, Valentina excluyó a Samantha de su vida. No me gusta cómo trata a la gente. Prescinde de las personas como si se deshiciera del papel de un caramelo.

—Y, para complicarlo todo, en la fiesta de Oreja pasó lo del baño... —dije.

—Exacto. Ahí empeoró todo, pero después de la fiesta lo hablamos y en principio ya estaba todo bien, hasta pasamos un domingo estupendo. Pero hoy, en la escuela, se empecinó en que miré diferente a Samantha. Después, pasa lo del centro comercial. ¡Estoy harto! ¡Las mujeres son muy raras!

—¡Estoy de acuerdo! —exclamó Zeca, bromeando y aligerando la tensión del ambiente.

¡Y mi enamoramiento por Erick brilló muy fuerte en ese instante exacto! Y me puse a pensar que lo que realmente necesitaba era una novia guapa e inteligente. Una novia agradable que lo valorara, que fuera amable con la gente y a la que le gustaran los animales. Bueno, no todos los animales, casi todos. Y esa persona... Esa persona... ¡Era yo! ¡Yo misma! ¡Vamos a salir juntos, amor mío!

—¡Ya basta! He estado mucho tiempo atado, quiero sentirme libre. ¡No quiero salir con nadie tan pronto!

Huuum... ¡Vaya! Ok, he perdido. ¡Sin dramas! Sé perder, son años de práctica.

¡Ah, caray! Me sentía la mujer más guapa del mundo, quiero decir, la más feliz del planeta porque Erick, el guapo, me lo había dicho.

Me he depilado las cejas y el bigote. Me he cortado el pelo, me he hecho mechas, he ido al dermatólogo y me estoy alimentando mejor... Quiero cuidarme más. Mira qué bien, tú queriendo sentirte libre y yo queriendo cuidarme. Cuidarme. ¡Yass! ¡Aaaaaah! ¡Ja, ja, ja, ja, ja! ¡Ah! ¡JA, JA, JA, JA, JA, JA, JA, JA, JA, JA, JA, JA!

Sí, eso era lo que daba vueltas en mi cabeza tras la revelación de Erick. No hay problema, soy la persona más insensata del mundo. Es un hecho. Y el tema se quedó ahí y él no añadió nada más sobre cómo había acabado su relación seria con Valentina. Volvimos a la democracia y no se habló más del asunto.

Terminamos el trabajo, nos salió bien, seguro que sacaríamos una buena calificación.

Cuando ya nos despedíamos, llegó Dudu. Y, en cuanto lo miré, un efecto extraño se produjo en mí. No sé, como si se me reblandeciera el corazón. Estaba cabizbajo y apesadumbrado, por más que intentara disimular lo contrario. Fue muy simpático con todo el mundo y abrazó largo y tendido a su abuela.

—Abuela, el abuelo quiere que duermas allí otra vez. Vine a buscarte.

—¿Cómo está ahora, hijo?

—Mejor —respondió Dudu, con poca convicción.

Y quise darle un abrazo muy fuerte en ese momento. En mi pecho había una mezcla de sentimientos que no sabía cómo identificar. Ni cómo expresar.

—¡Va a salir todo bien! —fue lo que logré decir.

—Gracias, Tetê —me respondió, y se dirigió con los brazos abiertos hacia mí para estrecharme entre ellos.

Me derretí. Sentí flojera en las piernas, sentí que me ardía el corazón. Respiré hondo y, cuando me abrazó contra su cuerpo grande, noté un olor muy agradable. Olor a limpio. ¡Qué cariñoso y afectuoso era aquel chico...! ¡Y qué sensación tan maravillosa! Hasta cerré los ojos.

Mientras nos abrazábamos, doña Maria Amélia lloriqueó:

—¡Me cuesta admitirlo!

—¡Se va a poner bien, abuela!

—Lo sé, Dudu. Me refiero a la chica esa de Minas Gerais que te engañó y te dejó por otro.

¿Cómo? ¿Qué estaba diciendo la abuela? ¿Que una chica había tenido el valor de ponerle los cuernos a Dudu? ¿Cómo alguien en su sano juicio cambiaría a un dios griego por otra persona? ¡Qué necia!

—¡Ay, abuela!

—Perdona, cariño... Me pediste que no hablara de tu

vida..., pero es que te estaba mirando y... Ha sido un desahogo momentáneo. Sabes que te quiero.

—Lo sé. Yo también te quiero, pero no puedes hablar de mis cosas enfrente de la gente...

—Tienes toda la razón, pero, mira... Déjame que te diga una cosa y no te enojes conmigo.

—Dime, abuela...

—Creo que hasta ha sido bueno lo que te pasó, ¿sabes? Eres demasiada miel para la boca del asno.

—¡No me cabe la menor duda! —exclamé, entrando sin querer en la conversación. Sí, dije eso. ¡Qué vergüenza! No deberían dejar que hablara, debería haber nacido muda. Aunque apuesto lo que sea a que, con la lengua de signos, sería la muda más atolondrada de la faz de la Tierra—. ¡Oh, perdón...!

Duduoh se rio. ¡Se rio! Y, mejor que eso, me abrazó más fuerte. ¡Sí! Me apretó más fuerte con esos brazos fornidos y musculosos. Y morenos y perfumados.

Y entonces me di cuenta de que me había pasado dos horas pensando en Dudu. Y allí mismo, incluso delante de Erick, no me lo podía quitar de la cabeza. Y, a pesar de que fuera menos guapo que Erick, esa falta de perfección de Dudu era... perfecta. La nariz ligeramente de papa, las cejas pobladas (¿hay algo más bonito que unas cejas pobladas? ¡Claro! Hay por lo menos ochocientas noventa y dos cosas más bonitas que unas cejas pobladas. Las de Dudu eran espesas, muy negras), los ojos pequeños y como entrecerrados, las pestañas larguísimas, un lunar en la mejilla izquierda y otro más pequeño en la derecha. No me lo podía seguir negando: estaba claramente apasionada por Dudu. No digo «enamorada» porque me había prometido no estarlo. Soy antienamoramiento. ¡Del todo!

—¡Qué agradable es estrecharte así, Tetê! Tus abrazos son buenos, apretados, sinceros.

Y fue justo en ese instante cuando dejé de sentir las piernas. Y creo que también dejé de respirar.

—¡Tus abrazos sí que son agradables! —dije sin pensar.

¿Dije eso? ¡Yass! ¡Me atreví!

—Disculpa a mi abuela, para minimizar el problema de mi abuelo se entretiene hablando de mi vida. No puedo culpabilizarla —me susurró al oído. ¡Ay!

«Culpabilizarla.» En realidad...

Y de repente me percaté de que Erick nos estaba mirando de lejos mientras platicaba con Zeca y Davi. Pero..., en realidad, ¿quién era Erick?, pensó una parte de mi cerebro. Entonces volví a bajar al planeta Tierra y miré a Erick y me acordé de quién era, y de que estaba libre, y de que era mi *crush*, el primero que me había dicho que estaba guapa...

¿Estaba confundida? ¿Indecisa? ¿Perdida? ¿Loca? ¡Dios mío!

Me solté del abrazo de Dudu torpemente mientras miraba a Erick, y Dudu hizo la siguiente pregunta:

—Mi abuelo está ingresado en el hospital Copa d'Or. Puedo llevarte a casa después de acompañar a mi abuela. ¿Quieres que te acerque, Tetê? Así, tendremos tiempo para charlar un poco más.

El hada que habita en mi cerebro gritó: ¡Sí! ¡Por supuesto que sí! ¡Claro que quiero! ¡Vamos, Tetê!

Con todo, alguien hizo otra pregunta en la sala:

—Yo tengo que ir ahora cerca de tu casa, Tetê. Iba a preguntarte si querías que fuéramos caminando, puedo acompañarte —dijo Erick.

¡Dios mío! ¡Dios! ¡Mío! ¿Estaba soñando? ¡Claro que soñaba!

No, no estaba soñando. ¡Qué situación tan inédita y tan maravillosa! A veces sucede lo imposible. ¡Dios mío! ¡Mil veces Dios mío!

¿Y ahora? Ahora... ¿qué hago? ¿Voy con Erick o con Dudu?

Y millones de dudas sobre con quién volver a casa invadieron mi mente. Era como si una lluvia de meteoros en forma de signos de interrogación bailara en mi cerebro en aquel momento. Respira, Tetê. ¡Respira! Piensa... La situación ha cambiado un poco..., me ordenó el hada que habita en mi cabeza. Entonces, rápidamente reflexioné y me imaginé con quién corría más riesgo y, sin respirar, a bocajarro lancé:

—Voy caminando con Erick. Prefiero eso que ir en coche o en autobús, subir la escalera que tomar el elevador. Ahora estoy en el *mood* de la generación salud. ¡Me encamino al podio de musa del fitness 2027! —exclamé, haciendo una gracia con la que intenté disimular mis criterios de elección—. De todas formas, muchas gracias, Dudu.

¡Ay! No sabía si había hecho bien o no, pero ya estaba dicho.

Erick y yo nos despedimos de todos, bajamos en el elevador y mi estómago se encogió. Mientras caminábamos por la agitada Copacabana, cientos de mariposas bailaban ritmos latinos en mi vientre. Me temblaban las piernas, me sudaban las manos y la punta de la nariz. Y una sonrisa radiante de felicidad insistía en dibujarse en mi cara, pero la disimulé para que mi *crush* no se lo creyera demasiado. También me costó mucho no suspirar.

¡Caminar al lado de Erick es increíble! ¡Solos los dos!

Desde que vi a Erick por primera vez había soñado con ese momento, pero nunca imaginé que se pudiera hacer realidad... ¿Era yo la que iba caminando por la calle con el chico más guapo del mundo?

Y no tiene pareja. ¡No tiene pareja! ¡No tiene parejaaaa!

—¿Te gustaba vivir en Barra da Tijuca, Tetê? —me preguntó Erick para romper el hielo e interrumpiendo mis pensamientos.

Respondí a tontas y a locas, calculando el tiempo que todavía nos quedaba para llegar a mi casa, que no estaba lejos de allí. Deseaba que el reloj fuera despacio.

—Pues no lo sé bien, ¿sabes? No salía de casa, iba de mi casa al escuela y de la escuela a casa, así que no aproveché nada el barrio. Aunque a mí me da igual vivir en Barra o aquí o donde sea, el lugar no me importa siempre que tenga mis libros y mi música.

—¡Demonios, yo odio leer!

¡Hola! ¿En serio? ¿Ha dicho que odia leer? ¡Ay, Erick...! ¿Por qué me dijiste eso? ¿Por qué? ¡Estaba yendo todo tan bien! Voy a tener que quitarte puntos. Bueno, no pasa nada, nadie es perfecto.

—Pero la música me encanta.

¡Buf! Has vuelto a ganar puntos.

—¿Reggae? ¿Rap? —le pregunté.

—Me gusta el rock, el hip hop, me gusta escuchar cosas nuevas.

—A mí me gusta todo lo que me haga vibrar.

—Si algún día quieres enseñarme nuevas canciones, ahí estaré, Tetê.

¿Por qué no había nadie cerca para escuchar aquel diálogo? O yo veía visiones, o Erick me lo estaba poniendo muy fácil.

¿Quieres escuchar música conmigo? ¡¿Hola?!

¡No! ¿En qué estoy pensando? ¡Erick me ve como a una amiga! Una amiga guapa e inteligente. Solo eso. No significa que lo que me dice evolucione hacia nada romántico.

—Lo que no me gusta es la música brasileña.

—¡Pues a mí me encanta! —exclamé, decepcionada con el gusto musical de Erick, pero todavía fascinada por él, por el momento, por todo.

Y entonces, el chico más guapo del mundo dijo la frase que partió mi vida en dos: ATH y DTH (Antes del Trabajo de Historia y Después del Trabajo de Historia).

—A lo mejor llego a apreciarla si me enseñas dos de tus canciones favoritas. Tienes buen gusto, seguro que solo te gustan canciones excelentes.

¡Que se pare el mundo! ¿Erick estaba intentando ligar conmigo? ¿Era eso? ¡Me daba la sensación de que sí! Pero ¿cómo podía estar segura? ¿Cómo? ¿Cuál sería el próximo paso? ¿Tenía que cambiar completamente de tema? ¿Tenía que seguir hablando de música? ¿Cómo debía reaccionar a su comentario? ¿Cómo? ¿Cómo debía enfrentarme a una situación para la que no estaba preparada porque estaba segura de que jamás la viviría? ¿Qué podía hacer?

—Yo... yo... yo...

De pronto noté un jalón en el brazo derecho. Un jalón delicado y firme al mismo tiempo. Erick me paró en medio de la banqueta y me tomó de los dos brazos. Me faltaba el aire. Inspiré y espiré unas doscientas veces por segundo. Ni parpadeaba. Erick me miraba y yo, asustada, asombrada, intentaba preguntarle: «¿Qué está ocurriendo?».

Las manos de Erick pasaron de mis brazos a mi cara con tanta ternura, con tanto cariño...

—Dicen que el mejor beso es un beso robado, pero..., como eres una chica especial, quiero preguntarte si te puedo besar.

—¿Quieres besarme? ¿Estás seguro?

—Absolutamente.

—¿Por qué?

¿Por qué le pregunté que por qué? ¿Por qué? ¡Qué patética soy!

¡Nunca he dado un beso, chico! ¡Nunca he besado! ¡Nunca he besado! ¿Mi primer beso iba a ser con un chico bueno que seguro que había besado a medio Río de Janeiro?

—Porque me gustaría —respondió, sincero y maravilloso—. ¿Puedo?

Mi corazón se convirtió en un bombo tocado por un percusionista muy motivado, más acelerado que la más acelerada batería de una escuela de samba.

¿Le digo o no le digo que nunca he besado? ¿Se lo digo o no se lo digo? ¿Se lo digo...?

Y mis pensamientos se vieron interrumpidos por la boca cálida y carnosa de Erick. Sí, era muy cálida. ¡Y fue algo sensacional sentir por primera vez otros labios pegados a los míos y una lengua pegada a la mía!

¡Dios mío! ¡Ahora ya engrosaba las filas de la parcela de humanidad que besa! ¡Sí, señoras y señores! ¡Sí! ¡Hola, Brasil! ¡Hola, mundo! Yo, Tetê, Teanira, soy, a partir de hoy, una persona que BESA. ¡BE-SA! ¡Ya he pasado al otro lado!

Y qué cosa tan buena es un beso. ¡Es raro, pero es bueno! Tenía miedo de babear y creo que estiré poco la lengua y reprimí mucho mis labios. ¡Son quince años sin besar, sin tener ni idea de cómo se hace! Pero, cuanto más besaba, más natural y agradable me resultaba.

¡Qué bueno es besar!

—¡Qué beso tan placentero, Tetê! —me susurró Erick al oído, mientras me besaba también las mejillas.

Me quedé sin palabras ante aquella frase tan increíble.

Abracé fuerte a mi *crush* y me reí con todos los dientes, por todos los poros. ¿Acaso no se había dado cuenta de que nunca había besado?

Ahora, además de tener amigos, ¡me estaba besando con Erick! ¡Ey, quién iba a pensar eso de mí!

Después del beso, platicamos, jugueteamos y nos reímos. Y nos paramos para besarnos otra vez, y fue increíble, mejor todavía que el primero. Entonces, fuimos abrazados hasta el edificio donde vivo y allí nos dimos el tercer y último beso de la noche. ¡El tercer beso de mi vida!

Me acordaría de Erick para siempre. Ya formaba parte de mi historia, pasara lo que pasara en adelante. Ahora

Erick era el chico con el que me di mi primer beso. ¡Mejor imposible!

Subí en el elevador mirándome en el espejo mientras me rozaba ligeramente los labios. ¡Había besado! ¡Había besado a Erick!

Entré a mi casa sin sentir el suelo por el que caminaba. Apenas saludé a mi familia. Era como si caminara por dentro de una enorme burbuja de jabón. Ligera, flotando, feliz. Con un silencio la mar de acogedor.

Me resultaba imposible no comentar lo sucedido con nadie. Haber dado mi primer beso a los quince años con el chico más bueno del planeta era para mí lo más inesperado del mundo. ¡Tenía que compartirlo con alguien!

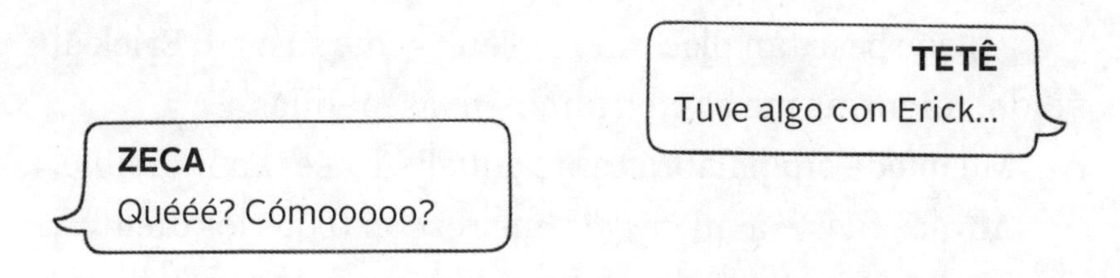

Mientras tecleaba la respuesta, Zeca me llamó. No podía esperar. Me lo preguntó todo, quería todos los detalles. ¡Y me encantó contárselo! ¡Me sentía tan en paz! Pero tenía una duda: ¿estaba realmente saliendo con Erick o no?

—Deja que fluya —me aconsejó Zeca—. ¿Te acuerdas de que dijo que quería sentirse libre? Pues prepárate para no salir con él.

—Está bien —dije resignada.

—¡Ay, qué manía tienen las chicas de crearse expectativas! ¡Tienen que ponerle nombre a todo! ¡Olvídate! Que si novio, que si beso, que si pareja, que si acostarse, que si relacionarse, tararí, tarará... ¡Da igual! Lo que tenga que ser será.

Me reí.

—Gracias, Zeca.

—Gracias, ¿por qué, chica?

—Por haberme ayudado a cambiar.

—Solo te he ayudado a cambiar la parte externa, el cambio que se ha producido en ti es interno. Viene de lo más profundo.

—¡No lo creo! Me animaste a cortarme el pelo, me hiciste mejorar mi aspecto, me ayudaste a alimentarme mejor...

—No has cambiado tanto como piensas, Tetê. Créeme: lo que ha cambiado está dentro de ti. Has empezado a pensar en ti de otra manera. Has visto que es posible mirarte de otra forma.

—Yo...

Cuando colgué, pensé en contárselo a Samantha, pero desistí y preferí preparar una cena saludable para mi familia. Espaguetis de calabaza y zanahoria con pescado a la plancha. Al fin y al cabo, pocas cosas me hacían tan feliz como la alquimia de la cocina. ¡Dios mío! ¡Qué fuerte! ¡Dije «alquimia»! Y es que estaba tan contenta que quería transformar mi felicidad en comida para ofrecérsela a las personas que más quería en la vida.

Espaguetis de calabaza y zanahoria con pescado a la plancha

DIFICULTAD: FÁCIL, SOLO HAY QUE PONER UN POQUITO DE EMPEÑO

#loquelleva

1 zanahoria • 2 calabazas grandes • 5 dientes de ajo picados • 2 cucharadas soperas de aceite de oliva • 1 filete de lenguado o salmón • sal al gusto • pimienta al gusto

#cómosehace

1. Corta la zanahoria y las calabazas con un cortador de verduras en tiras finísimas (como si fueran espaguetis). Sofríe el ajo picado en el aceite de oliva unos cinco minutos. **2**. Añade sal. **3**. ¡Cocinar el pescado es fácil! Pon un filete de lenguado o salmón en el sartén o en una plancha con un poco de aceite hasta que adquiera un color dorado por fuera. **4**. Condiméntalo con sal y pimienta al gusto.

20

ME COSTÓ DORMIR con tantas cosas en la cabeza. Y cuando por fin me quedé dormida, soñé con Dudu y con Erick. Dudu corría, sudando, por un pasillo del hospital, vestido de blanco, y Erick se ahogaba al tomar una ola mientras surfeaba. Yo quería salir al encuentro de los dos, pero estaba retenida en una torre en Noruega. O en Escocia. No sé dónde exactamente, pero en un país frío.

Me desperté asustada cuando sonó el despertador. ¡Qué sueño tan angustiante! En cuanto me recompuse, no podía dejar de recordar el día anterior. ¿Cómo sería por la mañana el encuentro con Erick en la escuela? ¿Cómo tendría que dirigirme a él? ¿Hablaría conmigo? ¿Cómo tendría que saludarlo? Y Dudu, ¿eh? ¡Ay! ¡Cuántas dudas tan felices en mi cabeza!

Al llegar el martes a clase, me percaté enseguida de que solo se hablaba de una cosa. El fin de la relación seria entre Ericktina y Valerick era el tema de conversación de todos los grupitos de todas las clases. Hasta los alumnos de primaria estaban al corriente del chisme del año y opinaban del asunto.

—¿Ya te enteraste? —me preguntó Samantha, con los ojos muy abiertos cuando me vio entrar por la puerta del salón.

—¡Ay, chica! ¿De que esos dos cortaron? Pero si ayer ya te lo contamos Zeca y yo, ¿o no te acuerdas?

—No me refiero a eso, tonta, que hayan cortado ya es pasado —replicó Samantha—. Me refiero a la foto.

—¿Qué foto? —pregunté extrañada—. ¿Una foto de Erick?

—¡No, qué va!

—¿De quién, entonces?

—De Valentina.

—¿De qué foto me hablas? ¿Cómo es? —indagué.

—De una que es casi un desnudo.

—¡Qué me dices! ¡Eso es mentira! ¿Cómo que casi un desnudo?

—¡Y lo más importante es que dicen que fue Erick el que la envió a todos los chicos!

—¡¡¡No!!! ¡Erick nunca haría algo así! ¿Estás segura? —exclamé impetuosa.

—Bueno, él firmó la foto y después la difundió. Pero, claro, piensa que, si una persona le falta al respeto a tu madre, ¿tú no harías lo que fuera para vengarte?

—¿Valentina le faltó al respeto a la madre de Erick, Samantha? —Cada nueva revelación me desconcertaba más y más.

—Eso es lo que dice todo el mundo... A su madre nunca le cayó bien Valentina, y Valentina la insultó cuando cortaron. ¡El escándalo está al máximo!

—¡Estoy encantadaaaa! —fue lo que salió de mi boca.

Las manías de Zeca se me estaban pegando.

Y en el momento en que una avalancha de informaciones se adentraba en mi todavía somnoliento cerebro, me llegó un mensaje. Era la foto de Valentina, la divina, que me llegaba a mí también. ¡Dios mío! Alguien la había fotografiado con falda desde un ángulo bastante desfavorable: bajando por una escalera sin contrahuellas de la escuela desde donde se le podían ver las piernas y los calzones. Tenía una mancha de nacimiento en la pantorrilla que no dejaba lugar a dudas. Era Valentina. En la leyenda, la frase siguiente:

> ¡Soy libre para volar! He cortado con la divina, que se la ligue quien quiera. Finge que es liberal, pero es una cerrada. Sus besos no gustan, tampoco manda *nudes*. Así que yo paso este, ¿quién continúa? Abrazos, Erick.

¡Era imposible! El número de teléfono desde donde se enviaba la foto no era el de Erick. ¡Ni siquiera aparecía su nombre!

—¡No fue él! ¡Seguro que no! ¡Nunca haría algo así! —lo defendí, aunque mi cabeza estuviera llena de dudas.

—¡Sí que fue él, chica! ¡Está muy enojado! La gente enojada hace esas cosas —argumentó Samantha.

—¡Chicas, qué grosería! Esta escuela ya nunca será la misma. ¡Hay un montón de memes con la foto circulando por ahí! —comentó Zeca al acercarse a nosotras—. ¿Dónde está la maja desnuda?

—No la llames así... —le pedí, sintiendo una pena auténtica por Valentina—. Nadie se merece una vejación de ese tipo. Ni siquiera ella...

—¡Dios mío! ¿Qué habrá hecho la cretina para que alguien esté tan enojado como para mandar una foto íntima suya a todos los chicos de la escuela? ¡Hasta a los profesores!

—¡No puede ser! ¿A los profesores también...? ¡Qué vergüenza! —exclamé impactada.

—¡Insultó a su padre! —respondió Samantha muy segura de sí misma.

—¿No dijiste antes que fue a su madre? —la corregí.

—¡Valentina no insultó a nadie! —la defendió Laís, su fiel escudera, que apareció de repente como por arte de magia.

—¿Dónde está «la del trasero pequeño»? ¿No ha llegado todavía? —Zeca preguntó, sin miedo, lo que todo el mundo quería saber.

Yo también estaba ansiosa por conocer el paradero de la pobre Valentina. La presunta broma de llamarla la «del trasero pequeño» no me hizo ninguna gracia. Pero es verdad que tenía el trasero pequeño y sin celulitis. ¡Ya me gustaría a mí! ¡Qué envidia! ¡Me encantaría tener el trasero pequeño! ¡No divagues y atenta a la respuesta, Tetê!

—En el baño, Zeca. No para de llorar, no quiere salir de allí por nada. Me da mucha pena. No quiere hablar conmigo, ni con Bianca. Fui a dirección para decírselo a Conceição. ¡Lo que hizo Erick es un delito y lo pagará! —dijo Laís.

—¿Que mandar una foto así es un delito? ¡No sabes lo que dices, Laís! —le respondió Zeca.

—¡No fue Erick! ¡No es de ese tipo de personas! —insistí.

No podía creer que el príncipe que me había besado el día anterior fuera tan malvado.

—¿Acaso lo conoces, Tetê? ¡No es tan bueno como todo el mundo piensa! —atacó Laís enfurecida.

—¿Alguien llamó al teléfono desde el que se envió la foto? —pregunté.

—Pues claro, y sale ese mensaje de «este número de teléfono no existe».

—Entonces, es evidente que no es el número de Erick —comenté medio aliviada.

—Es uno de su madre, que tiene muchísimos teléfonos porque es una empresaria rica —afirmó Laís—. Tetê, acéptalo, te dolerá menos. Erick tomó uno de los celulares que menos usa su madre, mandó la foto y canceló la cuenta o se deshizo del número para siempre, vete a saber.

Mi mundo se vino abajo. Exponer a una exnovia de esa forma tan bestia era una conducta muy grave. Estaba atónita, no sabía qué pensar... ¿Cómo era posible que mi sexto sentido estuviera tan equivocado? Y Erick, ¿dónde estaba?

—Apuesto lo que sea a que ese cobarde no aparece hoy por aquí —opinó Bianca, añadiéndose a la conversación.

—No deberíamos juzgarlo sin saber en realidad lo que sucedió... Tetê tiene razón —indicó Samantha.

—No sé, chicas, defender a Erick ahora mismo es difícil... —argumentó Zeca.

No podía dejar de pensar en Valentina. En todos los dedos que la señalaban. En todas las carcajadas a sus espaldas. En los inevitables comentarios chismosos. En todo lo que dirían de ella y de su trasero. Sé perfectamente lo que es sentirse así. Duele. ¿Imagínense cómo serían en adelante las fiestas tan concurridas y exitosas que organizaba? Seguro que vacías y deprimentes, como la fiesta sorpresa que me preparó mi madre dos años antes. No vino nadie, a pesar de que todos los compañeros de mi clase recibieron la invitación. Fue un día muy triste.

Erick llegó. Oreja y Samuca lo abordaron enseguida y le enseñaron la foto. Todas las miradas estaban fijas en los tres. La gente quería ver la reacción de Erick.

—¡¿Quéééé?! —gritó—. ¿QUIÉN HIZO ESTO? ¿QUIÉN FUE?

—Alguien que te odia, chico. O que odia a Valentina —le dijo Oreja para calmar a su amigo.

—O que los odia a los dos, que es lo más probable —opinó Samuca.

Erick estaba realmente indignado. Enojado. Airado. Muy furioso. Desesperado.

—¡QUIEN LO HAYA HECHO LA PAGARÁ! ¡YO NUNCA HARÍA NADA ASÍ! —gritaba al borde del descontrol—. ¡JURO

QUE ME LAS PAGARÁ! ¡VAMOS A DESCUBRIR DE QUIÉN ES ESE NÚMERO!

La rabia en sus ojos era nítida y una vena se le inflamó en el cuello.

Me dio pena. Y mi corazón se sintió más ligero queriendo creer que decía la verdad. Con todo, en mi interior ya se había sembrado la semilla de la desconfianza... ¿Y si estaba mintiendo? No sabía qué pensar...

—Dice que el número no existe, Erick —intervino Zeca—. Por eso todo el mundo comenta que es de tu madre.

—¿La gente piensa que mi madre hizo eso? ¡Es absurdo!

—¡No! Todo el mundo piensa que tú mandaste la foto desde uno de los celulares de tu madre —explicó Laís—. Tiene varios teléfonos, ¿no? Pudimos comprobarlo en tu fiesta de cumpleaños del año pasado.

Erick bajó la cabeza y dio un golpe en la mesa. Un golpe bien fuerte. Un golpe de película. ¡No! Mejor dicho, un golpe de una obra de teatro de Shakespeare. ¡No! ¡De telenovela! Eso. Un golpe de telenovela en la mesa.

Sin respirar, la clase observaba la desesperación del chico más guapo de la escuela mientras salía disparado del aula hecho una furia. Por su actitud, mi sexto sentido me decía que no me equivocaba: Erick no había cometido ningún delito. ¡Por supuesto que no!

—Tetê, ahora estoy de acuerdo contigo. Erick no mandó la foto —dijo Zeca.

—¡Claro que no! —exclamó Davi, que acababa de llegar—. Ese tipo de texto no es propio de Erick. Nunca ha sabido utilizar las comas, los acentos ni los signos de puntuación, normalmente escribe con faltas de ortografía. Además, siempre abrevia las palabras, sobre todo por celular, y hubiera escrito «finge» con jota. No fue él —decretó.

¿«Finge» con jota? ¿En serio? Erick volvió a bajar unos cuantos peldaños en mi corazón. ¡Las faltas de ortografía son imperdonables! Era verdad que me había dicho que odiaba leer, por lo que no me sorprendía que no escribiera bien... ¿Tendría dislexia, el pobre? ¡Qué loca es la vida, qué vida tan loca! ¡Oye, Tetê! ¡Deja ya de filosofar y céntrate en lo que importa!

—Entonces, la pregunta es: ¿quién fue? —indagué.

—Para mí, sinceramente, es cosa de mujeres.

—¡Demonios, Davi! ¡Puede que eso sí que tenga sentido! Hay un montón de chicas que odian a Valentina —dijo Zeca, coincidiendo con la opinión de Davi.

—A mí tampoco me cae bien, pero nunca haría eso —comenté.

—Depende del grado de odio que le tengas, ¿no? —puntualizó Davi.

—Y si... ¡No, no! ¡No creo! —exclamó Zeca.

—¡Di lo que estabas pensando, Zeca! —le pedí envalentonada.

—No, nada. Olvídalo. Se me había ido la onda.

—¡Dilo, chico! —insistí, ahora con la ayuda de Davi, que, aunque había llegado más tarde, demostraba tanta curiosidad como yo.

Zeca se arrodilló en el suelo.

—¡Eh! Se me acaba de caer un lente de contacto, ¿me ayudan a buscarlo? —nos pidió.

Nos agachamos los dos.

—Pero tú no usas lentes de contacto, ¿no?

—Pues claro que no, tonta, es para disimular. Aunque, en realidad, será el próximo paso que dé contigo, Tetê.

—¿Lentes de contacto? ¡Ni en sueños! Me horroriza la idea de meterme el dedo en el ojo todos los días. Mejor un nuevo armazón que tenga más que ver conmigo que este que me regaló mi abuela. ¡Eso sí!

—Zeca, ¿en serio crees que no llamamos la atención los tres aquí agachados? —preguntó Davi.

Zeca puso los ojos en blanco, molesto por la ironía de nuestro amigo.

—Al menos así podemos hablar en voz baja sin que nadie nos escuche —justificó—. Pensé que podría ser Samantha.

—¡Samantha! —repetimos Davi y yo a coro.

—Creo que no —la defendió Davi.

—¡Nunca haría eso! —dije yo indignada.

—¿Cómo lo saben?

—No es de ese tipo de personas —argumenté.

—Samantha odia a Valentina. Fue su mejor amiga y, después, Valentina la apartó de su lado de repente. ¡Eso es duro! —rebatió Zeca.

—Comprendo, pero tendría que odiarla muchísimo para hacer algo semejante... Y, encima, coloca a Erick en una situación mucho peor todavía. Piénsalo —respondió Davi.

—¡Qué dices, Davi! Samantha es escorpio, y los escorpiones son vengativos, están locos. ¡Los escorpiones no se merecen el suelo que pisan! —dijo Zeca.

—¡Yo soy escorpio! —reveló Davi.

—¡Mentiraaa! ¡Pues no lo pareces! Seguro que es por tu ascendente... Tenemos que comprobarlo... —analizó Zeca sin poder creérlo.

—No sé cómo es parecerse a un escorpión, así que volvamos al meollo de la cuestión. Si Samantha hubiera enviado esa foto, querría decir que también tiene serios problemas con Erick —analizó Davi.

—¿Y acaso no los tiene, chico? Se relacionó con él, que yo lo sé. No conozco los detalles ni la intensidad, pero se relacionó con él. Salieron juntos un tiempo, pero Valentina se interpuso.

—Hum... Si fuera verdad, tendría sentido que odiara a los dos —dijo Davi.

—Claro. ¡Odiar y desear el mal a los dos! ¡Quiere a los dos en el lodo! ¡En el lodo! Además, esa historia del baño del otro día no está nada clara.

¡Dios mío! ¡Cuántos chismes! ¡No podía ser Samantha! ¿O sí?

—¡Eh, chicos! ¿Qué escándalo es este? ¡Todos a su sitio! ¡Ya! —Suzana, la profesora de Química, entró y nos regañó—. ¡Como no se callan, les voy a poner un examen sorpresa! ¡Ahora mismo! —nos advirtió, provocando el mayor silencio que jamás hubiera podido guardar la clase.

¡Caray! ¿Un examen sorpresa? Mientras toda la gente se tragaba el odio hacia Suzana, yo no dejaba de pensar en la foto. Y en Erick, que no había vuelto. Y en Oreja, que salió detrás de él. Y en Valentina. ¿Dónde se habían metido? ¿Qué estaría pasando fuera del aula? ¡Me moría de curiosidad! En un momento como ese es cuando me hubiera gustado tener el superpoder de ser invisible. ¿Por qué no existen los superpoderes? ¡Qué injusto es el mundo!

El tiempo pasaba y ni rastro de Valentina ni de Erick. Oreja regresó solo y se llevó un susto cuando vio que estábamos haciendo un examen. Llegó incluso a dar media vuelta para salir de la clase, pero Suzana lo descubrió y tuvo que sentarse en su lugar.

Cuando pasó por mi lado, le pregunté:

—¿Dónde está Erick? ¿Está bien?

—¿Quieres un cero, Tetê?

—¡No, profesora! Perdón.

¡Demonios! ¿Dónde estarían Erick y Valentina? ¿Estarían hablando? ¿Discutiendo? ¿Se habrían ido? El tiempo pasaba. Empezó la clase de Física, después la de Geografía. Ni rastro de la pareja más comentada de la historia mundial de las escuelas.

21

A LA HORA DEL RECREO, cuando Davi, Samantha, Zeca y yo salíamos al patio, vimos a Valentina unos cuatro metros por delante de nosotros, rodeada de su séquito habitual, Laís y Bianca, sin dejar de hablar. Vimos cómo Thales, el graciosillo de la clase, se acercaba a ella para decirle una tontería, que debería haberse callado, con el tono más irónico del mundo.

—¡Eh, Valentina! ¡Felicidades!

—¿Felicidades por qué? —respondió furiosa.

Un grupo más de chicos y él empezaron a reírse y a mirar a Valentina de arriba abajo. Lo que Thales no sabía era que jugaba con fuego.

—¡Dímelo, idiota! ¡Dímelo si te atreves, y te daré una cachetada! —Y Valentina se abalanzó sobre él hecha una furia.

En ese momento se armó un gran alboroto. Un grupo enorme los rodeó y nosotros también nos acercamos. Y Valentina empezó a gritar más todavía.

—¡¿Me felicitas porque has sido uno de los muchos que han visto la foto de mis calzones y mi trasero?! —exclamó, mandando lejos su elegancia y soberanía características—. ¡Al parecer todo el mundo la ha visto! ¿Y qué? Al menos tengo un trasero estupendo y no me avergüenzo, pero juro que voy a investigar quién ha cometido esa crueldad conmigo. —Y de pronto su mirada se encontró con la mía y empezó a gritar con rabia sin dejar de mirarme—. ¡Apuesto lo que sea a que ha sido una mujer reprimida! Alguna fea que no tiene un trasero bonito que enseñar. ¡¿Me oíste, Tetê?!

¡¡¡¿Cómo?!!!

—¡Eso mismo! Eres la principal sospechosa y haré lo que sea para demostrar que no me equivoco. ¡Has sido tú, fea! ¡Estoy segura!

—¿Estás loca, Valentina? —repuse abatida.

—¿Loca yo? Repasa conmigo: gorda, fea, inútil y enamorada de Erick totalmente, que ahora ya está libre. Vamos, que ya sé que lo intentaste, ¿verdad? La pena es que seas tan tonta y que, sin saberlo, hayas ayudado a ese idiota a que se relacione con tu amiga, sí, esa que tiene un globo terrestre en cada teta.

¡¡¡¿Qué me está contando?!!!

—¡Valentina, tranquilízate! ¿Cómo quedamos? —Laís ya no sabía qué hacer.

—¡Al demonio con lo que dijimos! ¡No tengo sangre fría

suficiente para aguantar a todo el mundo mirándome raro y burlándose de mí! ¡Basta! ¡Basta ya de esta mentira! Podría incluso decir que la de la foto no soy yo, pero sí que lo soy. ¡Todo el mundo lo sabe! Esto lo va a resolver la policía.

—¿La policía? —No entendía qué estaba pasando.

—¡Exactamente! Y vas a ir a la cárcel, ¿sabes? ¡Lo que hiciste es ciberdelincuencia! ¡Voy a denunciarte!

—¡No me conoces nada, Valentina! ¡Yo nunca enviaría una foto de ese tipo a nadie! —le grité, enfurecida por haberme dicho que iría a la cárcel—. Además, soy menor de edad, los menores no van a la cárcel. Si te informaras y fueras más lista, lo sabrías.

Nunca había sudado tanto en mi vida. No sé ni cómo tuve el valor de rebatir a Valentina, la mezquina, de aquella manera. Pero estaba realmente furiosa y no podía tragarme sus ofensas. ¡Valentina estaba convencida de que yo era la responsable del delito! ¡Qué chica con tan poco criterio!

—¡Tú eres la que debería ser más lista y saber quién está a tu lado, en vez de encubrir a una amiga falsa! —despotricó—. ¡La idiota de la enamorada de Erick no se percató de la hipócrita que la acompañaba! —dijo Valentina mirando a Samantha—. Si no fuiste tú, fue tu amiguita, la embustera, la de las tetas como melones.

—¡Para ya de agredir a la gente, Valentina! —exclamó Davi, con los ojos llenos de ira—. ¡No fue ninguna de las dos!

—¿Y tú cómo lo sabes, cuatro ojos cabezón? —preguntó la siempre dulce y afectuosa Valentina—. ¡Ahora ya lo tengo claro, fueron las dos juntas!

—¡Valentina, te estás pasando de la raya! Es mejor que te tranquilices —le dije, intentando calmar la situación y terminar con aquel escándalo, pero eso lo empeoró todo.

—¡Cierra el pico, Teanira! —ordenó la divina—. ¡No te doy un puñetazo en esa cara fea que tienes porque no vale la pena mancharme la mano por culpa de unas fracasadas! Una es una reprimida y la otra, además de falsa, es una robanovios, ¿a que sí, Samantha?

—¿Yo? ¿Una robanovios? —dijo Samantha.

—Sí, sí. ¡Tuviste algo con Erick en la fiesta de Oreja!

—¡Pero qué dices! ¿Otra vez con la misma historia, Valentina? —intervine, defendiendo a mi amiga.

—¡Samantha se encontraba mal! —exclamó Zeca, entrando en la discusión.

—¡Eooooo! ¡Pelea de chicas! ¡Pelea de chicas! —gritó Oreja al llegar y encontrarse de cara con aquel alboroto.

Aquello no podía acabar bien...

Centrémonos en Samantha, que de repente respiró profundamente y dijo con todas las letras lo que parecía estar escondiendo desde la fiesta:

—¿Quieres saber la verdad? Muy bien, pues voy a contarla. ¡Sí que es cierto que me relacioné con Erick!

¡¡¿Cómo?!! ¡¡¿En serio?!!

—¿Tuviste algo con él después de vomitar? —preguntó Valentina poniendo cara de asco.

—¡No vomité, idiota! —respondió Samantha.

—¿Cómo que no...? —fue todo lo que pude decir.

¿Cómo? ¿Así que Samantha se había enredado de verdad con Erick? ¿Me había mentido? ¿Y me hizo hacer guardia en el baño? ¿Y yo defendiéndola hasta el final? ¿Creyendo en ella con la mayor ingenuidad? ¿Y Erick se relacionó con las dos en la fiesta? ¿Y siguió tan campante con Valentina después de haberse relacionado con Samantha en el baño? ¡Y, encima, va y se relaciona luego conmigo también! Y yo pensando que había dado mi primer beso con un príncipe. ¡Ay de mí!

¡Qué burra soy! ¡Qué ingenua! ¡Soy una idiota! ¡Peco de boba desde hace demasiado tiempo! Empecé a encontrarme mal.

—Tetê, sé que me he portado muy mal contigo y que te he decepcionado, pero ha sido por venganza. Necesitaba hacerlo.

—¿De qué te tenías que vengar?

No podía creer lo que escuchaban mis oídos. Estaba medio paralizada. Lo estaba pasando mal.

—Erick me dijo que siempre había estado enamorado de mí, que siempre le había gustado..., pero que las circunstancias lo habían empujado a salir con Valentina...

—¡No le hagas caso, Valentina! ¡Vámonos! —dijo Laís, intentando jalar a su amiga.

—¡Ni pensarlo! Justamente ahora quiero escuchar lo que esa traidora tiene que decir —respondió Valentina segura de sí misma.

—Erick empezó a salir contigo porque tenías fama de...

—¿Fama de qué, chica? ¡Te vas a enterar! ¡Te voy a matar! —Valentina estaba sofocada.

Entonces, he aquí que en medio de todo aquel relajo, va y aparece Erick, el expríncipe encantado.

—Es comprensible que Samantha tenga motivos para querer vengarse de ti, Valentina. Y no solo ella. Y vale que para hacerlo utilice lo de tu foto, pero lo que me gustaría saber a mí es quién quiere perjudicarme. ¿Quién tiene motivos para hacerlo? —dijo Erick airado, echando leña al fuego.

—¿Oí bien, Erick? ¿Te parece bien que Samantha se quiera vengar de mí? —repitió Valentina.

—Te metiste con mi madre, fuiste muy maleducada con una mujer en el centro comercial y tratas mal a cualquier persona que se acerque a ti. ¡Comprendo perfectamente que alguien quiera hacerte daño! —afirmó Erick.

—¡Eres un monstruo, Erick! —lo atacó Valentina.

—La monstruosa eres tú —replicó él.

—¿Te parece poco que me humillen con la foto de mi trasero circulando de celular en celular por toda la gente de esta escuela? —dijo Valentina enfurecida al máximo.

Y acto seguido empezó a gritar cada vez más, a insultarlo, sus amigas la sujetaban, aquello era un escándalo. El clima estaba muy tenso, el aire podía cortarse con un cuchillo.

—¡Pelea! ¡Pelea! —exclamaron unos chicos que vieron la escena de lejos.

—¡Se acabó la broma! ¡Valentina, Teanira, Samantha, Thales, Erick y Laís, a dirección! ¡Vamos! —gritó Janjão, el conserje, que acababa de llegar para calmar el alboroto.

Los seguí, pero convencida de que Erick había muerto para mí. Y Samantha también. Pensaba que era un chico sincero, pero en realidad era alguien que se había relacionado tranquilamente con otra en una fiesta teniendo novia oficial. O sea, era una persona que no valía la pena. Tampoco podía entender cómo Samantha seguía teniendo ganas de andar con un chico así.

Estaba paralizada. De mi boca no podía salir ni una palabra más.

LLEGUÉ A CASA deshecha. Por si no bastaran todas las decepciones recientes (había perdido a una amiga que creía que tenía y a un amigo que creía que era buena gente, y me había dado cuenta de que yo era la más lenta de los seres humanos por no tener ni una pizca de capacidad de percepción de las cosas), para empeorar la situación, en la oficina de dirección Conceição nos dijo que nos daba una semana para que el culpable se entregara y diera las explicaciones necesarias. Si eso no sucedía, celebraría una reunión con nuestros padres y nos expulsaría tres días. Y si esos días coincidían con exámenes, consideraría que ya los habíamos hecho. O sea, que sacaríamos un cero.

No estaba dispuesta a dar ese disgusto a mi familia después de todo lo que había pasado. Además, las cosas en mi casa empezaban a estar mucho más calmadas. Y parece que cuando las cosas van mal, el destino nos pisa la cabeza para empeorar la situación. Nada más abrí la puerta mi padre se me acercó con una sonrisa en los labios y una enorme alegría en los ojos. Apenas podía articular palabra. Me abrazó fuerte y me dijo emocionado al oído:

—¡Lo conseguí, hija mía! ¡Me dieron el trabajo!

¡Ay! ¡No pude alegrarme como mi padre se merecía! Era el peor momento del mundo para recibir una noticia tan buena como esa.

—¡Felicidades, papá! —fue todo lo que pude decir.

—Gracias a ti por haber tenido tanta paciencia conmigo y con mi falta de autoestima.

—¡Qué dices! Si siempre he creído en ti, papá.

—De la misma manera que yo en ti, hija. ¡Solo me das alegrías!

Aquella frase fue como una puñalada en el estómago.

—¿Y qué trabajo es? ¿El puesto está bien? ¿Te van a pagar bien? —Intenté disimular.

—¡Todo genial, hija! Podré volver a encargarme de la escuela sin la ayuda de tus abuelos, te podré dar dinero mensual, podremos salir a cenar los tres, mamá, tú y yo... ¡Vuelvo a tener dignidad, Tetê!

¡Dios mío! ¡Qué contento estaba! ¡Y qué ganas tenía de compartir la alegría con él! Así que consideré que se merecía todo mi esfuerzo.

—Entonces habrá que celebrarlo, ¿no? Voy a prepararte un Strogonoff *light* para comer, papá.

—¿Sabes que me encanta esa fase de comida saludable

por la que estás pasando? ¡Tanto tú como yo necesitábamos comer mejor!

—¡Ay, papá, te quiero!

—Ya se lo dije a mamá. Empiezo la semana que viene, así que me quedan dos días libres y voy a dedicarlos a buscar un departamento para nosotros.

¡Demonios!

—Papá... Prométeme que nos vamos a quedar en este barrio. Cerca de la abuela, el abuelo y el bisabuelo. Y de la misma escuela. No quiero cambiar de escuela otra vez —le pedí con todo mi corazón.

Strogonoff light

DIFICULTAD: NO ES FÁCIL, PERO TAMPOCO ES DIFÍCIL

#loquelleva

300 g de pechuga de pollo cortada en dados pequeños • 1 diente de ajo picado • 1 taza de salsa de jitomate • 2 cucharadas soperas de requesón *light* o crema de queso *light* • sal y pimienta al gusto

#cómosehace

1. Sofríe el ajo y dora el pollo sin aceite, solo pon un poco de agua en el sartén cuando el pollo empiece a pegarse. **2**. Añade la salsa de jitomate y deja que cueza a fuego lento durante diez minutos. **3**. Condimenta con sal y pimienta, apaga el fuego y añade el requesón *light* (o la crema de queso *light*). **4**. Mézclalo todo. ¡Está riquísimo!

La verdad es que los cambios siempre me han dado miedo. El miedo a que las cosas empeoraran me había impedido durante toda la vida adoptar actitudes que supusieran correr cualquier tipo de riesgo. Y con nuestra llegada a Copacabana y la entrada en la nueva escuela, descubrí que los cambios pueden, efectivamente, ser buenos. Además, convivir con mis abuelos no estaba siendo tan malo..., incluso con mi bisabuelo roncador. A pesar de todas las incomodidades, era mucho mejor sentirme amada y protegida por ellos. Hasta conocer mejor a mi abuela y ver que la gente mayor no es siempre buena todo el tiempo estaba siendo positivo. Por otro lado, ¿existe la gente cien por ciento buena todo el tiempo? No, no lo creo.

Puede que mi abuela Djanira tuviera mil defectos, pero todavía recuerdo el día en que dijo que le gustaría que yo estudiara en una buena escuela, que era una chica inteligente y así, que quería verme ir a las mejores universidades y que con la educación no escatimaría en gastos. ¡Me pareció tan bonito! Mi familia nunca ha sido rica, pero tampoco me ha faltado nada. En ese momento pensaba que era una persona con suerte dentro del núcleo familiar. Estábamos todos un poco lunáticos, es verdad. Pero ¿qué familia no lo está?

Por la noche mi padre insistió en invitarnos a todos (bisabuelo incluido) a cenar a Braseiro, un restaurante increíble en Baixo Gávea. Yo me sentía partida en dos. Por un lado estaba deshecha por lo que había sucedido durante el día, pero por otro no podía dejar que mi familia lo notara.

¡Había que verlos a todos disfrutando la comida! *Filet mignon*, arroz con verduras, papas fritas y harina de mandioca tostada con huevo (un apartado: nunca he entendido que a la harina de mandioca tostada se le añada plátano. El plátano me encanta, pero lo odio servido en las comidas). La verdad es que verlos a todos reunidos y felices fue muy agradable.

Al día siguiente, miércoles, llegué a la escuela y me encontré de frente con Davi, que estaba recogiendo todas sus cosas para irse antes de que empezara la primera clase.

—¡Eh, Davi! ¿Acabas de llegar y ya te vas?

—Es que... mi abuelo empeoró. Recibí un mensaje ahora mismo. Me voy al hospital con mi hermano y mi abuela.

—¡Oh, no! —me lamenté.

—La salud de mi abuelo requiere muchos cuidados. Esta mañana temprano consideraron que era mejor ingresarlo en la Unidad de cuidados intensivos (UCI). Ahora solo vamos a poder verlo una vez al día y unos pocos minutos. No permiten que los visitantes permanezcan mucho rato con los enfermos de cuidados intensivos.

Davi estaba deshecho. Su cara, su postura, todo en él desprendía una tristeza extraña.

—Todo irá bien, Davi. Calma —intenté consolarlo.

—Espero que sí, Tetê. Espero que sí. Hace más de dos años que está en este vaivén continuo de ingresos y altas en el hospital. Es agotador para él, para mi abuela y para todo el mundo.

—Me lo imagino —dije. Y me armé de valor para pedirle—: ¿Puedo darte un abrazo?

—¡Claro! Lo necesito.

Y nos abrazamos fuerte durante un buen rato.

Zeca llegó y nos vio abrazados. Luego me miró con los ojos muy abiertos y, llevándose las manos a la cara mientras me preguntaba, sin emitir sonido alguno y sin que Davi lo viera:

—¿Murió?

Negué con la cabeza. Zeca dijo «gracias a Dios» aliviado y se unió a nuestro abrazo.

—¿Podemos hacer algo para ayudarte?

—Gracias, Zeca. Mi hermano está allí. Si los necesito, les avisaré; por ahora nada —le agradeció Davi—. Me voy ya para estar cerca de mi abuelo. ¡Recen por él! —nos pidió, tenso, con unas cuantas gotas de sudor resbalando por su frente.

Y entonces bajó la cabeza y se puso a llorar. Contenido, pero llorando.

—No puedo perder a mi mejor amigo... —se lamentó, como si estuviera hablando consigo mismo.

—¡No lo vas a perder! —exclamé subiendo el tono de voz.

—¡Alegra esa cara! —le ordenó Zeca.

Davi estaba mal. ¡Pobrecito!

—Dale un beso a tu abuela y otro a Dudu de mi parte.

—Está bien. ¡Ah, Tetê! Me enteré de lo que te dijo ayer Conceição en dirección. Me lo contó Erick. Después mándame un mensaje por WhatsApp, creo que hay una manera de ayudarte, pero ahora no puedo explicártelo, ¿está bien?

—Lógico, no pienses en mí ahora. Vete ya.

Y Davi salió de clase muy marchito, como una planta sin agua. Verlo así me encogía el corazón.

El profesor entró y empezó a dar la clase. Erick llegó unos minutos después, pidió permiso para entrar y fue a sentarse a su mesa, sin mirar a los lados. Todo el mundo lo observaba, pero él se mantenía distante. Algunas de las miradas que recibía eran acusatorias, otras, de pena.

Valentina, la toxina, estaba en la otra punta de la clase y tampoco miraba a nadie. Samantha se encontraba en la otra esquina y yo me senté con Zeca delante, como siempre. Durante todo el día fingimos que no nos conocíamos, no nos miramos los unos a los otros.

Por la tarde tenía cita con el dermatólogo que Dudu me había recomendado. Fui con mi abuela y el médico fue muy optimista con respecto a mi piel. Le prometí que seguiría al pie de la letra las indicaciones de uso de los productos y que de ningún modo dejaría de tomarme las medicinas por mi cuenta (como había hecho con el tratamiento anterior porque no tuve paciencia para ver los resultados). Para la semana siguiente también tenía cita con el oftalmólogo. Estaba decidido: me haría unas pruebas para ver si la vista se me había estabilizado o tenía que comprarme unos lentes nuevos, que me quedaran mejor, con la nueva graduación. Tenía una cara nueva, una cara de adolescente más segura de sí misma que nunca. Los lentes siempre me han gustado y no veía por qué tenía que dejar de usarlos.

Llegué a casa y, como no había tenido noticias a lo largo

del día, antes de cenar envié un mensaje a Davi para saber cómo estaba su abuelo.

TETÊ
Espero que tu abuelo esté mejor. Di algo cuando puedas, está bien?

Me quedé mirando el celular. Un minuto. Dos. Cinco. Diez. Quince. Davi no leía mi mensaje. Me esperé media hora y me tragué la vergüenza para reenviar el mismo mensaje a Dudu.

Al cabo de menos de cinco segundos recibí la respuesta.

DUDU
Hola, Tetê. Esta tarde empeoró, le subió mucho la presión. La situación es difícil. Davi y yo vamos a entrar en la UCI en breve y sabremos más de su cuadro médico. Te iré dando noticias. Gracias por tu preocupación. Besos.

Mi madre se percató de mi estado y me preguntó:

—¿Estás bien, Tetê? ¿Pasó algo?

—Es el abuelo de Davi... Está muy enfermo... —resumí, sin mencionar las otras causas de mi tristeza.

Y en ese momento me entraron muchas ganas de llorar. Al señor Inácio no podía pasarle nada... Lo era todo para esos chicos. Además, yo también tenía que resolver mis problemas más urgentes.

Y justo en ese instante me llegó otro mensaje:

DAVI
Hola, Tetê. Perdón por no responder antes, fui a tomar un bocadillo. No tenía cobertura. Dudu me dijo que ya te respondió, no?

TETÊ
Sí, gracias, Davi.

No me atrevía a preguntarle por lo que me había dicho por la mañana sobre la foto, pero como estaba ansiosa me arriesgué:

TETÊ
Davi, perdona que te pregunte ahora, pero es que lo necesito... Me dijiste esta mañana que sabías cómo ayudarme con la historia de la foto...

DAVI
Sí, conozco a alguien que es muy pro con las computadoras y al que le encantará echarte una mano.

¡*Wow!* Davi era una persona muy tranquila, pero conocía a alguien con habilidades para descubrir una cosa de ese tipo. Yo no sabría ni por dónde empezar.

TETÊ
Me lo juras? Quién es?

DAVI
Oh! Me llaman de la UCI para ver a mi abuelo, Tetê. Luego hablamos.

TETÊ
Claro, corre!

Pasaron varias horas hasta que recibí un nuevo mensaje de mi amigo en plena madrugada, ya era casi jueves por la mañana.

DAVI
Amigos queridos, mi abuelo se ha ido. 😔

Debajo Davi escribió toda la información sobre el velatorio y el entierro, que se celebraría por la tarde.

¡Qué noticia tan horrible! ¡Qué tristeza, Dios mío...!

Y todo lo demás —la escuela, Valentina, la foto del desnudo, Erick, Samantha...— se hizo tan pequeño en ese momento..., tan insignificante...

23

AL DÍA SIGUIENTE el cementerio estaba a rebosar. El señor Inácio era una persona muy querida, no había duda. Muchas cabezas blancas lamentaban la pérdida del amigo y recordaban anécdotas divertidas y curiosas protagonizadas por él.

Era la primera vez que iba a un entierro. Cuando mi bisabuela murió, preferí no ir, no quise verla muerta. Pero ahora me sentía más madura para apoyar a mis amigos. No tenía por qué ver el ataúd. Solo tenía que dar un fuerte abrazo a Davi y Dudu y demostrarles que mi hombro estaba allí para lo que necesitaran.

Al contrario de lo que me había imaginado, Davi y Dudu estaban tranquilos, serenos. Visiblemente afectados, pero tranquilos en la medida de lo posible.

—¡Ay! No sé qué decir en un momento así... —le confesé a Zeca al llegar al cementerio de São João Batista.

—Ya. A mí me enseñó mi tío. Se hace lo siguiente, mira: se les da un abrazo y se les susurra al oído *nobujo ganpan* o algo parecido —me sugirió el lunático de Zeca.

—¿Cómo? ¿Y eso qué significa? —le pregunté.

—¡No significa nada, tonta! En un velatorio o en un entierro todo el mundo está tan trastornado que nadie presta atención a lo que se dice. La gente agradece de verdad la presencia, no las palabras que se pronuncian. Así que, ante la duda, di cualquier cosa aunque no se te entienda, lo agradecerán igualmente.

—¡No puedo creer que hasta en el cementerio seas capaz de hacer bromas, Zeca! —puntualicé.

—Alguien tiene que relajar la situación, ¿no? —dijo—. Bueno, ahora en serio. Diles que lo sientes mucho y abrázalos fuerte. Eso es lo que todo el mundo necesita. Abrazar.

Y así lo hice. Primero a doña Maria Amélia, la abuela de Davi y Dudu, muy bien vestida y muy bien planchada, muy amable, recibiendo el pésame de los asistentes, pero tan triste que inspiraba compasión. Después abracé a Davi.

—Gracias por venir, Tetê. Te estás portando muy bien conmigo en esta batalla.

—Nos conocemos hace poco tiempo, pero te quiero mucho... Y habría preferido que esto no hubiera sucedido...

—El guerrero ya descansa, amiga mía —afirmó Davi antes de respirar profundamente y seguir hablando—. Además de los edemas, la falta de calcificación en los huesos de un pie le estaba perjudicando la vida demasiado. Andar para él era un suplicio; respirar, una dificultad; bañarse, un enorme problema; ir al baño... Las cosas más simples estaban siendo muy complicadas para él, pobre... Vivir así no es nada agradable, ¿sabes?

Mientras Davi me hablaba, yo solo pensaba: qué persona tan madura... Y qué razón tenía. Querer que una persona siga viva, aun sufriendo, es una especie de egoísmo. Solo allí lo entendí. Cuando el reloj biológico empieza a dar señales de que se va a parar, es mejor darle la razón y no rebelarse. Solo hay que dejar que el señor Tiempo actúe y se ocupe de todo.

—Es mejor así. Ya estaba muy viejo, tuvo a mi padre siendo ya mayor... Pero disfrutó mucho de la vida con mi abuela, y luego también con mi padre, antes de que este muriera. Fue un «verdadero bala perdida», como él mismo se autodenominaba. Sin embargo, nunca superó la muerte de su único hijo. Ahora se reencontrarán en el cielo y será un momento emocionante, estoy seguro. Voy a extrañar mucho a mi abuelo —concluyó, dejando escapar una sentida lágrima.

—Llora, llora sin cortarte, Davi. No te reprimas —le dijo Zeca, que se acercó a nosotros después de hablar con Dudu.

—Ya he llorado mucho y voy a seguir haciéndolo, aunque mi abuelo nos pidió que, cuando nos entrara la pena, cantáramos una samba. Le encantaba ese tipo de música.

Sonreí con tristeza. Suspiré y lo volví a estrechar antes de dirigirme a Dudu.

—¡Hola, niña bonita! ¡Qué bien que hayas venido! —me dijo, con el semblante fruncido y a punto de echarse a llorar.

Y me lancé hacia él para darle el mejor abrazo posible. El más sincero, el más sentido. Y Dudu lloró bajito, sus sollozos por la pérdida de su abuelo entraron en mis oídos y a mí también se me escaparon las lágrimas. Con todo, a él no fui capaz de decirle nada. Absolutamente nada. Y permanecimos un rato abrazados mientras se celebraba la ceremonia.

No quise ver el cuerpo del abuelo muerto. Hubiera sido demasiado para mí. ¿Eso es normal? No tengo ni idea, solo sé que opté por respetar mi decisión. Solo conocía al señor Inácio en fotos y prefería que mi memoria siguiera conservando el feliz recuerdo de los retratos repartidos por las paredes de su casa y en el celular de su nieto.

Cuando llegó el momento del entierro, preferí mantenerme más distante y acompañar el acto de lejos. Cuando Dudu, con la voz trémula, puso *Samba da Bençāo*, la perla de Vinícius de Moraes que dice: «Es mejor ser alegre que ser triste, la alegría es la mejor cosa que existe», se me agolparon los sentimientos. Cantada por un coro emocionado, la canción, una de las preferidas del señor Inácio (me enteré después), fue un adiós emotivo, hermoso, lleno de bendiciones.

Si hubiera tenido que mandar un mensaje a alguien para definir lo que sentí en ese momento, habría sido solo un emoji. Este: 😔

Después del entierro fuimos a casa de Davi, donde unos cuantos y buenos amigos del señor Inácio se presentaron para reavivar y rescatar los recuerdos de un pasado que ya no regresaría. Todos coincidían en una cosa: Inácio vivió intensamente. Lo aprovechó todo al cien por ciento cada segundo que estuvo entre nosotros, al contrario que mucha gente que prefiere ver la vida pasar por la ventana.

Cuando llegó la hora de irnos, me despedí de Davi, de Dudu y de la abuela con un abrazo cálido y silencioso, y me fui a casa a pie. Por el camino me puse a pensar en mis amigos, en el señor Inácio, en mis problemas, en las dificultades que todo el mundo tiene, en la vida y en cómo esta puede acabar en un segundo. Por eso debemos aprovechar al máximo que estamos cerca de nuestros seres queridos. No solo porque sean nuestra familia, sino también porque queremos a esas personas desde que nacemos. Nos acostumbramos a ellas y de repente descubrimos que son... humanas. Frágiles, susceptibles a todo tipo de problemas. Mortales.

Nada más llegué a casa fui a abrazar a mi abuelo con todas mis fuerzas. La muerte del abuelo de Davi me había puesto muy emotiva.

—¡Ay, Tetê! Que vas a estrangular al abuelo, niña, que ya está mayor. ¡Así le vas a romper las costillas al pobre! —exclamó mi abuela.

—¡Mayor estás tú, Djanira! ¡Vieja y chocha! —refunfuñó mi abuelo, arrancándome una sonrisa—. Puedes abrazarme todas las veces que quieras, cariño. ¡Me encanta esta fase tuya de dar abrazos! Tu abuela está envidiosa de nuestro amor infinito —dijo, con esa voz dulce que solo tienen los abuelos.

El viernes Davi no vino a clase. Era comprensible, pero yo estaba completamente afligida, nerviosa, preocupada, porque el plazo de una semana que la directora nos había impuesto para resolver el asunto de la foto se cumpliría el martes siguiente. Todavía no había podido hacer nada para averiguar quién era en realidad el culpable del envío de la foto y no sabía cómo salir de aquel atolladero. Me temía lo peor. Mis días de felicidad habían sido muy breves.

Por la tarde, después de clase, decidí enviar un mensaje a Davi, era mi única esperanza. Si era cierto que conocía a alguien muy pro con las computadoras, necesitaba saber quién era. Sin embargo, si esa persona quisiera cobrarme por el servicio, no tendría cómo pagarle. ¿Y si tardaba en averiguarlo? ¿Y si no lo conseguía? ¿Y si no le daba tiempo? Estaba en una situación muy, pero que muy difícil.

TETÊ
Hola, Davi, qué tal? Perdona que te moleste ahora, en pleno luto..., es que necesito que me digas quién es la persona que es tan pro con las computadoras...

DAVI
Hola, Tetê. Estoy bien, no te preocupes. Sí que me acuerdo.

TETÊ
Entonces, me das su contacto?

DAVI
Ah! Es alguien muy difícil de encontrar...

TETÊ
En serio? No me digas eso, me voy a morir...

DAVI
Tranquila, es una broma. Lo conoces.

TETÊ
Lo conozco? Quién es?

DAVI
Es Dudu. Es muy bueno con las computadoras.

TETÊ
No bromees!!!

DAVI
Lo digo en serio. Es capaz de hacer cosas con las que hasta Bill Gates se emocionaría. Estudia informática. Te lo dije, no?

TETÊ
Sí. Pero de verdad que tu hermano es un *hacker*?

Confieso que estaba absolutamente alucinada con aquella información. Y muy aliviada también. ¡Y muy animada! ¡Demonios! ¡También era una oportunidad para pasar tiempo con Dudu!

DAVI
Hacker, no, eh! Que nunca se ha metido en un banco ni ha hecho ningún trabajo sucio, pero... descubrió los engaños de su ex, Ingrid, leyendo los mensajes que intercambiaba con sus amantes por WhatsApp y por email. En realidad a mí eso no me gusta y tengo mis dudas, me parece feo, pero bueno, estamos hablando de su talento. Y de eso tiene de sobra.

Así que la ex de Dudu se llamaba Ingrid. Y Dudu descubrió que lo engañaba. No pude contenerme y llamé a Davi.

—Explícame mejor esa historia, Davi. No pasa nada por que te llame, ¿no? ¿Tenía amantes? ¿En plural, realmente? Eso me dijiste, ¿no?

—Ajá. Ingrid no se portó nada bien con mi hermano.

—¿Me aseguras que consiguió leer los mensajes que intercambiaba con sus amantes? —repetí impresionada—. ¿Cómo lo hizo?

—¡Y yo qué sé! Con algún programa de esos complicados. Dudu no me cuenta sus métodos —me dijo—. Mi hermano tiene una inteligencia fuera de serie, pero jamás usaría esa habilidad para hacerle daño a nadie.

—Lo sé... —Suspiré—. Ingrid era una mujer con suerte.

—Era una buena pieza, como dice mi abuela. Eso es lo que era.

Disimulé y cambié de tema. No quería que un momento tan delicado como el que estaba viviendo empeorara por el hecho de que su hermano no supiera elegir a las chicas con las que salía.

—¡Eh, Davi, no te lo dije! ¡Ya salieron las calificaciones del trabajo de Historia!

—¿Ah, sí? ¿Y qué tal? ¡Dime! ¿Qué sacamos? Dame al menos una buena noticia, va.

—Voy a darte la mejor noticia. ¡Hemos sacado un diez!

—¡Demonios! ¡Es increíble! ¡Qué contento estoy! ¡Felicidades para todos nosotros!

—¡Somos los mejores! —celebré—. Bueno, Davi, ¿puedes hablar con tu hermano para saber si me puede echar una mano?

—Sí, Tetê. Salió a la farmacia a comprar un medicamento para mi abuela, pero en cuanto vuelva le explico el caso, ¿está bien?

—¡Ay, sí! Muchas gracias, Davi.

—De nada, Tetê. ¡A disponer!

«A disponer»... Solo Davi podía decir esas cosas, mi amigo viejoven...

Y hasta que el celular no sonó treinta y siete minutos después, viví momentos de ansiedad absoluta.

DUDU
Hola, Tetê! Davi me lo contó todo. Será un placer ayudarte. No estoy con el mejor estado de ánimo, ya me entiendes, pero solo con verte me alegraré, seguro. Puedes venir mañana a casa a las 10 h?

Me iba a dar un ataque al corazón con tanta amabilidad en 3, 2...

> **TETÊ**
> Claro! Ay, Dudu, no sé cómo te lo voy a agradecer! Me vas a salvar la vida! Besos.

EL SÁBADO, PUNTUALMENTE a las diez de la mañana, ya estaba yo en casa de Dudu y Davi llamando al timbre. Doña Maria Amélia abrió la puerta con su sonrisa habitual, a pesar de su mirada triste. Y fue muy amable al decirme que mi llegada alegraba la casa. Aquella familia era verdaderamente increíble.

Saludé a Davi, que estaba en el salón, y enseguida apareció Dudu y me dio un beso en la cara. Me tomó de la mano y me llevó a su habitación, donde tenía la computadora. Mi cuerpo se estremeció al verlo y me recorrió un maravilloso escalofrío cuando me tomó de la mano.

—Bueno, Tetê, voy a necesitar algunos datos. Déjame ver tu celular con la foto y el mensaje.

—Toma. —Le tendí la mano y le di el teléfono.

—Hum, ¿puedes poner la contraseña para desbloquearlo?

—¡Ah, claro! Perdona.

Estaba medio nerviosa por estar sola con aquel «especialista» tan especial. Puse la contraseña y le devolví el aparato.

—Está bien. Hum... Ok. Ya me lo reenvié y ya estoy viendo algo raro...

Entonces Dudu, concentrado por completo, empezó a teclear en su computadora y yo me quedé mirando el perfil de aquel chico tan guapo que no quitaba la vista de la pantalla. Tecleaba frenéticamente y miraba la pantalla, a veces se detenía un momento para pensar. Después tecleaba de nuevo, miraba el celular y volvía a la computadora. Y lo hacía tan rápido que no podía descifrar bien el movimiento de sus dedos.

Me quedé allí quieta a su lado esperando y cruzando los dedos para que su búsqueda saliera bien. Yo solo observaba. De repente Dudu dejó de teclear, me miró y dijo:

—Bueno, ya entré en los sistemas de las operadoras y tardará todavía un rato en identificar y seleccionar algunos números para poder localizar algo.

—¡Dios mío, eres un *hacker* de verdad!

—¡Calma, no tanto! —Y puso una sonrisa de pillo con la comisura de la boca.

—¿Cuánto tiempo crees que puede tardar?

—Hum..., no sé exactamente, unas veinticuatro o treinta horas, más o menos...

—¿Tanto? —pregunté impresionada.

—Sí, puse algunos filtros, pero en Brasil hay muchos celulares, ¿sabes? Sobre todo en Río de Janeiro.

—Ya..., me imagino que...

—Bueno, dejamos a la computadora que trabaje y mañana tendremos la solución —dijo seguro de sí mismo.

—Sí..., mañana. —Y bajé la cabeza desanimada. No sabía si creerlo—. Está bien, pues entonces vuelvo mañana...

—Vamos a hacer lo siguiente: en cuanto tenga una respuesta te aviso y vienes, ¿está bien?

—Está bien..., a ver si sale bien...

Me había desanimado mucho y dentro de mí había un torbellino de emociones, una montaña rusa de sentimientos. Y allí, delante de mí estaba Dudu... El atractivo y sensacional Duduoh. El camarada *hacker* Dudu.

De pronto oí algo inusitado.

—Tetê... Yo... No te he agradecido todo el apoyo que nos has dado en todo el proceso de mi abuelo.

—¡Ah, no es nada! Los quiero mucho...

—Entonces, mira, me gustaría saber si quisieras salir conmigo cualquier día... Voy a necesitar a alguien que me anime, que me ayude a sonreír de nuevo, que me haga sentir bien. ¿Harías eso por el hermano de tu amigo?

¡Dios mío...! ¿Es verdad lo que escucharon mis oídos? ¡Que alguien me pellizque! ¡Que alguien me pellizqueeee!, gritaba en mis pensamientos.

—¡Por supuesto! Y sobre todo en agradecimiento por tu ayuda en esta historia tan fea y desagradable de la foto de Valentina. Es apoyo mutuo, ¿no?

Arrasé. Fui superelegante, sin verborrea innecesaria. Zeca se sentiría orgulloso de mí.

—Cuando mi hermano me lo contó, solo pensaba en una

cosa: que tú nunca serías capaz de hacer algo tan ruin. Te conozco poco, pero me he dado cuenta de que tienes un alma pura, como tu sonrisa.

¡Holaaaa! ¿Me lo puedes repetir?

Aquel era el elogio más alucinante que me habían dedicado nunca. ¿Mi sonrisa? ¿Vería también mis ojos cuando sonreía?

Y, claro, sonreí.

—Bueno, Dudu, me tengo que ir.

Entonces se levantó y me dio un abrazo de esos maravillosos, agradables, reconfortantes, que me hizo levitar. En los brazos de Dudu me sentía segura, cuidada, protegida... Apoyé la cabeza en su hombro y sentí nuestros corazones latiendo fuerte, al mismo ritmo. Y creía que el mío iba a estallar.

De pronto levanté la cabeza y miré a Dudu a los ojos, y Dudu me miró a los ojos a mí. Y varias chispas eléctricas empezaron a saltar entre los dos en el corto espacio que nos separaba. Y, entonces, Dudu miró mi boca. Y yo miré la suya. Y...

¡Plaf!

—¡Eh, la abuela quiere saber si les gustaría un jugo...! —Davi llegó de sopetón casi derribando la puerta—. ¡Glups! —Y enseguida vio que había entrado en un mal momento...

Entonces Dudu y yo nos separamos rápidamente y yo dije medio desconcertada:

—¡No, Davi! Dile a tu abuela que muchas gracias, que ya me estaba yendo. Esto va a tardar y hasta mañana no tendremos algún resultado.

—¡No, Tetê! No tienes que irte ahora, yo...

—¡Sí, sí! Dudu, chao, un beso. Davi, chao, un beso. Doña Maria Amélia, chao...

—Mi abuela está en la cocina. —Davi se rio.

—Ah, sí, bueno. Besos al sol, besos a la luna, besos a la habitación, besos a la computadora salvavidas, besos a la ventana...

¡Besos a la ventana fue muy fuerte! Superfuerte.

¡Cierra el pico, Tetê!, le dijo mi lado cuerdo a mi lado chiflado.

Me fui a casa pensando en todo lo que me estaba pasando. Sin duda estaba viviendo las treinta horas más intensas de mi vida. Tanto por esperar el resultado de la búsqueda de la computadora como por no dejar de pensar en Dudu y en nuestro casi beso (unos segundos más y hubiera sido un beso total), en el piropo de Dudu y en la conversación, en todo lo que habíamos vivido juntos y en lo que sentía cuando estaba cerca de él. De pronto mi celular sonó con una llamada.

—¡Tetê, ya sabemos quién mandó la foto de Valentina!

—¿En serioooooo? ¡Dimeeee!

Silencio. Más silencio.

—Voy a contártelo rápido porque...

¡Qué porquería de silencio!

¡Dime, Davi!

—¿Holaaa? —dije.

—Hola, ¿me oyes?

—Sí, dime. ¡No veo el momento de que me digas quién fue!

—Pensaba que se había cortado la llamada.

—Dime, Davi, ¡va! ¡Me muero de curiosidad!

—¿Qué? No sé si me...

—¡Vamos, dime, Davi, yo sí que te oigo bien!

—¿Hola? No te oigo, Tetê, aquí la cobertura está mal.

—¡Te estoy escuchando, Davi! ¡Desembucha! —le imploré.

—La his... es... que... mi...

—¡Daviiiii! ¡Ahora se entrecorta! ¡Llámame desde un teléfono fijo!

—El... No se... Ti...

Y, de nuevo, silencio.

Para siempre.

—¡Davi! ¡Davi! ¡Davi! —grité, en vano—. ¡Nooooo!

—¿Qué pasa, hija mía? —me preguntó mi padre, que entró desesperado en la habitación—. ¿Le pasó algo a Davi?

—¡No! Bueno... Creo que no. Probablemente no. Me llamó por otro motivo. Es que... ¡Ay, papá! Es una larga historia. Sabes muy bien que soy una exagerada y un poco dramática, ¿no?

—¿Un poco? ¡Casi me matas del susto, niña!

¿Acaso piensan que iba a esperar a que Davi me llamara de nuevo? Salí corriendo y aparecí en casa de los hermanos D lo más rápido que pude.

Davi abrió la puerta y me llevó raudo a su habitación.

—Te vas a sorprender.

—¡Cuéntame!

—Quiero contarte cómo lo descubrimos.

—¡Vamos, dímelo ya!

—Si lo prefieres, te lo puedo contar mañana en la escuela —ironizó.

—¡Paraaaaa! ¿Lo descubrió Dudu solo?

—Sí, bueno, con mi ayuda, le di algunos datos que no tenía.

—Pero ¿están cien por ciento seguros? ¿Estoy salvada? —pregunté.

—¡Sí! Pero no puedes imaginarte quién fue.

—¡Cuéntamelo ya! ¡Por Dios! —le imploré—. ¿Fue Erick?

—Claro que no, ya te dije que él no podía ser.

—Entonces ¿fue Samantha?

—No, Tetê. ¡No fue ella!

Fui a la habitación de Dudu y este se levantó de la silla, me dio dos besos sonoros y me invitó a sentarme. Y Davi empezó a explicar entusiasmado:

—El teléfono desde el que se envió la foto es de Sofia Ribeiro de Mello.

—¿De quién? ¿Quién es esa? No hay ninguna Sofia en la clase... ¿O sí?

—¿No has atado cabos, Tetê?

—¡No! ¡Ay, Davi! ¡Déjate de tanto suspenso!

Entonces Dudu me lo explicó todo con más calma.

—Cuando me apareció ese nombre, le pregunté a Davi si la conocía y me dijo que no. Así que le pregunté si el apellido le sonaba y me dijo que sí. Entonces busqué el apellido en Facebook y descubrimos a dos hermanas que estudian en la misma escuela que ustedes. Sofia y...

—Y... ¿quién? —pregunté.

—¡Su hermana estudia en nuestra clase! —Davi me dio la pista.

De pronto caí en la cuenta.

—¡NO! ¡No puede ser! —exclamé al relacionar los apellidos con la persona de la clase.

Estaba más intrigada que cuando veo una película de suspenso.

—¿Es... LAÍS? —pregunté impactada—. ¡Pero si es la mejor amiga de Valentina!

—Al parecer, Laís usó el celular de su hermana y después canceló la cuenta, pero rastree los datos y llegué al número desde el que mandó la foto —me explicó Dudu, el *hacker*.

—¿Y por qué quiso hacer una cosa tan humillante con una amiga? —pregunté, con la cabeza llena de signos de interrogación.

—Porque Valentina la acosó. Mi hermano entró en su computadora y lo descubrió —confesó Davi.

—A ver, Dudu, ¿entraste en la computadora de Laís? ¿Cómo? Bueno, pues no quiero saberlo. ¡Qué miedo das, Dudu!

—¡Ay, Tetê! Quisimos averiguar qué llevó a Laís a tener una actitud tan drástica, ¿sabes? Ya que estábamos investigando, quisimos llegar hasta el final, ¿no? ¡Esto no es más que un juego! —se justificó Dudu.

—¿Y lo conseguiste? —pregunté.

—Mira lo que encontramos —dijo Davi, abriendo una página para enseñarme lo que parecía ser una poesía.

Para Valentina

Ella es linda, más que bella,
y así lo piensa la tal y tal.
Y se lo cree ella,
no puede ser normal.

Te atraviesa, te ofende,
te maltrata sin pensar.
La chica no entiende
que las palabras pueden lastimar.

Yo era apenas una niña
que solo buscaba una amiga en la vida,
pero ella actuó con socaliña
y para siempre me dejó herida.

Me despreció y me llamó gorda,
como si fuera una imperfección.
El tiempo pasó, pasó,
pero la pena se quedó en mi corazón.

Se mofó de mi barriga,
se burló de mis brazos,
me rechazó como amiga,
cortó cualquier tipo de lazos.

A todos manipuló contra mí
y me sentí nadie,
pedí cambiar de escuela
e intentar ser alguien.

Laís Carolina era Carol en la infancia,
entonces quité Carolina de mi nombre.
Adelgacé, me operé la nariz que ella odiaba
e intenté olvidar su arrogancia.

No pude, me tenía que vengar
de la chica que solo me quiso lastimar.
Cuando me volví flaca, pelo liso y nariz perfecta,
no me reconoció y se hizo mi amiga directa.

Nos hicimos amigas,
somos compañeras,
pero el odio de la niña humillada
rebosaba en la cabeza.

La venganza se sirve en plato frío,
de eso tengo certeza.
Años después de mi martirio
decidí quitarle la realeza.

Valentina ruin,
Valentina bella,
¿por qué quieres ser así
y causar tanta querella?

Hay que tener humildad,
amor en el corazón,
pero ella solo tiene maldad
y necesita una lección.

Me quedé anonadada.

—Laís escribió este poema terrible, dígase de paso, hace exactamente un año, cuando regresó a la escuela y asumió su primer nombre. Cuando de pequeña estudiaba en la escuela, era Carol —explicó Davi.

—¡Eso ya lo entendí! ¡Carajo! Se cambió de nombre. O sea, se quitó un nombre por culpa de la dañina de Valentina.

—Valentina hizo que en la primaria todo el mundo la rechazara. Llegó a decir que dejaría de hablar a quien fuera a su fiesta de cumpleaños.

—¿Cómo lo sabes?

—Porque lo ponía en un texto que Dudu encontró.

—¡Demonios, Dudu! Creo que estás siendo demasiado chismoso, ¿no? —le dije, medio en broma, medio en serio.

—Sí, por eso exactamente paré de investigar. Resultaría una invasión de la privacidad en toda regla. Solo pretendía entender lo que había provocado todo ese odio —afirmó él.

—¡Dios mío! ¡Laís me da pena! —exclamé.

—¡A mí también! Acumuló tanto dolor que esperó años para vengarse. Se fue de la escuela con ocho años y volvió a los catorce —dijo Davi, cuyos sentimientos coincidían con los míos.

—¡Es increíble! Valentina de pequeña ya era así de mala...

—Sí, pero solo fue popular hasta los once o doce años más o menos. Después las chicas empezaron a hostigarla, dejaron de incluirla en sus planes, la criticaban... Decidieron rebelarse contra la dictadura valentiniana. Sin embargo, logró revertir la situación al empezar a salir con Erick el año pasado —explicó Davi con tono didáctico.

—Eso ya lo sé, Samantha me lo contó más o menos. ¿Y tú? ¿Te acuerdas de la Laís de esa época, Davi?

—¡Nada! Cuando entré a la escuela, hace cinco años, ya se había ido. Pero Dudu encontró una foto de ella de esa época.

—¡Impresionante! Era muy diferente, otra persona —dijo Dudu.

—¡Pobrecilla! Una cosa, Davi, ¿estudias con Valentina desde hace cinco años y la chica es capaz de decir que no se acuerda de tu nombre?

—¡Claro que se acuerda! Solo pretende hacerme daño, demostrar que no vale la pena saber cómo me llamo porque no soy nadie —dijo—. Pero mira qué arrugas de preocupación tengo —completó.

—¿Y ahora? ¿Qué hacemos? —pregunté—. Si fuera otra persona, o por otro motivo, me encantaría desenmascarar a Laís delante de todo el mundo. Pero la verdad es que, aun siendo una venganza total, creo que... ¡que la entiendo!

—Laís se ha vengado por ella y por todas las chicas a las que Valentina menosprecia. Hasta por ti.

Sí. Hasta por mí...

Estaba atónita. Pasmada. Boquiabierta. Asombrada. ¡Eran unas niñas! Mi madre siempre dice que los niños saben ser muy crueles cuando quieren. Y me quedé pensando en lo que hacía que Valentina fuera una persona tan dañina desde pequeña. ¿Por culpa de unos padres que la mimaron mucho? ¿Porque no le dieron amor? ¿La culpa sería de los padres? La culpa siempre es de los padres, como suele decir mi abuela. ¡Dios mío! ¡Qué difícil era enfrentarse a esa situación!

En realidad, ¡qué alivio! Ya tenía las pruebas para demostrar a la directora de la escuela quién había sido la culpable de aquel problema.

Nuestra misión estaba cumplida y todavía quedaba una bonita tarde de domingo para podernos relajar tranquilamente tras una semana surrealista, repleta de acontecimientos complicados. Davi salió de la habitación y, de pronto, me vi de nuevo a solas con Dudu, que cambió de tema de forma radical.

—Tetê, lo que te dije ayer sigue en pie, ¿sabes?

—¿Qué parte, Dudu?

—La parte de que, si quieres, podemos salir algún día —dijo—. Y hoy ya es cualquier día...

«Hoy ya es cualquier día.» «Hoy ya es cualquier día.» ¡Hoy ya es cualquier díaaaa! La frase más maravillosa que jamás había entrado por mis oídos resonaba en mi cabeza. Las mariposas de mi estómago se despertaron de golpe. Contentas y aleteantes. Bueno, solo contentas. Muy contentas.

—Pensaba que solo querrías salir dentro de un tiempo... —le contesté, con sinceridad.

—A mi abuelo no le hubiera gustado que me quedara en casa llorando. Querría verme feliz y bien acompañado.

—¿Feliz y bien acompañado? ¿Así vas a estar... conmigo? —le pregunté, tímidamente.

—Sí, no tengo la menor duda, Tetê —me dijo, como quien no quiere la cosa—. Entonces ¿nos vamos?

No tenía manera de negarme.

Así que acepté.

ASÍ, SIN ESPERÁRMELO, estaba yo, Tetê, la pequeña Tetê, subida en un coche con un chico por primera vez en la vida.

—¿Vamos a comer a un restaurante muy lindo que conozco en Leblon?

¡Dios mío! ¡Era como estar soñando!

—¡Claro, Dudu! ¡Adonde tú quieras! Tú eliges.

Solamente con dar una vuelta aquella tarde por el paseo marítimo, sintiendo en la cara la brisa de la playa que entraba por la ventana del coche y sin dejar de mirar a aquel chico tan guapo a mi lado, ya me sentía obsequiada. Pero todavía hubo más.

Llegamos al lugar del que me había hablado Dudu y, cuando nos sentamos en la mesa, él lo hizo prácticamente a mi lado. Era como si entre los dos hubiera una atracción magnética. Estaba hipnotizada por Dudu, por la situación, me sentía muy, pero que muy bien. Me invadía una mezcla de alivio y de escalofríos en el vientre, y estaba segura de que algo muy bueno iba a suceder.

—Tetê, ¿puedo decirte algo?

—Claro, Dudu —le dije, pero me quedé helada.

—Eres muy muy especial, ¿sabes? A pesar del momento tan triste que estoy viviendo con la pérdida de mi abuelo, noto que, cuando estoy a tu lado, todo se vuelve interesante y colorido. Me siento más fuerte, más importante, con ganas de vivir y de conocerte y, sobre todo, de estar cerca de ti.

—A mí me pasa lo mismo, Dudu. Siempre me gusta estar a tu lado. En realidad no puedo dejar de pensar en ti, pero... Es que todo está siendo muy loco...

—Tetê, no aguanto más. Necesito hacer una cosa. —Y se aproximó más a mí.

Noté que mi corazón latía a mil por hora, que mi cuerpo se aflojaba y que un calor invadía todo mi ser, a la vez que el estómago se me encogía. Entonces Dudu me empezó a acariciar el pelo con mucha delicadeza. Y yo pensando: ¡Espero que la cosa no quede ahí! ¡Ojalá! Y mi angustia acabó cuando comenzó a acariciarme la cara con el dorso de la mano y se acercó mucho y me puso las manos en la espalda y juntó su cara a la mía. Y me habló acercando mucho los labios, casi susurrándome, casi pegado a mí:

—¿Puedo besarte?

Y yo le susurré de vuelta, casi implorando:

—Debes...

Y ¿acaso piensan que me besó inmediatamente en la boca? ¡Nooo! ¡Claro que no! Primero, me besó en una mejilla, luego en la otra, luego encima de la mejilla, después en una ceja, luego en la otra, en un ojo, en el otro ojo, en la punta de la nariz, en la barbilla y... ¡Era todo tan agradable! ¡Eran unos besos tan leves y suaves! No podía dejar de sonreír. No veía el momento en que la boca de Dudu se pegara a la mía. Hasta que por fin sucedió. ¡Y fue tan mágico!

Después, me envolvió con su boca y nuestras lenguas se encontraron en el beso más perfecto, mejor encajado, más sabroso, más placentero...

A ver, un momento.

¡Alto! ¡Alto!

¿Cómo fue aquel beso?

¿Les dije que el beso de Erick fue estupendo?

Pues no. El beso de Erick no fue más que un entrenamiento...

¡El BESO de Dudu sí que fue un beso de verdad!

El beso más espectacular que pueda existir.

¡Aquello fue un beso de posgraduado! ¡Un beso de máster!

Con aquel beso yo ya me sentía una especialista supermegapro del beso.

¿Que soy una exagerada? ¡Ni hablar!

Y, ahora, en serio, para mí fue un primer beso de categoría superior.

—Tetê, hacía tanto tiempo que quería besarte...

—¡Yo también, Dudu! —dije rápidamente, de manera sincera y objetiva.

Y nos abrazamos y nos volvimos a besar. Y nos besamos

otra vez. Y otra. Y otra más. Perdí la cuenta de cuántos besos nos dimos. Solo dejamos de besarnos para comer y para pagar la cuenta del acogedor y estupendo restaurante de la calle Dias Ferreira al que Dudu me había llevado.

¡Estaba flotando!

Cuando entramos en el coche para regresar a casa, Dudu me preguntó si quería dar una vuelta por São Conrado.

—¡He extrañado mucho esta ciudad tan bonita! ¡Vamos hasta allí y luego tomamos la avenida Niemeyer! ¡Solo para apreciar la vista!

Dijo «apreciar». *Wow.*

Fue muy bonito. En el coche sonaba Radiohead, lo identifiqué enseguida.

—¡Me encanta! ¡Me encanta! ¡Me encanta! —exclamé dando palmas.

Sí, aplaudí un poco.

Dudu apenas sonrió.

Mientras él conducía, yo pensaba en lo feliz que me sentía. Abrió la ventana para que entrara el viento y el Atlántico a nuestros pies reflejaba la luna, y la escena parecía de cine, pero era la vida real.

—¡Qué luna tan bonita! —exclamé.

—¿Te gusta? Pedí que la pongan para ti.

—¡Oh! ¡Eres genial, Duduoh!

—¿Cómo que Duduoh?

—Es el apodo secreto que te puse. ¡Ahora ya no te llamaré más así!

—¡Me gusta, Tetêoh!

¡A mí también me gustó!

Y, con cada segundo que pasaba, mi respiración se hacía más presente, y estaba convencida de que él podía oír cómo se movían mis células de aquí para allá y cómo mi corazón palpitaba fuerte y alegre.

A continuación Dudu apoyó una mano en mi pierna, con amabilidad y cariño.

—¿Puedo?

Puse mi mano encima de la suya y le respondí:

—Puedes.

Y permanecimos tomados de la mano hasta que nos adentramos en Copacabana y admiramos esta ciudad fascinante que es Río de Janeiro. Cuando estábamos cerca de mi casa, Dudu puso otra canción genial, *Like I Can*, de Sam Smith, que también me encanta. Estaba derretida por dentro. Llegamos a mi edificio y, con esa banda sonora, nos despedimos.

—Me siento muy bien contigo, Tetê —me dijo.

—Yo también.

Y de repente noté a Dudu de nuevo pegado a mi cuerpo, besándome una vez más, lenta y suavemente. ¡Era la mejor sensación del mundo!

—¿Estás seguro de que mañana vas a seguir queriendo besar mi boca fea?

—Tu boca es preciosa, Tetê... ¡Tú eres preciosa! ¡Y no voy a querer dejar de besarte nunca!

—Entonces ¿me das otro beso? —le pedí muy atrevida.

Como diría mi abuela, quién te ha visto y quién te ve, Tetê. ¡Ah, la vida es bella! ¡Bellísima!

20

EL MARTES, el fatídico día del plazo establecido por la directora, llegué a la escuela con el celular en la mano, sujetándolo con todas mis fuerzas. Tenía algunas capturas de pantalla de la computadora de Dudu con las pruebas de que Laís había mandado la foto de Valentina. Ni siquiera pasé al salón, fui directo a ver a Conceição para contarle la verdad. No toda porque, obviamente, jamás diría que el hermano de Davi es un *hacker*. Decidí mentir. Dije que me había ayudado un amigo de mi padre.

—¿Estás segura, Tetê? Es una acusación muy seria —indicó la directora.

Entonces le enseñé el celular. Conceição respiró hondo, lo miró, lo analizó todo y guardó silencio unos segundos. Descolgó el teléfono y ordenó:

—Por favor, Janjão, dile a Laís, Samantha, Erick y Valentina, de cuarto de secundaria, que quiero verlos en mi oficina inmediatamente.

Cuando llegaron los cuatro, se sorprendieron de verme allí.

—Ya sabemos quién envió la foto de Valentina —empezó diciendo Conceição.

—¿La enamoradiza ha venido a asumir su culpa? —dijo Valentina.

—Acusar sin pruebas es muy grave, Valentina. Muy grave —dijo la directora.

—¡Estoy segura de que fue ella, Conceição! —exclamó enojada la ex de Erick.

—¡Claro que fue ella! —dijo Laís (¡sí, ella misma!) a coro.

—¡No fue ella! Y me sorprende que justo tú digas eso, Laís.

—¿Có... cómo, Conceição? No lo entiendo...

—¿Estás segura de que no me entiendes? —insistió la directora.

—No... De verdad que no...

—¡Conceição está sorprendida porque fuiste tú la que envió la foto de Valentina a los demás! —Me decidí a intervenir.

—¡Estás realmente loca, chica! —contraatacó Laís, el sudor le brotaba en la frente.

—¡No estoy loca! ¡Tú enviaste la foto de Valentina a todo el mundo! —insistí.

—¡Repite eso si te atreves, reprimida! —Valentina entró

gritando en la verdulería, quiero decir, en la conversación—. ¿De dónde sacaste esa idea, chica? ¡Laís es mi mejor amiga!

—Valentina, sé que te vas a llevar una gran sorpresa, pero fue Laís la que envió la foto —afirmó Conceição de manera muy firme.

—¡No lo creo! ¡Quiero pruebas!

¡Qué persona tan arrogante! ¿Cómo se atrevía a pedirle pruebas a la directora?

Y entonces Conceição me pidió que enseñara a todos los presentes las capturas de pantalla que guardaba en el celular.

—Y no me pregunten cómo Tetê consiguió la información porque es secreto y es lo que menos importa en esta situación.

—¡Eso es una trampa! —exclamó Laís intentando defenderse.

—¿Vas a seguir fingiendo, Laís? ¿Delante de la directora? —dije.

—¡No fui yo! —volvió a decir Laís, ya llorando.

—¡Claro que no, fue Samantha! Nunca le caí bien. Y, como no le bastaba con haber tenido algo con Erick, tuvo que humillarme y hacer leña del árbol caído —rebatió Valentina.

—¿Qué dices? No tenía ninguna necesidad de hacer eso, Valentina. ¡Yo ya me había desquitado! ¡No me hacía falta hacer nada más! Tengo la conciencia bien tranquila —explicó Samantha—. Sé perfectamente que pagar con la misma moneda no está bien, pero es que tú me hiciste sufrir mucho cuando empezaste a salir con Erick... ¡Hice contigo lo mismo que tú me hiciste a mí cuando yo anduve con Erick antes que tú!

¡Demonios!

¡Hola, Brasil! ¡Hola, mundo! ¡Esto es información nueva! ¡Gran chisme! O sea, que era eso lo que pasó.

Y Samantha siguió contando:

—Erick y yo íbamos siempre juntos, estudiábamos juntos y era muy amable conmigo. Estuvimos bien durante mucho tiempo, hasta el día de la fiesta de Gabriela, una alumna que ya se fue de la escuela, seguro que se acuerdan de ella. Anduvimos ese día y pasé la noche más bonita de mi vida, pero no contaba con la traición de Valentina.

—¡Estás delirando, chica! —exclamó Valentina, intentando disimular.

—¿Delirando yo? Esperaste a que me fuera al baño y, entonces, me robaste a Erick a mis espaldas, Valentina. ¿Acaso no te acuerdas? Y lo que es peor, sabías muy bien que a mí me gustaba mucho, que yo no solo quería acostarme con él y ya está. Yo quería salir con él de verdad... Erick puede confirmarlo.

—Sí, sí..., es verdad —repuso Erick aturdido.

Estaba anonadada. ¿Por qué Samantha no me había contado nada de eso? ¡Qué cosa tan rara...! ¿Qué motivos tenía? Algún día llegaría al fondo de la cuestión.

—Unas compañeras me dijeron que Valentina se abalanzó sobre ti, Erick, el día que nosotros estuvimos juntos. Que parecía un pulpo con mil brazos. Que tú intentaste escabullirte, pero que... —dijo Samantha.

—¡Ey! Perdona que te diga, Samantha, pero Valentina

no le puso ninguna pistola en la cabeza, ¿eh? —no pude resistirme a comentar.

—¡Exacto, idiota! —gritó Valentina, la dañina.

—¡Esos modales, Valentina! —exclamó la directora.

Conceição entendió que era el momento de confesar verdades que debían ser dichas, escuchadas y, sobre todo, sentidas.

—Siempre había creído que a Erick le gustaba yo —prosiguió Samantha—, pero desde aquel día ya no te despegaste. En principio te enamoraste, ¿no? Y no me dejaste ni siquiera la oportunidad de decirle a Erick lo mucho que me gustaba —completó, mirando al suelo.

—¿Que yo te gustaba? —preguntó Erick.

—Y todavía me gustas... —reveló avergonzada—. Lo peor de todo es que Valentina había hecho una apuesta con sus amigas a que esa noche se relacionaría contigo. ¡Fue horrible! A Valentina no le gustaste nunca de verdad. ¡Solo estuvo contigo para hacerme daño!

—¡Ja, ja, ja! ¡Tienes una capacidad inventiva impresionante! —exclamó esta con ironía.

Me sentía la persona más ingenua sobre la faz de la Tierra por no haberme imaginado jamás que pudieran existir ardides de ese tipo. Hasta hacía bien poco había sido simplemente Tetê de la Pesté, la que en la otra escuela vivía en un universo paralelo, la que nunca se enteraba de nada, la que ni siquiera sospechaba que existieran este tipo de historias. ¿En qué planeta vivía? Nunca he tenido (y creo que jamás tendré) la malicia que veía en aquellas compañeras.

—Si Valentina es tan malvada, ¿por qué la defiendes tanto, Samantha? —pregunté llena de curiosidad.

No podía entender su comportamiento. ¿Algún día podría enfrentarme a toda aquella información?

—No lo sé... Bueno, sí que lo sé. Es que Valentina me da pena. Necesita que la acepten, que la adulen constantemente, que la elogien. Y eso me da lástima. En el fondo Valentina me entristece. Un día se dará cuenta de que con ser guapa no basta.

—¡Tener pena es de cobardes! —gritó Valentina—. ¡Idiota!

—¡Esos modales, Valentina! —La directora subió el tono de voz.

—Perdona, Conceição, pero es que no puedo escuchar esas tonterías y quedarme callada. ¡Me quiero mucho a mí misma, soy guapa y la gente me aprecia! Y tú, Samantha, no sirves ni para ser amiga mía.

—Bien que te serví mientras lo consideraste conveniente, ¿no? Se te metió en la cabeza quitarme a Erick y decidiste dejar de ser mi mejor amiga dos meses antes de la fiesta. Empezaste a dejarme de lado, a excluirme... ¿Te acuerdas? Lo tenías todo planeado.

¡Ahora lo entiendo todo! ¡Caramba...! De todas formas, ¿tanto le hubiera costado contarme que había andado con Erick? Las amigas se cuentan esas cosas, ¿no?

La directora intervino por fin y volvió al foco principal de la cuestión.

—Entiendo que tengan muchas cosas que decirse los unos a los otros, jóvenes, pero ahora debemos ocuparnos de las fotos que Laís ha enviado. ¿No te quieres defender, Laís? ¿Prefieres seguir negándolo?

—¡Di algo, Laís! —le pidió Valentina.

—¡Cla... Claro que no fui yo! ¿Por qué iba a hacer una cosa así? —preguntó ella con la voz temblorosa.

Y, entonces, sin haberlo planeado, sin estrategia alguna, sin saber qué me iba a deparar la situación en la que me había metido, me armé de valor y revelé:

—¡Para vengarte de la niña que tanto daño te hizo en primaria! —Me callé para respirar y añadí algo importante—: ¿Eh, Carol?

—¿Cómo que Carol? ¡Se llama Laís, imbécil! —gritó Valentina.

—¡Deja de hablar en ese tono a la gente, Valentina! —intervino Erick—. Por favor, Tetê, explícate, porque no estoy entendiendo nada, chica.

—No se llama solo Laís, su nombre completo es Laís Carolina. Y de pequeñas, cuando estaban en primaria, tu exnovia la hizo pasar malos ratos.

—¿Cómo? ¿Qué es eso, Laís? ¿De qué Carol está hablando? —preguntó Valentina.

Todas las miradas estaban puestas en Laís, que intentaba disimular, se rascaba la cabeza, el cuello, volteaba la cabeza para mirar a otro lado.

—¡Habla! —gritó Valentina.

Sin dar respuesta a su amiga, Laís atacó:

—¿Y puedo saber cómo lo descubriste? Alguien entró en mi computadora, ¿no? ¡*Hackear* es un delito!

—¿Cómo? —preguntó Valentina, asombrada, ahora ya casi sin voz—. O sea..., ¿que es verdad?

Mientras Laís pensaba qué decir, yo aproveché para defenderme.

—Peor que *hackear* es querer que alguien cargue con la culpa en tu lugar —la acusé—. Y, para que lo sepas, yo no tengo habilidad para *hackear* nada, pero sí que tenemos cómo demostrar que fuiste tú, Laís. Me parece que sería mucho más digno de tu parte admitirlo ahora que esperar a que te desenmascaren.

¡Carajo, Laís tenía que atreverse a contar la verdad inmediatamente!

—Laís... Yo... No sé qué pensar... Yo... Yo... Siempre he sido amiga tuya... —dijo Valentina.

Silencio. De nuevo todas las miradas clavadas en Laís-ex-Laís Carolina. ¿Qué diría ahora? ¿Qué argumentos utilizaría? ¿Diría la verdad, nada más que la verdad? ¿Medias verdades? ¿Mentiras sinceras e importantes? ¡Alto! ¡Qué tonterías estoy diciendo! Sigamos con la narración.

—¡Nunca lo has sido, Valentina! —se defendió Laís, por fin, segura y firme—. ¡He pasado años queriendo borrar mi infancia de la memoria por tu culpa!

¡Dios mío!

—De modo que ¿fuiste tú? —preguntó Valentina, casi a punto de explotar de rabia—. ¡Me traicionaste! —gritó dando un manotazo a Laís en la cabeza.

En efecto. Dándole un manotazo en la cabeza.

—¡Te lo merecías! —exclamó Laís furiosa.

Y entonces exclamó la directora:

—¡Ya basta! ¡Quédense las dos solas conmigo! Los demás ya pueden salir, por favor.

SALIMOS LOS TRES de la oficina de dirección en silencio, sin poder articular palabra. Y así permanecimos unos minutos.

—Me voy a clase —dijo Erick, rompiendo el hielo.

—Ahora mismo, yo soy incapaz de ir a ninguna clase. Necesito que me dé el aire, beber un poco de agua... —indicó Samantha.

—Yo también voy a clase —anuncié yo.

—¡No, Tetê! ¿Te puedes quedar conmigo? —me pidió Samantha—. ¿Por favor?

Miré hacia abajo dubitativa. Ella insistió:

—Tetê, quiero pedirte disculpas. ¿Me perdonas?

—¿Por qué en concreto, Samantha?

—Por no haberte contado antes la verdad sobre Erick. Sé que estás enojada conmigo.

—*Decepcionada* sería la palabra más apropiada.

—No podía contártelo. Si te lo contaba todo, lo de la borrachera falsa, lo que pasó dentro del baño y los mensajes que Erick y yo intercambiamos después, te habrías convertido en mi cómplice. Y Valentina todavía te habría odiado más. Te habría metido en un buen problema y no quería, Tetê. Eres una buena persona.

Me quedé pensando, intentando entender los argumentos de Samantha. Y creo que la comprendí. Tenía una explicación. Yo pensaba que no me lo había contado adrede o por falta de confianza, pero al parecer ¡era justo por lo contrario!

—Es una cuenta pendiente mía que viene de lejos y que atañe solo a Erick y a Valentina y no sería justo involucrarte a ti. Pero tenía que hacerlo por mí, para vengarme y recuperar la confianza en mí misma. Siento mucho que te haya parecido exagerado, Tetê, pero funcionó. Solo quería protegerte, ¿lo entiendes?

Samantha no solo confiaba en mí, sino que además me quería proteger. Tenía sentido.

—Cuando Valentina lo descubriera, si tú lo hubieras sabido también, habría acabado contigo. Y ya se porta tan mal, pero tan mal contigo... No quería que se ensañara todavía más. Y encima por mi culpa, ¿lo entiendes?

—Sí, Samantha. Lo entiendo. Gracias por explicármelo. Lo necesitaba, pero... solo lo hiciste ahora porque...

—Me hubiera gustado mucho habértelo contado antes. No tiene nada que ver que hayamos estado en la oficina de la directora para que te lo cuente ahora. Hace ya unos días que me pesaba mucho en el corazón...

—Pero desapareciste...

—Por vergüenza, Tetê. Si hay alguien a quien aprecio y que he aprendido a querer es a ti. No deseo que perdamos lo que tenemos.

¿Querer? ¿Había dicho «querer»? ¡Dios mío!

Le di un fuerte abrazo de oso y nos quedamos fuera hasta que se acabó la primera clase. Entonces entramos en el aula.

Allí me enteré de que habían expulsado a Valentina por dar un manotazo en la cabeza a Laís. Ella tampoco estaba. Y yo estaba ansiosa por saber qué había pasado con ambas después de que saliéramos de la oficina de dirección.

Cuando acabaron las clases, Zeca, Samantha, Davi y yo vimos de lejos a Valentina, que nos estaba esperando fuera de la escuela, recargada en un coche estacionado, con la nariz enrojecida y el semblante devastado.

—¡Si te acercas para meterte con mi amiga, ya puedes echar a correr, chica! —advirtió Zeca—. ¡Por hoy ya está bien!

—No voy a meterme con nadie —dijo con voz amable.

—¿Ah, no? ¿Veniste solo a pegarme? —ironicé.

—Vine a pedirte perdón, Tetê —respondió Valentina con un enorme tono de desamparo.

—¿Por qué? ¿Es que te obligó Erick? —apuntilló Samantha.

—No. Vine por voluntad propia, porque no tenía ni la menor idea de que mi manera de ser hiciera tanto daño a la gente. Ni de cómo todo el mundo quería darme una lección, vengarse de mí, devolvérmela..., hasta mi mejor amiga... —añadió, con la voz deshecha.

—¿Que no lo sabías? ¿Me lo juras? ¡Para que veas, chica, la cantidad de idiotas que hay en esta vida! —soltó Zeca.

—No me importa que me digas eso, Zeca, me lo merezco.

—¡Demonios! ¿Qué tipo de droga te dio Conceição? ¿Sinceritril? ¿Arrepentinol? ¿Confesiomol? ¡Ah, ya sé! ¡Te torturó! —exclamó Zeca.

—Puedes menospreciarme lo que te dé la gana. Sé que he sido muy dura contigo. ¡Hasta te he llegado a llamar «marica asqueroso»!

—¡Justamente a mí, que soy tan aseado! ¡De asqueroso no tengo ni un poco! Y «marica» para mí es un elogio, mi amor. Estás perdonada.

—Laís me contó lo que le hacía en primaria y me quedé paralizada. ¡Bueno, más que petrificada, me quedé muerta! —dijo Valentina—. ¡Carajo, soy un verdadero monstruo! Conceição me ha hecho ver la situación de tal manera que... Y me estoy odiando a mí misma. Soy un monstruo...

Estábamos los cuatro sin parpadear.

—¡Con mi conducta traumaticé a una niña! Y ni siquiera era consciente, de tan natural que era para mí agredir y excluir a la gente. Creo que realmente tengo merecido que Laís me hostigara con lo de la foto... Eso es poco para mí.

—¡Qué dices, Valentina! ¡Nadie merece que se exponga su cuerpo como te pasó a ti! ¡Ni tú ni nadie! —comenté.

—Estoy totalmente de acuerdo con Tetê. Y mira que nunca me he muerto de amor por ti, pero lo que Laís te hizo fue muy cruel —añadió Zeca dándome la razón.

—¿En serio? ¿En serio piensan eso? —preguntó Valentina llena de fragilidad.

La verdad es que tarde o temprano se iba a dar cuenta de que no era una buena persona. En aquel momento pensaba, y lo sigo pensando, que enviar una foto de ese tipo para vengarse de alguien no tiene justificación. Ninguna.

—¡Gracias, gente! —exclamó Valentina llorando a moco tendido, desesperada por recibir un abrazo que no tuvo, pero que seguro que algún día sí tendría—. Sé que he ido empeorando con el paso de los años —dijo, con la voz afectada—. Miren lo que le hice a Samantha, me alejé de ella porque a mí también me gustaba Erick.

—¿Que te gustaba Erick? —preguntó Samantha sin poder creérlo.

—Sí que me gustaba. Y cuando supe que tú estabas enamorada de él, preferí apartarme de ti para estar con él en vez de priorizar nuestra amistad. Laís tiene razón, no puedo ser amiga de nadie durante mucho tiempo. Nunca he tenido una amistad duradera porque nadie me soporta. Porque soy una persona horrible. ¡Horrible! De una manera o de otra acabo apartando de mí a personas que no se merecen que las trate así y tú has sido una de ellas, Samantha. Sabía que Erick y tú se la pasaban muy bien juntos, sabía que estabas loca por él y aun así, sin apenas conocerlo, sin estar realmente enamorada, decidí relacionarme con Erick sin pensar en las consecuencias, sin pensar en los sentimientos. Pasé por encima de ti como una apisonadora y acabé enamorándome de él yo también. El resto de la historia ya la conoces.

—¿Me dejaste de lado para relacionarte con Erick? ¿Sin saber si se iban a llevar bien? ¿Sin estar enamorada?

—Sí... —confirmó Valentina cabizbaja, con los hombros caídos—. Y aposté con mis amigas a que saldría con él. Soy un monstruo.

Y entonces Valentina se puso a llorar. ¡Hola, Brasil! ¡Hola, mundo! Lloraba de verdad, con sentimiento, por los poros y con el corazón. Y con las manos en la cara añadió:

—¡Qué vergüenza siento de mí misma!

Estábamos paralizados, sin saber qué decir ni cómo actuar. Nunca había visto tantas lágrimas salir de una sola persona.

—No sé por qué me comporto así. Nunca he sido consciente de que fuera tan mala, y eso es lo peor. Tuvo que venir una amiga que se vio obligada a ir al psicólogo por mi culpa para que me dé cuenta de que soy una bruja. ¡Yo no era más que una niña y ya hacía daño a las otras niñas! Laís ha guardado ese dolor en su interior durante años. —Subió el tono de voz y se puso a llorar más todavía—. El primero que me abrió los ojos fue Erick, quien me dijo que era muy grosera y que maltrataba a la gente por nada. Y yo, idiota de mí, creía que era lo más normal del mundo. Me gustaba ver a la gente sumisa, me gustaba ver que tenía un séquito de amigas que se desvivían por agradarme, me gustaba sentirme envidiada, respetada. Y más aún: me gustàba que me tuvieran miedo. Me daba seguridad.

—Todo el mundo actúa sin darse cuenta de algunas cosas, Valentina. Tranquila. No eres un monstruo —le dije, creyéndomela de verdad—. Puedes cambiar. La terapia es genial para eso.

¡Hola, doctor Romildo!

—Lo sé, Tetê, pero por más que nos cuenten historias de

gente que ha sufrido *bullying*, y que las veamos con nuestros propios ojos, nunca nos ponemos en el lugar de quien lo hace, solo de quien sufre —dijo Valentina—. Y lo peor de todo es que a mí también me acosaron, ¿sabes? Pasé una época en esta escuela en que también me despreciaron por mi soberbia. La misma soberbia con la que te traté a ti desde el primer día que llegaste. ¡Ay, Tetê! ¿Me perdonas?

—No te preocupes. —Acepté las disculpas.

Valentina parecía estar realmente arrepentida, pero en mi garganta había todavía un nudo atravesado.

—¿Por qué tienes tantos prejuicios por quien no está en los huesos? ¿Por qué haces daño a alguien por el simple hecho de que ese alguien no tiene un cuerpo esquelético como los que muestran las revistas de moda? Cada persona tiene su propio biotipo. Yo nunca estaré delgada, por ejemplo. Pero no es algo que me angustie. Siempre has insistido en referirte a mi peso para insultarme, en demostrar tu desprecio por la gente gorda. ¡Eso es un prejuicio! ¡Es una fobia! ¡Tienes que dejar de hacerlo!

—Es que me muero de miedo por si engordo, Tetê. Porque sé que, si engordara, también sufriría *bullying*. Por eso lo hago, en plan, no sé, para defenderme, ¿sabes? No sé qué me pasa, necesito ir a terapia seriamente... —reveló.

Samantha estaba callada. Cuando la miré, me percaté de que estaba llorando.

—¡A mí también me has hecho mucho daño, Valentina! —confesó mi amiga—. Te metías con mi pecho sabiendo que es lo que más vergüenza me da en este mundo. Solo pienso en operarme para reducirlo porque me provoca problemas de espalda, ¡que lo sepas! No solo el tamaño de mis tetas es desproporcionado, sino que también me afecta físicamente...

—¡Perdóname, Samantha! Soy un monstruo, una bruja, ya lo dije. En realidad siempre me he sentido inferior a todos ustedes, que son más inteligentes e interesantes. Así que hablar del cuerpo, que es en lo que yo tengo ventaja, digámoslo así, es una forma de sentirme por encima...

—¡Ay, para! ¡Basta ya, chica! ¡No soporto ver a la gente llorando! ¡Ven aquí a que te dé un abrazo! —dijo Zeca, estrechando con fuerza a Valentina, con cariño, como al parecer jamás la habían abrazado.

Y sucedió lo inesperado. Valentina me dio pena. Mucha pena. De no haber sido consciente del daño que causaba, de descubrir a los quince años que tanta gente la odiaba... Pena de que se considerara un monstruo, una bruja... Esos sentimientos debían de pesarle mucho para haberse confesado tan abiertamente con nosotros...

Y cuando empecé a sentir pena de Valentina, la divina, Erick hizo su aparición.

—Hola, chicas, yo no soy muy bueno con las palabras, pero quería pedirles disculpas a las tres. A Samantha, a Valentina y también a ti, Tetê. Si miró atrás, veo que fui un canalla, un cobarde, aunque en el fondo soy buena gente, ¿saben? Lo único que pasa es que siento debilidad por las mujeres, tengo que confesarlo. Y me fascina su inteligencia, su belleza... Y, si me dejan, me gustaría seguir siendo su amigo.

Al menos Erick lo admitía... Aun así, para mí ya no era la misma persona. En mi pecho se había roto en mil pedazos un cristal. Con todo, el hecho de que pidiera disculpas me pareció muy valiente, y Erick subió algunos puntos en mi escala.

Samantha se volteó y me preguntó:

—¿Por qué Erick también te pidió disculpas a ti, Tetê?

—¡Ay, chica! ¡Da igual! ¡Vete tú a saber! —disimulé.

Ya bastaba de explicaciones por un día, ¿no? Demasiadas revelaciones de golpe.

No había por qué aumentar más la lista.

DESPUÉS DE TANTAS EMOCIONES, mi alma estaba tranquila. Aquel martes por la tarde no solo me había librado del castigo en la escuela y de dar un disgusto a mi familia, sino que también había presenciado escenas y confesiones que meses antes nunca hubiera podido imaginar. ¡Qué diferente es la gente por dentro! ¡Cómo engañan las apariencias! Para no demostrar quiénes somos interiormente, todos nos blindamos con una armadura...

Bueno, yo estaba libre, así que cuando acabé de comer, quise hacer lo que más ansiaba durante las últimas horas desde que Dudu me besó por última vez: hablar con él de nuevo para volver a vernos, sentirme cerca y darle muchos besos y muchos besos más y abrazos apretados y dulces. Y, claro, platicar mucho y darnos mucho cariño, consolar su tristeza, cocinarle algo rico... ¡Dios mío! ¿Me habría obsesionado con Dudu? ¡Hola Brasil! ¡Hola, mundo! ¿Qué sentimiento era este que se apoderaba de mí, que no me permitía dejar de pensar en él y que me empujaba a querer estar pegada a él todo el rato?

Nada más salí del restaurante lo llamé al celular sin poder disimular una sonrisa. Antes de que dijera «¿hola?», yo ya le estaba diciendo:

—¡Te extraño! ¡Quiero verte!

—Creo que te equivocaste —dijo la voz que respondió la llamada.

Repetí en voz alta el número de teléfono para asegurarme de que no me había confundido.

—Sí, este es el número. ¿Con quién hablo?

—Soy Tetê. Y tú, ¿quién eres?

—No nos conocemos, soy Ingrid.

¿Cómo?

¿Eh?

Ingrid era la exnovia de Dudu... Recuerdo que Dudu me lo contó. ¿Estoy teniendo una pesadilla? Solo puede ser eso. ¡Tengo que despertarme ya!

—¿Ingrid? —pregunté, en estado de shock.

¿Lo que pasó días antes entre nosotros también fue un sueño? ¡No puede ser! Alto ahí, déjenme que piense: si en la escuela todo se resolvió bien, quiere decir que la ayuda de Dudu ha sido real. Y si me ayudó, sucedió lo que sucedió después...

¿Y si viajé a una realidad paralela? En esta historia hay algo que no encaja...

—Sí, soy la novia de Dudu. No pude venir al entierro, pero llegué ayer de Minas Gerais para asistir a la misa del séptimo día del señor Inácio. Dudu está muy desanimado, necesita que lo consuelen. Salió a comprar y olvidó el celular aquí. ¿Quieres que le dé algún recado?

¿La novia de Dudu?

Un momento, dijo eso, ¿no? ¿«Novia»?

Pensándolo bien, solo una novia podría tener el celular de su chico y responder una llamada en su propia casa... Puede que Dudu le hubiera perdonado la traición...

—No, no es necesario. Gracias —respondí, colgando enseguida y protagonizando la escena de llanto más fuerte que Copacabana haya visto jamás.

Mi corazón se quebró en mil pedazos. Estaba conmocionada.

¡Me habían puesto los cuernos a mí! Me sentí muy mal.

No, no podía ser... ¡Qué mala suerte tenía! Y las dudas en mi cabeza empezaron a removerse.

¿Y si Dudu no había dejado de salir con Ingrid en ningún momento? ¿Y si todos los chicos guapos son como Erick, que salen con dos o tres y les parece lo más normal? ¿Es que todos los hombres son seres sin corazón?

Fui caminando medio hipnotizada hasta mi casa. Entré, no le dije nada a nadie, tampoco recuerdo si alguien me dijo algo a mí. Me metí en la regadera para dejar que el agua me cayera directamente en la cabeza.

Al salir, llamé a Davi. Tenía que aclarar todo aquello.

—Davi, por Dios, ¿Dudu regresó con Ingrid?

—¿Qué dices, Tetê?

—Cuéntamelo, Davi, no me escondas la verdad, por favor.

—¡Uy! No sé nada. Anoche dormí en casa de Zeca, ¿no te acuerdas? Acabo de llegar a mi casa. Quedé con él para estudiar, lo estoy ayudando. ¿Qué sucedió?

Entonces se lo conté todo.

Y de repente me llegó un mensaje de Zeca mientras hablaba con Davi por teléfono.

ZECA
Tetê, no te preocupes, no digas nada... Esa chica es una grosera. Tranquila, vamos a averiguar qué está pasando.

TETÊ
Ay, Zeca, no puedo ser feliz?

ZECA
Trágate esas lágrimas, Tetê! Se te va a correr el rímel. *#lol*

¡Zeca no tenía ni idea de cuánto había llorado ya! Me dolía el cuerpo. Era como si me hubieran clavado un puñal por la espalda. ¡Qué sensación tan horrible, Dios mío! ¿Nunca podría ser feliz?

—¡Dudu es un auténtico imbécil si volvió con ella! —exclamó Davi—. Voy a averiguarlo, ¿está bien?

Mi mundo se vino abajo. El corazón me dejó de latir un instante. Y un acaloramiento se apoderó de mi cuerpo.

Que la exnovia (o novia de nuevo, no lo sabía...) de Dudu estaba en su casa desde la noche anterior era un hecho. Y que tomaba su celular cuando alguien llamaba, otro. Solo podían haber vuelto. Sentí una cosa muy rara... Celos..., sentimiento de pérdida..., tristeza..., desesperanza..., irritación..., un... no sé qué... ¿Por qué si Ingrid había vuelto con Dudu yo me sentía así? En realidad, si me ponía a analizarlo fríamente, Dudu y yo solo nos habíamos... relacionado un poco. Dado unos besos. Un día solo. No salíamos juntos ni nada.

Pero es que... ¡Carajo! ¡Fue tan intenso! ¡Importante! ¡Especial! ¡Increíble! Inolvidable. Estupendo. Alucinante. Maravilloso. Sensacional. Mágico.

¿Había significado todo eso para mí? ¿Seguía siendo la misma chiquilla boba de antes? ¿Estaba teniendo un ataque de Tetê de la Pesté? ¿Seguía siendo la misma ingenua que cuando vivía en Barra da Tijuca y se ilusionaba por nada?

Pues sí, al parecer, sí.

Hacía pocas horas era la mujer más feliz del mundo. Ahora sentía que estaba sufriendo otra especie de traición... Me quería morir.

Y me quedé sola en mi habitación, llorando, llorando mucho. Pensando en cuándo sería, por fin, feliz. En si algún día iba a ser feliz.

Empecé a llorar otra vez. Intensamente. A sollozar. Las lágrimas de desesperación y abandono no paraban de resbalarme por la cara. Deseaba permanecer escondida y esperar a que se acabara el mundo.

Mi madre debió de oírme y entró en la habitación preocupada.

—¿Qué te ocurre, hija? ¿Te pasó algo? —me preguntó.

—¡Ay, mamá, sí!

Pero no podía parar de llorar, no podía explicarme.

—¿Alguien te hizo daño? ¿Es eso?

—Sí... Bueno... Creo que sí... Debe de ser muy duro para una familia que no te guste la novia de un pariente querido...

Esa fue la frase sin sentido que pude articular.

—¿Qué dices? ¿De qué novia hablas, Tetê? ¿Estás leyendo otra vez uno de esos libros raros?

—No. Es el hermano de Davi. Dudu. Su novia, que ya era su ex aunque creo que vuelven a estar juntos, contestó a su celular porque lo olvidó. Y dijo que era su novia.

—¡Tetê, no estoy entendiendo nada! Espera, que voy a traerte un vaso de agua para que te tranquilices.

Me bebí el agua que me trajo mi madre y acabé contándoselo todo. Por un lado, se alegró de que hubiera besado a un chico tan estupendo (ahora yo ya no sabía si era tan estupendo o no. Creo que todos los chicos mínimamente guapos son seres que no inspiran confianza y a los que les parece normal salir con dos en un mismo día) y, por otro, me dio todo su apoyo, además de consejos y abrazos.

—Tranquila, hija. Todavía no sabes qué pasó en realidad. Y si ella vive en Minas, esa relación a distancia quizá no funcione. Y si él está de verdad saliendo con ella, estoy segura de que tú encontrarás a otro chico tan o más buena gente que él.

Y me puse a llorar todavía más pensando en la posibilidad de perder a Dudu para siempre. Pero mi madre me abrazó muy fuerte y sentí su regazo y su calor, y aquello me proporcionó una calma y una paz muy, pero que muy agradables.

—Gracias por tu apoyo, mamá. Lo único... Lo único que quiero es no perder a Dudu, ¿sabes?

—Sí, ya lo sé, pero los desengaños amorosos forman parte de la vida. Sé que es duro, pero se pasan. Duelen mucho. A mí también me ocurrió lo mismo con mi primer novio, pero todo se supera. Lo que tienes que hacer es no perder la esperanza todavía, ¿eh?

—¿Crees que no debo perderla?

—No. La esperanza es lo último que se pierde. ¿Te fijaste en tu padre y en mí? Hemos estado a punto de separarnos, pero hemos conseguido superar los problemas, vencer las barreras, las dificultades, y ahora estamos muy bien. ¡Menos mal que no renunciamos! Porque hoy ya sé que somos más felices juntos que separados.

Y abracé muy fuerte a mi madre. No tenía ni idea de que pudiera ser tan sensata y apoyarme de esta forma en un tema tan delicado. Fue muy reconfortante.

—Gracias, mamá. Me gustaría pedirte un favor.

—Claro, Tetê.

—No voy a ir a la celebración en recuerdo del señor Inácio. No puedo mirar a la cara a esa tal Ingrid ni a Dudu, y mucho menos verlos juntos. ¿Puedes ir con papá o con la abuela en mi nombre?

—No te preocupes, hija.

—Y otra cosa más. Mañana no quiero ir a clase, ¿está bien? Necesito estar un tiempo sola.

—De acuerdo, cariño. Eres una alumna excelente, vas muy bien en la escuela. Te entiendo. Tómate el tiempo que necesites, pero piensa que a veces también es bueno tener la cabeza ocupada para no sufrir.

Al final no fui a la escuela el resto de la semana y tampoco hablé con nadie. Apagué el celular y no leí los mensajes, tampoco respondí ninguna llamada. Me desconecté del mundo. Fue superdifícil acostumbrarme a estar así de nuevo.

Tenía que borrar a Dudu de mi cabeza.

Tenía que borrar a Dudu de mi corazón.

Tenía que borrar a Dudu.

Tenía que acostumbrarme a la idea de tener una nueva vida sin él.

LUNES DE NUEVO y por fin fui a la escuela, pero llegué justo a la hora de la clase, así que no pude hablar antes con Zeca ni con Davi.

En el cambio de clase, los dos volaron como flechas hacia mí.

—¡Chica! ¡Qué loca! ¿Dónde has estado metida? ¿Los marcianos te abducieron y se comieron tu celular? —dijo Zeca, refunfuñando.

—¡Tetê, mi hermano está desesperado por hablar contigo! —me informó Davi.

—¡Ay! ¡Perdónenme...! Pero es que no estaba bien... No estoy bien... Esa historia de Ingrid...

—¡Chis, chis! ¿Y yo qué te dije, chica? Davi, mírala, está completamente embargada por la tristeza... ¡Ay, Dios mío!

¿Por qué la gente sufre por anticipado, eh? ¿Para sufrir dos veces? ¿O por casualidad estás participando en un *Big Brother* de masoquismo y yo no me enteré?

—¡Oh, Zeca, solo tú puedes hacerme reír en una situación así...! —le dije, sonriendo ligeramente.

—Ni siquiera ha leído el libro y ya ha hecho la reseña, ¿no? No tiene la información suficiente, pero ya ha decidido qué va a hacer con ella...

—¿De qué hablas, Zeca?

—¡Ay, Tetê! Esa tal Ingrid no vale nada. ¡Es la Valentina de Minas Gerais! ¡La falsa de turno!

—Ya, eso es lo que ustedes creen, ¿no? Pero no es lo que Dudu piensa, por lo que pude ver.

—¿Quién te dijo eso, Tetê? —me preguntó Davi.

—Las evidencias me lo dijeron. Pasan la noche juntos y ella contesta su celular, me dice que es su novia, él no contesta... Están saliendo juntos de nuevo, ¿verdad?

—¿Quién te dijo que es eso lo que ha pasado, Tetê? —dijo Davi, riéndose.

—¡Eres una auténtica *drama queen*! —exclamó Zeca, riéndose también.

—Mi hermano no volvió con Ingrid, Tetê. Al contrario, peleó muy fuerte con ella cuando le conté que había respondido a tu llamada y te dijo que era su novia, cosa que no es verdad. Ingrid pretendía volver a salir con él aprovechándose de la frágil situación de Dudu. Y no pasaron la noche juntos, Ingrid llegó aquella misma mañana. Y durmió en un hotel. ¿Y no te diste cuenta de que ni siquiera estuvo en la misa de mi abuelo?

—No..., no... Preferí no ir... ¿No lo viste? Perdona..., pero fueron mis padres en mi lugar.

—Tranquila, había tanta gente que no paré de saludar durante una hora y, encima, estaba sentado en un rincón de la iglesia. No pude ver a todo el mundo que asistió.

—¡Su abuela hizo que Ingrid se fuera rápido! ¡Tendrías que haber visto a doña Maria Amélia! ¡Fue alucinante! «¡Vete de aquí, chica! ¿No te da vergüenza después de todo lo que ha sucedido? El bien no es conocido hasta que es perdido. ¡Toma tu maleta y sal de aquí para no volver jamás!» ¡Ja, ja, ja, ja! —me contó Zeca muriéndose de risa.

—¡No lo creo! ¿En serio? ¿Por qué no me lo dijiste antes?

—Porque estabas incomunicada... —repuso Davi—. ¿Cómo te lo íbamos a contar?

—¡Me acaban de dar la mejor noticia del milenio! ¡Muchas gracias!

Y abracé y besé a los dos en las mejillas.

—Mira, Tetê, me encantaría que una chica como tú fuera mi cuñada, pero mi hermano está muy triste porque cree que no la pasaste bien..., vamos a decirlo así, «en el paseo de Leblon».

Confieso que en ese instante mi corazón latió de alegría. Al parecer Dudu estaba libre, ¿no? Y yo sufriendo por una tontería...

Ante mi incapacidad para disimular la cara de boba feliz que se me quedó al recibir la confesión de Davi, Zeca dijo, bromeando:

—Vamos, chica, ¿qué estás esperando?

—¿Cómo?

—¡Que le mandes a Dudu ahora mismo un corazón, tonta! Y bien rojo, ¿eh? ¡Ese grande que parpadea!

¡Dios mío! ¡Cuánto quiero a mis amigos!

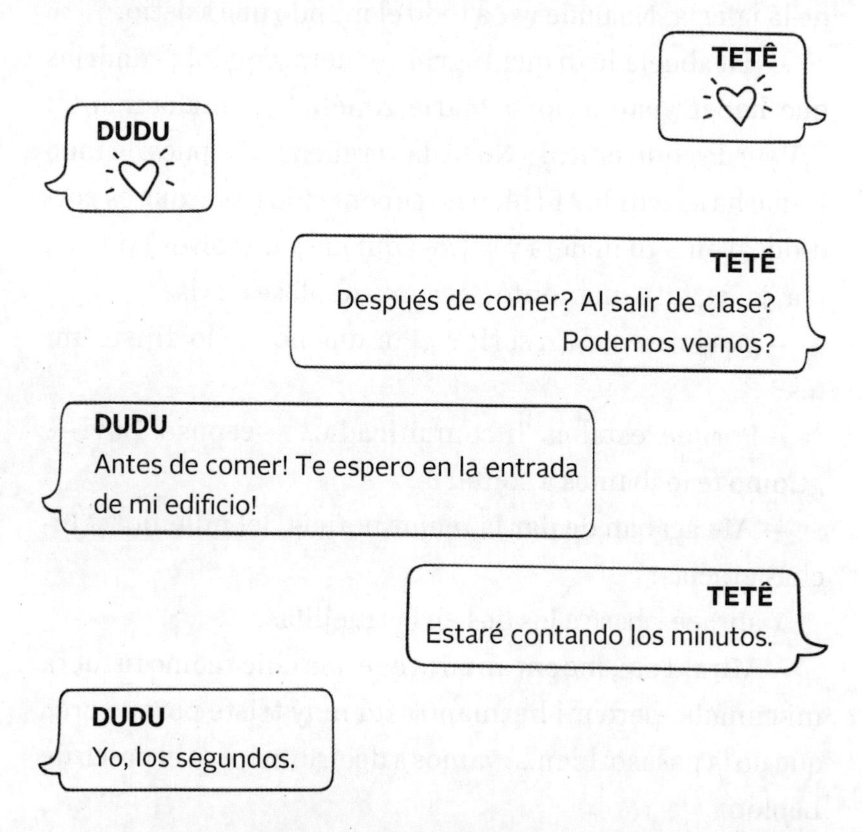

El timbre que anuncia el final de las clases sonó y yo salí disparada hacia casa de Dudu. En cuanto di vuelta a la esquina lo vi, estaba esperándome, me pareció guapísimo. Nada más me vio de lejos, abrió los brazos. Cuando ya estaba cerca, solté la mochila en la banqueta y me lancé hacia él, como en las películas, levantando los pies del suelo y dándole besos.

Y nos besamos mucho. ¡Qué agradable! ¡Superencajados! ¡Como solo Dudu sabía besar! ¡Me hizo levitar de felicidad!

—¡Tetê! ¿Cómo pudiste creer que había vuelto con Ingrid? ¡Me moría de ganas de verte a ti! ¡Ya no aguantaba más! Eso no se le hace a alguien que está completamente enamorado, ¿sabes?

¡¿Qué?! ¡¿Cómo?! ¡Que se pare el mundo!

¡La persona más increíble sobre la faz de la Tierra me ha dicho que está enamorado! ¿De mí?

¡Que se pare el mundo!

—¿Estás enamorado de mí?

—Sí, Tetê, estoy enamorado de ti.

En ese momento Duduoh me besó de nuevo. Y de nuevo, una vez más. Y el tercer beso fue muuuucho mejor que el segundo. Y después, el cuarto, y el quinto muuucho mejor que los anteriores... ¡Ay, ay, ay! ¡Cada uno más intenso y perfecto que el otro!

Y, entonces, dije algo que debió de preocupar a Dudu:

—Tengo un problema.

—¿Qué problema, Tetê? —me preguntó serio, mirándome a los ojos.

—Que me juré a mí misma que nunca jamás me enamoraría de nadie en la vida. —Dudu seguía mirándome muy serio, sin pestañear—. Lo que pasa es que no lo he podido evitar y me he enamorado mucho. Completamente. Perdidamente. Una bonita mañana soleada me desperté alocada, lunática, chiflada. Loca de remate. De amor. De pasión. Estoy enamorada de ti, Dudu. ¿Tengo cura?

—¡Claro que sí! Lo único que tenemos que hacer es estar juntos muchos años.

—¿Muchos años? —repetí, derretida de amor por completo.

—¡Sí! Eso que se llama «tener una relación». ¿Quieres salir conmigo?

—¡¡Síííííííííí!!

Y entonces nos besamos de nuevo como nunca en la vida.

—HACE YA OCHO MESES que pasó todo lo que le acabo de contar y esos hechos han supuesto un hito en mi vida. Después de lo sucedido, cambié mucho, ¿sabe? Y ahora creo que aprendí a lidiar de una manera completamente diferente con mi familia, con la gente que me rodea, con mis amigos. ¡Me encanta tener amigos! También gestiono mejor mis emociones, sobre todo el amor. Solemos echar la culpa a los demás y en general esperamos que cambien los otros, que el mundo cambie, pero he descubierto que en realidad nada cambia. Sin embargo, si nosotros mismos damos un paso, aunque sea pequeño, para hacer algo diferente y cambiar, ¡plaf!, la magia sucede y todo se transforma a nuestro alrededor. ¡Hasta las personas cambian! En realidad, creo que lo que evoluciona es nuestra manera de verlo todo. ¿No le parece, doctor Romildo?

—Ajá...

Bueno, no todo el mundo cambia... El «ajá» de Romildo seguía ahí todavía...

—¿Puedo tutearte? En mi pensamiento siempre te he tuteado y ahora ya somos lo suficientemente íntimos, ¿no? Hace casi un año que nos conocemos.

—De acuerdo, Tetê —me dijo, riendo—. Hace un año que nos conocemos, pero es tu segunda sesión, ¿no? Además, estoy muy contento de que hayas decidido seguir con la terapia a pesar de este «pequeño» intervalo.

—Pues sí, aunque ahora todo es muy diferente. ¡Tengo tantas cosas que explicarte, tantas cosas que entender! Ya no soy aquella niña tímida, ¿sabes? Déjame que te cuente. Tras pasar un tiempo indecisa acerca de si debía perdonar o no a Valentina, la serpentina, y creer sus disculpas, Laís se acercó a mí, a Zeca y a Davi, y siguió con su vida tranquilamente. Después incluso ha logrado hablar con Valentina con normalidad y dejar el pasado en el pasado. El pasado no se puede cambiar, ¿no? Así que la actitud es seguir adelante. Una decisión muy inteligente por su parte. Y Valentina, quién lo diría, se comporta con amabilidad; admitió que había arruinado el pasado de Laís y que ahora todo lo que quería era que el presente fluyera de la mejor manera posible.

—¿Crees que Valentina se arrepintió de verdad, Tetê?

—Pues sí, creo que sí. Valentina sigue siendo amiga de Bianca y, sobre todo, muy amiga de Laís. No me parece que su arrepentimiento haya sido una actuación, como muchos pensaban que sería. Sus lágrimas fueron reales, no fingía. Fue sincera y ha cambiado de una vez por todas. Parece otra persona. Nunca hemos sabido por qué actuaba como actuaba. Jamás hemos entendido por qué se había convertido en un pequeño monstruo. No tenemos a quién culpar. Ella tampoco, es una incógnita que probablemente no se resuelva en años y años. Puede que no todo en la vida tenga una explicación. En realidad, nada tiene explicación. Creo que va a necesitar mucha terapia...

—Sí, sería muy importante para ella, pero, como siempre digo, depende de su voluntad.

—¡Ah, Romildo! ¡Y el gran chisme es que Laís y Oreja tuvieron algo en mi fiesta de cumpleaños! Sí, sí, celebré una fiesta en un recinto especial del edificio donde vivo, invité a mucha gente y todo el mundo vino. ¡¡Todos vinieron!! Y eso que era a mediados de noviembre y estábamos en plena época de exámenes. ¿Existe felicidad más grande que esa? Si Orelaís, así es como los llamamos cuando los *shippeamos*, saldrán juntos o no en el futuro, no lo sabemos todavía. Pero sí que hay mucha gente que los *shippea*. ¿Sabes lo que es *shippear*?

—Eso de las computadoras, ¿no? Algo de chips y así... —respondió Romildo con una sonrisa pícara.

—Vamos, Romildo, no te burles de mí, ¿eh?

—Claro que sé lo que es, Tetê —dijo riéndose con fuerza—. Doy consulta a muchos adolescentes, ¿recuerdas?

—Lo sé... Y, bueno, ¿puedes creer que ahora Erick y Valentina son amigos de nuevo? Pero solo buenos amigos, que quede claro. Y eso me gusta. Son gente civilizada. ¡Fíjate, justo después de que Samantha y él empezaran a salir juntos! Eso ya te lo conté, ¿no?

—No, pero ¿esto es terapia o una revista del corazón?

—¡Ay, Romildo! Tengo que ponerte al día de mi vida, ¿no?

—Es una broma, Tetê, cuéntame lo que quieras. ¡Aquí se viene a hablar!

—Está bien, pues ahora mismo te lo cuento, bien alto y bien claro. Bueno, unos días después de todas aquellas espectaculares revelaciones que te expliqué antes, Samantha sorprendió a Erick preguntándole: «¿Quieres salir conmigo?». Y ahora forman una pareja de diez, de las más enamoradas de las que se tienen noticia. Salen juntos y parecen auténticamente felices. Aunque ella crea que él ha sentado la cabeza y no va a engañarla esta vez, mi alma desconfiada no tiene tanta fe en Erick. Pienso que si lo hizo una vez, puede volver a hacerlo muchas más, pero eso no se lo digo a mi amiga. Sé que la gente cambia. El ejemplo más claro es Valentina. Y como nadie prevé el futuro, espero que mi amiga Samantha sepa vivir el presente y siga siendo muy feliz con su *crush*, ya convertido en su relación oficial, con su divo, con su Erick, el guapo.

—¿Y tus otros amigos, Tetê, los más cercanos? Son Zeca y Davi, ¿no?

—¡Sí! Pues, mira, Zeca también dejó de formar parte del equipo de los solteros. A finales de año empezó a salir con un chico, Emílio, que no es de la escuela. Un chico que es un poco mayor que Zeca, pero que está locamente enamorado de él. Y, al contrario que sus anteriores parejas, que le rompieron el corazón, Emílio es como él, muy buena gente y muy claro con su orientación sexual. Ya sé que no hay nada más cursi que decir «romper el corazón», pero es que no encontré palabras mejores. Porque fue exactamente así como Zeca me describió sus relaciones anteriores.

»Davi sigue sin tener novia, pero aceptó que Zeca "se ocupe" de él como hizo conmigo tras mucho tiempo negándose a la "transformación". Poco a poco ha ido cediendo y ya cambió el armazón de sus lentes de viejoven que llevaba por uno (mucho) más moderno, se cortó el pelo y renovó la ropa de su clóset. Según Zeca, las camisas le quedaban demasiado largas, lo que le daba un aspecto de "pigmeo desnutrido", que quién sabe qué significa eso. ¡Ah! Y es genial ver cómo Davi se va sintiendo cada vez más seguro de sí mismo. ¿Sabes qué, Romildo?, llegué a la conclusión de que todos necesitamos a un Zeca en nuestras vidas. No solo para cambiar nuestro aspecto externo, sino también para aceptarnos y gustarnos como somos por dentro. A Davi y a mí nos ha demostrado que no duele y que no cuesta tanto salir de nuestra zona de confort. Que si nos sale mal, siempre podemos volver atrás, pero que cambiar por fuera, aunque solo sea un poco, puede modificarnos mucho por dentro.

—¡Demonios, Tetê! ¡No sabría decirlo mejor!

—¡Gracias, doctor! —le dije, guiñándole un ojo.

—¿Y tu familia?

—¡Ah! Mi padre está supercontento con su trabajo nuevo, al menos eso dice, y quiero creerlo con todas mis fuerzas. Mi madre sigue igual, pero cada vez más cariñosa conmigo.

¿Ya te conté que nos mudamos de casa? ¡Pues sí! Mi padre alquiló un departamento en la calle Constante Ramos, en Copacabana mismo, cerca de la escuela y de todos mis amigos. ¡Amigos! ¡Tengo amigos! ¡Sigo teniendo amigos! ¿No te parece increíble que pueda hablar de eso? ¡La afirmación se merece mil signos de exclamación! Y me da igual si parezco repetitiva. Tengo amigos. Tengo amigos. Tengo amigos. Y tengo una familia estupenda. Mis abuelos y mi bisabuelo siguen siendo muy simpáticos, amables y chismosos. Bueno, la más chismosa es en realidad mi abuela. Y la que más refunfuña. Y a mi bisabuelo le encanta cambiarme monedas por billetes. Y a mí me encanta pasar el rato con él. Vivir en Copacabana, cerca de ellos, ha marcado la diferencia. Ahora siento que somos una familia de verdad y no me gustaría perder nunca más esa sensación.

»Después de la muerte del señor Inácio llegué a la conclusión de que siempre tenemos que abrazar a nuestros abuelos. Todos los días si es posible. He decidido seguir el ejemplo de Davi de convivencia total, de aprovechar al máximo la compañía de los abuelos. Nada que ver con el miedo a perderlos. Todo que ver con la alegría de tenerlos cerca.

—Estupendo, Tetê; ¿me hablas ahora un poco más de tu novio? Porque lo primero que me dijiste es que diste tu primer beso. Se llama Dudu, ¿no? Es el hermano de Davi, ¿verdad?

—¡Sí! Dudu... ¡Ay, estoy absolutamente enamorada del hermano de mi mejor amigo! Y lo mejor de todo es que él dice que cada día está más enamorado de mí también. Dudu es mi novio, mi amigo, el mejor compañero que podría tener. Me ha animado a hacer deporte. Sí, Romildo, ahora hago deporte. ¡Genera endorfinas! Salimos los dos a correr todos los días. ¿Te diste cuenta de que adelgacé?

—¡Pues claro, Tetê! ¿Quién no lo haría?

—¡Perdí diez kilos! Y, mira, incluso sudada y sofocada después de los entrenamientos, Dudu me toma la cara con las dos manos para decirme que soy la persona más bonita del mundo. Además, a mi novio también le gusta cocinar y pasamos juntos mucho tiempo inventando recetas saludables, con pocas grasas y superdeliciosas.

—¡Felicidades, Tetê!

—Dudu también ha hecho algo muy bueno: es la persona que más me ha motivado para que escriba un libro y cuente mi historia. Quiere que publique las confesiones que he contado en mi diario a lo largo de mi vida. Pero yo me muero de vergüenza, a pesar de que los profesores siempre me han felicitado por mi manera de escribir. Me gusta hacerlo y creo que, aunque no logre publicarlo, vale la pena que lo intente. Durante este año he descubierto que correr riesgos es bueno. Ya he pensado incluso en el título: *Confesiones de una chica invisible, incomprendida y (un poco) dramática.* Puede que lo de «un poco» vaya entre paréntesis, todavía tengo que decidirlo. Es posible que mi historia ayude a mucha gente porque en el fondo todo el mundo se siente un poco invisible e incomprendido, todos tenemos nuestros dramas. Sus dramas. La gente en general no está en la piel de los demás para saber cómo se sienten. Porque incluso la chica que todos creíamos que era maravillosa, como Valentina, tenía problemas. O Samantha. O Laís. Y con mi libro puedo demostrar que hay que entregarse y combatir el *bullying* para vivir con tranquilidad. Hay que entender que es solo una fase y que se pasa. Puede que tarde, pero se pasa. Todo se pasa. También he aprendido que las circunstancias que vivimos nos fortalecen. Que todo cambia y que cambia cuando menos lo esperamos. Un día, cuando la niña que habita en mí y que durante mucho tiempo se sintió excluida se arme de valor para contar con palabras lo que le ocurrió, si eso ayuda a alguien, aunque solo sea a una persona, ya habrá valido la pena, como dice Dudu, mi novio maravilloso. Mi príncipe Dudu, que adora las comidas que preparo. ¿Sabes qué, Romildo?, ahora nos hemos aficionado a los panecillos de queso *light*.

Panecillos de queso light

DIFICULTAD: HAY QUE VER LO QUE SE HACE POR AMOR, ¡EH! (PERO ES MUY FÁCIL)

#loquelleva

200 g de fécula de mandioca • 150 g de almidón agrio • 2 huevos enteros y 1 clara • 120 g de queso fresco o requesón sin lactosa • 2 cucharadas soperas de aceite virgen extra • 1 cucharada de café de levadura en polvo • sal al gusto

#cómosehace

1. Precalienta el horno a 180 °C. **2**. Mezcla bien todos los ingredientes (la levadura al final, *please!*). **3**. Haz bolas con la masa y ponlas en un refractario de vidrio para meter en el horno (no pongas las bolas muy cerca las unas de las otras porque crecen y se pueden pegar). **4**. Mete el refractario de vidrio en el horno entre veinticinco y treinta minutos. ¡Sale riquísimo y te lo puedes comer sin sentirte culpable!

»Me da miedo y vergüenza pensar en que otras personas vayan a leer lo que he escrito. Necesito prepararme para las críticas y así, pero estoy convencida de que con mis confesiones puedo transformar el sufrimiento en palabras de apoyo y motivación. Y también sé que tengo dieciséis años y que no sé nada sobre cómo se publica un libro. Pero soñar no cuesta nada, ¿verdad? Aunque el libro solo lo acaben leyendo mi familia y mis amigos, sé que me sentiré realizada.

»Estoy segura de mí misma como nunca antes me había sentido, Romildo, y he descubierto que sentirse invisible una vez en la vida no quiere decir que uno vaya a sentirse invisible siempre. Sigo escuchando a Adele, Avril Lavigne, Sam Smith, Demi Lovato, Coldplay y Radiohead, leyendo los mismos libros muchas veces, viendo las mismas películas tristes mil veces, pero... soy mucho más feliz que cuando hablamos la primera vez... Muchísimo más feliz.

—Bueno, Tetê, ¡creo que estás tan bien y tan contenta que me parece que te voy a dar el alta!

—¡Qué dices, Romildo! ¡Ahora soy yo la que piensa que el loco eres tú! ¡Tienes que ir al psiquiatra! —exclamé, bromeando—. ¡Ahora es cuando estoy en perfectas condiciones para hacer psicoanálisis! Me llamo TEANIRA, ¿o ya no te acuerdas? ¡TE-A-NI-RA! ¡Y eso ya es un problema suficiente para hacer terapia, al menos, hasta 2047!

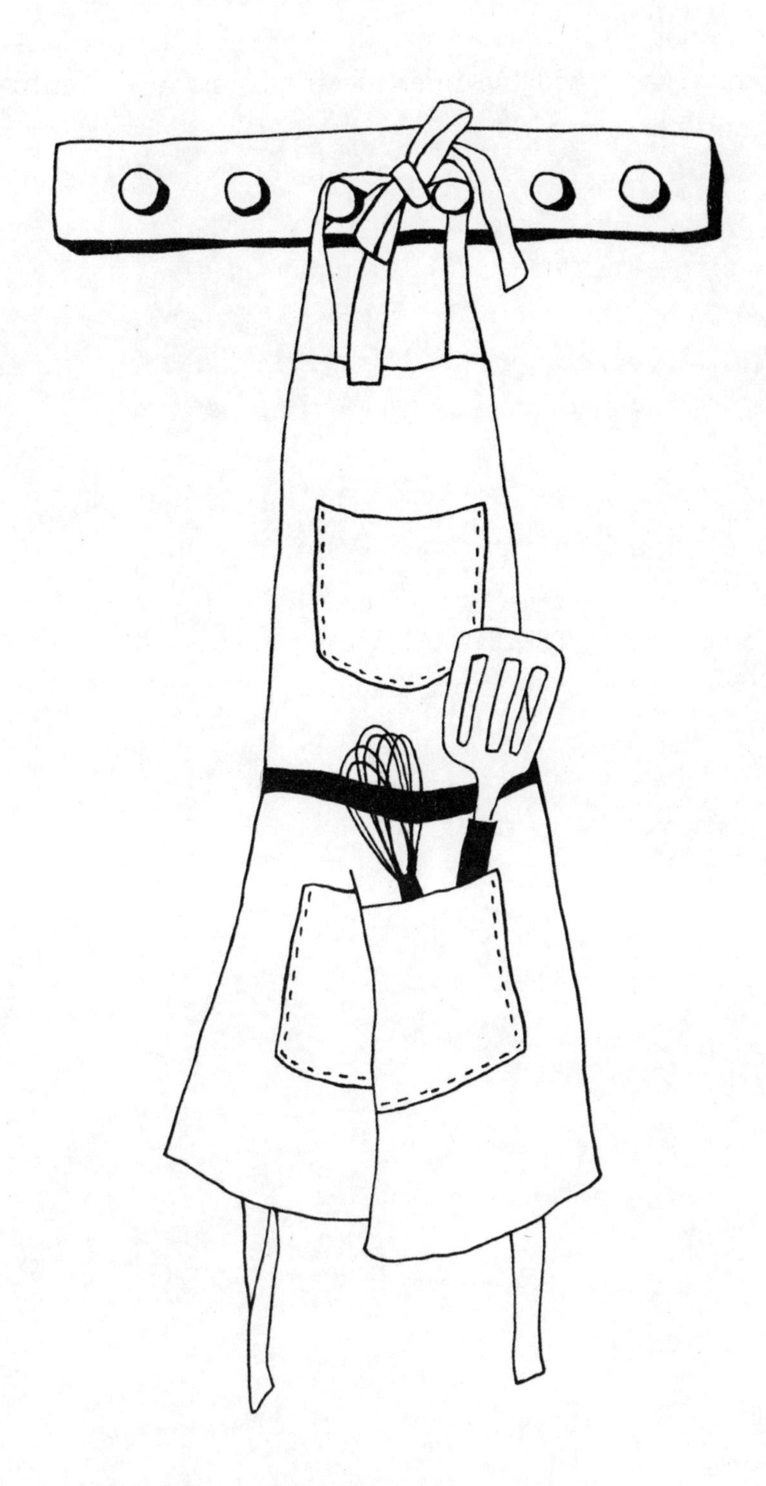

Agradecimientos

Un beso especial a todos los lectores
que han confiado en mí
y me han contado sus historias de *bullying*.